AVANT
DE SUCCOMBER

KIMBERLY LOGAN

AVANT DE SUCCOMBER

Traduit de l'américain par Béatrice Pierre

J'AI LU
POUR elle

Titre original :

A Kiss Before Dawn
Published by Avon Books,
an imprint of HarperCollins, New York

À Pat Shrou, qui a pris en affection une petite fille qui aimait écrire et lui a prouvé que tout était possible, même d'être publiée.
Ma gratitude est infinie.

Et à May Chen, qui a pris le risque de soutenir une inconnue et lui a permis de réaliser son rêve.
Merci d'avoir cru en moi et de m'avoir encouragée.

Prologue

Oxfordshire, Angleterre, 1827

« Seigneur, comment me suis-je débrouillée pour me fourrer dans un tel pétrin ? »

Étreignant le tronc d'un arbre à plus de trois mètres du sol, lady Emily Knight ferma les yeux et appuya la joue contre l'écorce rugueuse. Un fou rire hystérique menaçait. Elle devait admettre qu'en d'autres circonstances, la situation lui aurait paru désopilante.

Elle était bel et bien prise au piège. Alors que les Tuttleston allaient rentrer d'une minute à l'autre.

Jusque-là, tout s'était déroulé selon ses plans. Chaque semaine, le vicomte et la vicomtesse Tuttleston passaient la soirée du mercredi chez la sœur de lord Tuttleston. Non seulement Emily le savait, mais ses nombreuses visites l'avaient familiarisée avec la disposition des pièces de la demeure. Quant à la fenêtre, ce n'était pas un obstacle pour quelqu'un qui avait appris à crocheter toute sorte de serrures dès l'âge de quatorze ans. S'emparer ensuite du butin avait été un jeu d'enfant.

Les ennuis avaient commencé au cours de sa fuite. Elle redescendait le long du gros chêne qui lui avait permis d'atteindre le premier étage lorsque sa culotte de cheval s'était accrochée à l'extrémité pointue d'une branche. Elle avait eu beau se tortiller, tenter diverses subtiles manœuvres, impossible de se libérer.

Châtiment mérité, songea-t-elle avec une pointe de culpabilité en se rappelant la gentillesse que lord et lady Tuttleston lui avaient toujours manifestée.

Mais qui aurait imaginé que son passé reviendrait la hanter après toutes ces années ?

— On dirait que vous avez un problème ! fit une voix juste en dessous d'elle.

Emily hoqueta de surprise et baissa les yeux sur la silhouette qui se tenait au pied de l'arbre.

On pouvait compter sur Jenna pour vous assener des évidences.

— Qu'est-ce que tu fais là ? siffla-t-elle. Tu es censée faire le guet.

— Je l'ai fait, riposta Jenna en haussant les épaules. Il y a une voiture qui arrive.

Le sang d'Emily se glaça dans ses veines. Tendant l'oreille, elle entendit le bruit d'un attelage au loin.

— Et tu n'as pas pensé à me prévenir plus tôt ?

— Je vous préviens maintenant.

Emily grinça des dents.

— Mon Dieu, il faut que je descende de là en vitesse. D'où tu es, tu vois peut-être mieux que moi comment faire.

Jenna inclina la tête de côté afin d'examiner la situation sous un autre angle.

— Votre culotte de cheval est accrochée à une branche, signala-t-elle obligeamment.

— Je le sais, merci, mais cela ne me dit pas comment faire pour la décrocher.

Il y eut un court silence durant lequel Jenna réfléchit au problème.

— Faut juste que vous tiriez dessus un bon coup, et tant pis si ça se déchire, répondit-elle enfin. Mais vite. Ils arrivent.

Elle avait raison. Il n'y avait pas d'autre solution. Si Emily était prise en flagrant délit, tous ses efforts auraient été inutiles. Il ne lui resterait que la honte.

Elle agrippa le tissu de sa culotte et tira brutalement. Le vêtement se déchira avec un horrible bruit. C'est alors qu'elle perdit l'équilibre, bascula de son perchoir, et s'écroula sur Jenna.

Les deux jeunes filles roulèrent dans l'herbe, bras et jambes enchevêtrés.

— Bon sang de bois ! grommela Jenna en se dégageant. Vous êtes sacrément plus lourde que vous en avez l'air.

Ignorant la remarque peu aimable, Emily se releva en hâte et ramassa le petit sac qu'elle avait laissé tomber au pied de l'arbre. Le sac qui contenait l'objet pour lequel elle avait pris tant de risques.

— Vous l'avez ? demanda Jenna.

Oui, elle l'avait. Mais à quel prix ?

Emily entrouvrit le sac. Les multiples facettes de la rivière de diamants nichée au fond lui adressèrent un clin d'œil moqueur.

Au même moment, le fracas d'un attelage et le martèlement de sabots sur les pavés de la cour annoncèrent l'arrivée des Tuttleston.

— Faut pas s'attarder, conseilla Jenna en posant la main sur le bras d'Emily. Allons rejoindre Miles et les chevaux.

Emily hocha la tête et jeta un dernier regard au château. Pour le meilleur ou pour le pire, son destin était scellé.

Tournant les talons, elle suivit son amie dans l'obscurité.

1

Londres

— Je voudrais t'engager.

Pris de court, Peter Quick tressaillit, puis fixa en haussant les sourcils l'homme qui avait été comme un père pour lui durant huit années de sa vie.

— Je vous demande pardon ?

Tristan Knight, comte d'Ellington, posa le verre de cognac qu'il réchauffait entre ses mains sans le boire depuis une heure et extirpa sa silhouette massive du fauteuil le plus proche de l'âtre. Tournant le dos à la pièce, il s'appuya de la main au manteau de la cheminée et contempla les flammes durant un long moment avant de reprendre d'un ton bourru :

— Il faut faire quelque chose. Et vite ! C'est le troisième cambriolage en moins d'un mois, et la police locale n'a pas avancé d'un pouce pour retrouver le coupable. Je crains que nous n'ayons besoin de tes compétences, ajouta-t-il en jetant un coup d'œil soucieux à Peter par-dessus son épaule.

Celui-ci se pencha en avant, cala les coudes sur ses genoux et étudia le comte avec attention. Il avait soupçonné que quelque chose se préparait lorsque son visiteur inattendu s'était présenté à son domicile, en fin de journée. Il en avait eu la confirmation lorsque le sujet du Cambrioleur de l'Oxfordshire avait été abordé. Il avait cependant cru que Tristan était venu lui demander conseil. Après tout, il faisait partie des Runners de Bow Street, ce tout nouveau corps de policiers en civil chargé de lutter contre la pègre londonienne. Jamais, en revanche, il n'aurait imaginé qu'il souhaitait faire appel à ses services.

— Vous dites que le dernier vol a été commis pendant une réception ?

— Oui. Des bijoux valant plusieurs milliers de livres. Et le gredin a opéré tranquillement alors qu'une vingtaine d'invités dînaient à quelques mètres de là. Il est de plus en plus audacieux, à croire qu'il prend plaisir à narguer ses victimes et les autorités locales. Résultat, plus le temps passe sans que la police ait mis la main sur un suspect plausible, plus les doigts se pointent… tu devines sur quoi.

— Le Park ?

Tristan hocha brièvement la tête.

Willow Park. Le seul foyer que Peter ait jamais connu enfant, l'endroit où, pour la première fois de sa vie, il s'était senti en sécurité. Après avoir vécu des années dans la rue, à la tête d'une bande de pickpockets connue sous le nom des Rag-Tag, il y avait enfin trouvé un havre chaleureux. La vaste demeure continuait d'héberger et d'éduquer une ribambelle d'enfants abandonnés pour qui le vol avait été le seul moyen de survivre.

— Quelques garçons un peu plus âgés nous ont rejoints récemment, expliqua le comte, qui s'écarta de la cheminée pour venir se planter devant Peter. Personne ne les a accusés ouvertement, mais les allusions sont incessantes. Vanessa en est bouleversée, et inutile de te dire que je déteste la voir dans cet état.

— Surtout en ce moment, j'imagine.

— Oui. Surtout en ce moment.

Ce n'était un secret pour personne que le comte d'Ellington était éperdument amoureux de sa ravissante épouse, laquelle, après plusieurs fausses couches, en était au dernier mois d'une grossesse difficile. Tristan, qui s'était toujours montré très protecteur, veillait désormais sur elle avec un soin féroce.

— Pour ne rien arranger, Benji figure parmi les suspects.

— Quoi ? s'écria Peter, stupéfait. C'est ridicule ! Benji ne ferait jamais une chose pareille.

— Toi et moi le savons, mais nos braves pandores l'ignorent.

Le comte laissa échapper un soupir et se passa la main dans les cheveux.

— La vérité, c'est que, depuis quelque temps, Benji n'est plus le même. Il est taciturne, renfermé. Il fuit tout le monde. Vanessa s'inquiète, et moi aussi, je dois l'admettre.

Benji avait été le plus jeune des Rag-Tag, un enfant vif et charmant qui s'était mué en un garçon intègre et intelligent. L'amour de la lecture l'avait mené à l'amour des études et, grâce à un enseignement approprié et au soutien continuel du comte et de la comtesse, le garçon de quatorze ans semblait promis à un avenir brillant en dépit de ses débuts misérables.

Néanmoins, cela faisait longtemps qu'il ne l'avait pas vu, dut reconnaître Peter avec une pointe de remords. Sa dernière visite à Willow Park remontait à plus d'un an. Et à présent qu'il y songeait, Benji – qui était d'ordinaire un correspondant assidu – ne lui avait pas écrit depuis des semaines. Se pouvait-il que le garçon qu'il pensait si bien connaître, qu'il avait considéré comme son petit frère, ait à ce point changé ?

Il se leva et se mit à arpenter la pièce à grands pas.

— Je ne crois pas une seconde à sa culpabilité. Il n'est pas capable de commettre ce genre de forfaits.

— Je suis d'accord avec toi, et nul besoin de te dire que Vanessa ne veut même pas en entendre parler.

Le comte croisa les bras et darda sur Peter ce regard violet dont la perspicacité avait toujours dérouté le jeune homme.

— Mais tu comprends pourquoi nous avons besoin de ton aide, n'est-ce pas ? La situation est en passe de devenir désespérée.

Il s'approcha de Peter, posa la main sur son épaule, l'obligeant à s'immobiliser.

— Rentre à la maison.

À la maison. Dans l'Oxfordshire. À Willow Park et Knighthaven, le domaine des Ellington. Auprès de la personne qu'il évitait avec soin depuis quatre ans.

Emily.

Repoussant cette évocation qui risquait de déclencher une marée de pensées dangereuses, Peter tourna le dos au comte de crainte que son visage ne trahisse son désarroi.

— Je ne sais pas. Je doute que les autorités locales apprécient de me voir fourrer le nez dans leur enquête.

— Je crois au contraire qu'elles accueilleraient ton aide avec gratitude. Little Haverton n'est pas Londres. On n'a pas l'habitude de ce genre d'affaires. Des petits vols, certainement, mais quelque chose de cette ampleur… non. Laissés à eux-mêmes, nos policiers ne mettront jamais la main sur ce satané voleur.

Tristan avait raison, dut admettre Peter. D'après ses souvenirs, la maréchaussée de Little Haverton n'avait pas les moyens de lutter contre un cambrioleur de cet acabit. Cependant…

— Il serait peut-être préférable que vous engagiez un autre Runner, suggéra-t-il en regardant le comte droit dans les yeux. Mes liens avec les suspects risquent de…

— Tu es le seul en qui j'ai confiance, coupa Tristan. J'ai peur qu'on impute, par pure paresse, ces vols à Benji ou à un autre de nos pensionnaires. Nous avons besoin du meilleur Runner et, d'après mes renseignements, c'est toi.

L'évidente fierté du comte combla Peter de joie. Il avait toujours voulu que Tristan et Vanessa soient fiers de lui. Leur prouver qu'il était digne de la confiance qu'ils lui avaient accordée au fil des ans.

Même si lui doutait parfois de la mériter.

— On m'a raconté comment, l'année dernière, tu as rattrapé un assassin juste avant qu'il franchisse la frontière écossaise, reprit Tristan en lui assenant une claque dans le dos. Et la moitié du pays sait que tu as démantelé ce réseau de cambrioleurs qui sévissaient à Brighton. À Willow Park, les garçons ne parlent que de tes exploits, et presque tous ont décidé d'être Runner plus tard.

Il se tut un instant puis, penchant la tête, il se frotta la nuque d'un air contrit.

— Mais je dois avouer que tes talents d'enquêteur ne sont pas la seule raison pour laquelle j'aimerais que tu viennes à la maison.

— Ah bon ?

— Cela fait des années que tu ne nous fais plus que de brèves visites. Tu sais combien Vanessa s'inquiète facilement. Quant aux enfants, ils parlent tout le temps de toi. Bref, tu nous manques.

Et Emily ? Est-ce qu'il lui manquait ?

Cette pensée avait jailli dans sa tête avant qu'il ait pu l'intercepter. Il se hâta de la chasser. Cette question, il avait perdu le droit de la poser.

— Je sais que tu as eu beaucoup à faire, et Vanessa et moi sommes contents que tu réussisses ta vie, poursuivit Tristan. Mais n'oublie pas que tu as une famille qui t'aime et souffre de ne pas te voir plus souvent.

Une famille. Peter éprouva un nouvel accès de remords. S'il connaissait la signification de ce mot, c'était uniquement grâce à lord et à lady Ellington. L'idée que les habitants de Little Haverton les soupçonnent, eux, Benji et ses camarades de Willow Park, lui était odieuse. Comment refuser de leur venir en aide ? Coincer ce cambrioleur ne devait pas être trop difficile, et peut-être pourrait-il profiter de son séjour pour découvrir ce qui tracassait Benji.

— Tu sais qu'il y a toujours de la place pour toi à Knighthaven, enchaîna Tristan en lui assenant une autre claque dans le dos avant d'aller récupérer son verre de cognac. Et je suis certain qu'Emily sera ravie d'accueillir son ami d'enfance.

Peter se pétrifia. Par chance, le comte lui tournait le dos, si bien qu'il ne put voir la tension qui figea soudain ses traits. En une fraction de seconde, il se retrouva dans un jardin odorant au clair de lune, des lèvres douces et chaudes sous les siennes, des boucles soyeuses enroulées autour de ses doigts.

Réprimant un gémissement, il fit volte-face et alla se camper devant la fenêtre, le regard perdu dans la pénombre de la rue. Nom d'un chien ! Il avait du mal à croire que les souvenirs aient pu conserver un tel pouvoir émotionnel après tout ce temps.

— Je ne t'ai jamais demandé pourquoi tu avais quitté si brusquement l'Oxfordshire, reprit Tristan, et je ne te le demanderai pas aujourd'hui. Je suis sûr que tu avais tes raisons. Sache cependant que si les autorités parviennent à accuser l'un des garçons de ces cambriolages, elles en profiteront pour fermer définitivement Willow Park. Les enfants seront dispersés aux quatre vents, livrés à une administration indifférente, quant à Vanessa, elle sera anéantie. Je refuse d'assister à une telle catastrophe sans rien faire.

Peter crispa les poings. Comment rester insensible à cette requête après tout ce que le comte et sa femme avaient fait pour lui ?

Il ne le pouvait pas, point final. Les Ellington, Benji et ses camarades avaient besoin de lui. Or, il venait justement de clore une affaire, et rien d'urgent n'exigeait sa présence à Londres.

Quant à Emily… eh bien, il n'était pas question que la jeune sœur du comte influe sur sa décision.

Chassant la vision d'une paire d'yeux violets chargés de sensualité, il fit face à Tristan, et déclara résolument :

— Très bien. Donnez-moi un jour ou deux pour régler les choses à Bow Street. Après quoi, je vous accompagnerai à Knighthaven.

2

Emily tira sur les rênes et immobilisa sa monture à la lisière des bois qui longeaient le domaine. La main en visière au-dessus des yeux, elle contempla le panorama.

Le soleil avait dissipé le brouillard qui noyait la campagne lorsqu'elle avait quitté la maison. À présent, une immense mer verdoyante se déroulait devant elle à perte de vue. Les fleurs des champs poussaient à profusion, répandant leur doux parfum dans l'air qui bruissait du bourdonnement paresseux des insectes.

Sur une colline au loin, telle une reine veillant sur ses sujets, se dressait Knighthaven avec ses fenêtres à meneaux qui scintillaient au soleil.

Emily aimait cette maison de tout son être, et, en temps normal, elle l'aurait contemplée avec fierté et ravissement. Cette splendide journée l'aurait comblée de joie. Hélas, ce n'était plus le cas. Le désespoir avait envahi sa vie, et elle se demandait si elle serait un jour capable de se réjouir à nouveau de quoi que ce soit.

Elle se mordit la lèvre et repoussa une boucle de son front. Contrairement à ce qu'elle avait espéré, cette promenade matinale ne lui avait pas fait oublier ses soucis. Mensonges et remords la hantaient en permanence, et quoi qu'elle fasse, elle ne parvenait pas à s'en débarrasser.

« Rappelle-toi que tu agis ainsi pour le bien de Tristan et de Vanessa, se tança-t-elle. Sans parler du bébé à naître, et des enfants de Willow Park qui dépendent d'eux. » Emily avait souffert d'une enfance solitaire. Son frère et sa belle-sœur étaient sa seule famille. Elle les aimait profondément, et ne permettrait pas qu'on leur nuise.

Son anxiété dut se communiquer à sa monture, car celle-ci se mit soudain à piaffer.

— Désolée, ma fille, dit Emily en flattant l'encolure de la jument. Je te gâche le plaisir de la balade.

Elle n'avait jamais réussi à dissimuler son humeur à Artemis. Son frère la lui avait offerte lorsqu'ils s'étaient installés définitivement à Knighthaven et, au fil du temps, une véritable complicité s'était installée entre la jeune fille et la jument. L'unique autre être dont elle se soit sentie aussi proche avait été…

Elle s'empêcha d'aller plus loin. Penser à lui ne servait à rien. Pas maintenant.

Elle donna un léger coup de talon dans les flancs de la jument et reprit le chemin de la maison. Sa première impulsion avait été d'envoyer un messager à Brimley Hall pour proposer à Adam de se joindre à elle. Le vicomte Moreland était un beau jeune homme blond, fort enjoué de surcroît, dont elle appréciait la compagnie. Mais le besoin d'être seule avec ses pensées l'avait retenue.

Elle ne pouvait continuer ainsi, songea-t-elle avec désespoir. Mais, pour le moment, que faire d'autre ? Si elle ne suivait pas à la lettre les instructions de son persécuteur, elle risquait de perdre cette famille qu'elle s'efforçait tellement de protéger.

Et cette éventualité l'horrifiait d'autant plus qu'elle avait connu une enfance privée d'amour.

La piste qu'Emily suivait en croisait une autre qui menait directement aux écuries de Knighthaven. Alors qu'elle éperonnait Artemis pour passer au trot, un bruit de galop se fit entendre à peu de distance. Inquiète, elle lança un coup d'œil par-dessus son épaule.

Un cheval noir surgit à toute allure au détour du chemin. Le cavalier tira sur les rênes pour éviter la collision, mais cette irruption effraya Artemis qui se cabra en hennissant. Emily glissa de sa selle et tomba brutalement sur le sol.

À demi assommée, elle demeura allongée sur le dos, les yeux rivés sur les feuillages qui lui cachaient en partie le ciel, tout en luttant pour retrouver son souffle. Puis, à travers le bourdonnement qui lui emplissait les oreilles, elle entendit son nom, et se rendit compte que l'autre cavalier avait mis pied à terre et s'approchait d'elle.

— Emily ?

Elle se redressa en position assise, et ne put retenir un gémissement, car le paysage s'était mis à tourner autour d'elle. Au bout d'une ou deux secondes, le monde se stabilisa, et elle concentra son attention sur la silhouette qui se penchait sur elle.

Son cœur manqua un battement.

L'homme était grand et musclé. Il émanait de toute sa personne une grâce nonchalante, presque féline. Il avait d'épais cheveux fauves et des yeux d'un bleu fascinant, et il examinait Emily d'un regard incroyablement pénétrant.

Non. Ce ne pouvait être…

Mais si. Elle ne connaissait que trop bien ce saisissant visage aux traits finement ciselés. À une époque, il lui était aussi familier que le sien.

Peter Quick était revenu.

Penché sur Emily, qui semblait quelque peu secouée, Peter ne put s'empêcher de s'émerveiller des caprices du destin. Il n'y avait qu'une personne à Knighthaven qu'il désirait éviter, et il avait fallu que ce soit justement sur elle qu'il tombe – façon de parler – dès son arrivée.

Il s'en était d'ailleurs fallu d'un cheveu qu'il ne la percute de plein fouet. Il en avait encore le cœur battant.

— Emily, ça va ? demanda-t-il.

— Vous !

Le mot vibra entre eux, chargé d'un mélange d'incrédulité et de mépris qui blessa Peter plus profondément qu'il n'aurait voulu l'admettre. Il dut lutter pour conserver cette expression indifférente derrière laquelle il se retranchait d'ordinaire.

— Oui, moi, fit-il d'un ton posé. Et, comme vous semblez incapable de me rassurer sur votre état, je vais devoir le vérifier moi-même.

Il s'inclina sur elle comme pour l'examiner.

— Ne soyez pas ridicule, protesta-t-elle en lui décochant un regard noir. Je vais très bien.

— Vous êtes sûre ? La chute a été brutale.

— Certaine. C'était une chute de rien du tout, et ce n'est pas la première, rétorqua-t-elle.

— Ah, oui... Je crois me souvenir d'un incident. C'était lors de notre première année à Little Haverton, et l'un des garçons de Willow Park vous avait défiée de monter l'étalon que venait d'acquérir votre frère. Vous avez achevé la balade dans un abreuvoir, il me semble.

Les joues d'Emily rosirent.

— Oui, eh bien, j'ai toujours fait preuve de plus d'audace que de bon sens, reconnut-elle avec une grimace d'agacement. Ce qui ne fait que confirmer ce que je vous disais. J'ai l'habitude de ce genre de mésaventures.

— En effet, vous avez le don de vous attirer des ennuis, pas vrai ?

Emily s'empourpra davantage, puis se mit en devoir de se relever. Peter lui saisit aussitôt le coude pour l'aider et, bien qu'elle ne le repoussât pas, il la sentit se crisper à son contact.

— Où est passé Artemis ? s'inquiéta-t-elle en jetant un regard autour d'elle.

— Là-bas, répondit Peter en indiquant du menton la jument qui paissait à côté de Champion, son propre cheval. Elle a l'air de s'être remise de ses émotions.

Emily fit un pas en direction de sa monture, oscilla légèrement, et lâcha un petit cri étouffé. La main de Peter se resserra sur son bras.

— Quoi ? Qu'est-ce qu'il y a ?

— Rien. Ma cheville est un peu douloureuse, c'est tout.

— Attendez. Laissez-moi vous aider.

— Je vous assure que je n'ai nul besoin d'aide, monsieur Quick, et je vous serais reconnaissante de cesser de…

— Et moi, je vous serais reconnaissant de cesser de vous obstiner…

Comme elle l'ignorait et avançait d'un pas chancelant, il laissa échapper un juron.

— Pour l'amour du…

Et avant même qu'elle ait le temps de protester, il la souleva dans ses bras.

Dieu qu'elle était frêle et délicate ! Elle aurait pu être gravement blessée, songea Peter avec effroi. De manière fort prévisible, le contact de ces formes féminines entraîna une réaction très inconvenante, quoique typiquement masculine, et il ne put que prier pour qu'elle ne s'en aperçoive pas.

— Que faites-vous ? s'écria-t-elle en se cramponnant à ses épaules tandis qu'il fonçait vers une souche. Reposez-moi immédiatement !

Excellente idée. Elle lui faisait un tel effet qu'il avait tout intérêt à s'écarter d'elle au plus vite.

— Avec plaisir.

Il la déposa sans cérémonie sur la souche, puis s'agenouilla et tendit la main vers l'ourlet de sa jupe.

— Monsieur Quick !

Il suspendit son geste et leva les yeux vers elle. Elle avait peu changé en quatre ans, et demeurait aussi belle et lumineuse que dans son souvenir. Avec son élégante redingote bleu roi, ses cheveux blonds rassemblés sous son chapeau à plumes, elle ressemblait vraiment à l'ange qu'il avait toujours vu en elle. Un ange un peu dépenaillé, certes, avec sa jupe boueuse et son chapeau de guingois, mais un ange tout de même.

Elle avala sa salive, puis leva le menton, et reprit d'un ton hautain :

— Vraiment, monsieur Quick, ce n'est pas nécessaire. Je vous l'ai dit, je n'ai rien.

Il était « monsieur Quick », maintenant ? Oubliés les mots d'amour qu'elle lui avait jadis murmurés à l'oreille ?

Bon, inutile de s'en étonner, songea-t-il en esquissant une grimace. La réponse, il la connaissait. L'animosité tapie dans ce superbe regard violet était amplement méritée.

S'efforçant de revenir au présent, il afficha une expression sévère.

— Que cela vous plaise ou pas, lady Emily, j'ai l'intention de vérifier que vous n'êtes pas blessée, et si vous coopérez, ce sera d'autant plus rapide. Croyez-moi, cela ne me fait pas plus plaisir qu'à vous.

À la grande surprise de Peter, elle croisa les bras et regarda au loin, comme si discuter avec lui l'ennuyait au plus haut point.

Inspirant profondément, il souleva le bas de sa jupe et lui ôta l'une de ses bottes avec précaution avant de lui palper délicatement la cheville. Il avait beau tenter d'adopter une attitude détachée, il lui était impossible d'ignorer la finesse de la cheville et la chaleur de la peau sous le bas. Passant rapidement à l'autre jambe, il l'examina avec autant de soin. Emily se crispa.

— C'est celle-ci qui vous fait mal ? s'enquit-il d'une voix rauque.

Elle haussa les épaules, mais évita son regard.

— Apparemment, ce n'est pas cassé, annonça-t-il en effleurant la zone sensible. C'est sans doute une entorse.

Il reposa le pied d'Emily sur le sol.

— Je vous dois mes excuses, milady, acheva-t-il.

Elle consentit enfin à le regarder.

— Pourquoi ? s'étonna-t-elle.

— Pour avoir effrayé votre cheval. J'étais perdu dans mes pensées et j'allais beaucoup trop vite. Je n'imaginais pas que quelqu'un de Knighthaven puisse se promener de si bonne heure.

— Je suis plutôt lève-tôt, ces derniers temps. J'ai découvert qu'une promenade à cheval à l'aube me détendait.

— Vous, une lève-tôt ? Si je me souviens bien, vous restiez au lit jusque près de midi.

Elle baissa la tête. Songeait-elle aux innombrables fois où il avait escaladé le treillage pour frapper à sa fenêtre et lui proposer une aventure matinale ? se demanda-t-il. Elle n'avait jamais manqué de lui reprocher ces réveils intempestifs, mais elle lui avait toujours pardonné.

Et l'avait toujours accompagné.

— Beaucoup de choses ont changé ces dernières années, répliqua-t-elle en dardant sur lui un regard méfiant. Pourquoi êtes-vous là ?

La question abrupte le fit sourciller.

— À vous entendre, on pourrait croire que vous n'êtes pas contente de me voir.

— Veuillez m'excuser, mais vous admettrez que votre apparition a tout lieu de me surprendre, n'est-ce pas ? Les rares fois où vous êtes venu à Little Haverton, vous avez séjourné à Willow Park sans jamais mettre les pieds à Knighthaven.

Ah ! Elle avait donc remarqué qu'il évitait le domaine Ellington.

— C'est vrai. Je pensais que ma présence ne ferait que nous mettre dans l'embarras, vous et moi.

— Peut-être. Cela ne répond pas à ma question. Pourquoi êtes-vous ici ?

— Votre frère m'a invité.

— Tristan ? Il est revenu de Londres ?

— Il ne devrait pas tarder. Sa voiture me suivait de près.

Lorsque Tristan et lui avaient quitté l'auberge où ils avaient passé la nuit, Peter avait décidé d'achever le voyage à cheval. Il voulait profiter de sa solitude pour mettre de l'ordre dans le chaos de ses pensées.

Il n'y était pas parvenu. Et sa rencontre pour le moins brutale avec Emily n'avait fait qu'accroître son désarroi.

Fronçant les sourcils, il se leva et recula.

— Mieux vaut ne pas s'attarder si vous voulez être de retour à Knighthaven à temps pour accueillir votre frère.

— Oui, bien sûr, fit Emily, le visage fermé.

Comme elle se penchait pour enfiler ses bottes, Peter s'éloigna de quelques pas. Il avait été un peu abrupt, mais il était pressé de ramener Emily à Knighthaven afin de prendre sans attendre ses distances avec elle.

Si quelques instants en compagnie de la jeune fille avaient suffi à le déstabiliser, comment diable supporterait-il de demeurer sous le même toit qu'elle pour Dieu savait combien de temps ?

En dépit de ses appréhensions, il savait qu'il ne pouvait plus se dérober. Il espérait juste que cette décision ne se révélerait pas la plus grosse erreur de sa vie.

3

Peter était revenu.

Tout en s'inquiétant des implications liées à ce retour imprévu, Emily ne pouvait s'empêcher de lui glisser des regards de biais tandis qu'il chevauchait à ses côtés.

Que diable était-il venu faire à Knighthaven? s'interrogea-t-elle pour la énième fois.

Lorsqu'elle avait vu son visage au-dessus du sien, alors qu'elle gisait sur le sol, elle avait cru qu'elle rêvait, ou qu'elle avait reçu un choc sur le crâne en tombant et qu'elle était victime d'une hallucination. Puis il avait parlé, et elle avait compris qu'il était là en chair et en os. Peter Quick, aussi grand et beau que dans son souvenir. Certes, ses épaules s'étaient un peu élargies, et son visage tanné avait une expression plus dure, mais sa vue produisait sur Emily le même effet qu'autrefois; le souffle court, elle semblait soudain incapable d'aligner deux pensées cohérentes.

Seigneur, elle était tellement convaincue que les sentiments qu'elle éprouvait pour lui étaient morts, qu'il leur avait porté un coup fatal en l'abandonnant brutalement. Eh bien, apparemment, elle se leurrait. Il avait gardé le pouvoir de la troubler au-delà des mots. Lorsqu'il l'avait prise dans ses bras, elle avait senti sa bouche s'assécher au contact de son torse musclé, et quand il lui avait palpé les chevilles de ses grandes mains calleuses, son cœur s'était emballé stupidement.

« Rappelle-toi qui est cet homme, se sermonna-t-elle. C'est celui qui t'a abandonnée sans explication ! »

Elle avait toutes les raisons de se méfier. Quatre ans plus tôt, elle avait cru que Peter et elle étaient aussi proches l'un de l'autre qu'il était humainement possible de l'être. À tort. Cette erreur de jugement lui avait causé de grandes souffrances, sans parler de sa déception. Et sa blessure n'en finissait pas de cicatriser. Jamais elle n'oublierait cette trahison.

Mais elle avait aujourd'hui presque vingt-deux ans. Elle n'était plus une enfant, mais une adulte censée contrôler ses émotions et se comporter dignement. Elle avait l'intention de se montrer polie, mais distante, afin qu'il comprenne qu'en ce qui les concernait, le passé était mort.

Elle se tourna à demi vers lui, et demanda d'un air volontairement désinvolte :

— Vous n'avez pas vraiment répondu à ma question.

— Ah ? fit-il en lui lançant un bref regard. Et quelle était cette question ?

— Pourquoi êtes-vous ici ? Pourquoi mon frère vous a-t-il invité ?

— Il semblait penser que cela ferait plaisir à lady Ellington, répondit-il, les yeux fixés sur le chemin.

Emily attendit la suite, mais comme rien ne venait, elle préféra ne pas insister. De toute évidence, Peter n'avait pas plus envie qu'elle d'entamer une conversation.

Ils pénétrèrent peu après dans la cour des écuries, et un palefrenier sortit du bâtiment pour récupérer leurs montures. Peter sauta à terre. Avant qu'Emily ait pu faire un geste, il l'attrapa par la taille et la déposa sur le sol d'un mouvement fluide.

Mais au lieu de la lâcher immédiatement, ses mains s'attardèrent et il se pencha sur elle en scrutant son visage.

— Vous êtes sûre que vous allez bien ? s'enquit-il. Votre cheville ne vous fait plus souffrir ?

« Sois polie, Emily, s'ordonna-t-elle, un peu haletante tandis qu'elle croisait son regard. Polie, mais distante. »

— Tout va bien, je ne sens plus rien.

Ce n'était qu'un demi-mensonge. Car elle ne sentait rien d'autre qu'un fourmillement incongru là où les doigts de Peter lui pressaient la taille.

Le bruit caractéristique d'un attelage quittant la route pour remonter l'allée se fit entendre.

Immensément soulagée, Emily en profita pour se dégager.

— Ce doit être Tristan, fit-elle.

Sans attendre, elle tourna les talons et s'éloigna sur le chemin pavé qui contournait le château. Elle atteignit le perron à l'instant où l'élégant équipage arborant le blason des Ellington s'arrêtait.

Le cocher sauta de son siège et ouvrit la portière. Le comte d'Ellington déplia sa haute silhouette.

— Tristan ! s'écria Emily en se jetant dans ses bras pour l'étreindre.

— Eh bien, que se passe-t-il ? fit-il d'une voix moqueuse en l'embrassant sur la tempe. Si je ne savais à quoi m'en tenir, je croirais presque que j'ai manqué à ma petite sœur.

La gorge d'Emily se serra. Tristan et elle n'avaient pas toujours été proches. C'était avec colère et ressentiment qu'elle l'avait vu revenir à Knighthaven pour s'occuper d'elle après la mort de leur père. Elle avait quatorze ans, à l'époque, mais au fil des ans leur relation avait évolué, et ils éprouvaient à présent une solide et profonde affection l'un pour l'autre.

— Comme si cela était possible, ricana-t-elle en le lâchant. Je ne vois pas comment un personnage aussi exaspérant pourrait me manquer.

Tristan se mit à rire, puis son visage s'assombrit tandis qu'il examinait sa sœur avec attention.

— Dieu du ciel, Emily, que t'est-il arrivé ? Tu as l'air d'avoir été traînée dans des broussailles.

Consciente du regard de Peter qui les observait de loin, elle rougit et coinça fébrilement une mèche de cheveux derrière l'oreille.

— Euh… je crains d'être tombée de cheval durant ma promenade matinale.

— Tu t'es blessée ?

Avant qu'elle ait pu ouvrir la bouche, Peter les rejoignit.

— Elle s'est tordu la cheville, intervint-il avec aplomb. À part cela, elle semble aller bien.

Emily se tourna vers lui, prodigieusement agacée. Comme si elle avait besoin qu'il réponde à sa place

— Oui, M. Quick est arrivé à temps pour me prêter assistance.

Son regard se souda brièvement à celui de Peter dans les profondeurs duquel tournoyaient des ombres.

— Je lui en suis très reconnaissante, acheva-t-elle.

Le comte sourit. Il ne paraissait pas conscient de la tension qui régnait entre les deux jeunes gens.

— Ah, Peter. Je suis vraiment content que tu aies accepté de venir. Il t'a dit qu'il nous fait l'honneur de séjourner chez nous, cette fois-ci ? ajouta-t-il à l'adresse de sa sœur.

Le cœur d'Emily eut un soubresaut. Elle avait dû mal comprendre.

— Ici ? À Knighthaven ? Pas à Willow Park ?

— Non, ici. Il a accepté de prêter main-forte aux autorités locales pour appréhender le Cambrioleur de l'Oxfordshire.

Emily eut l'impression que son sang se ruait dans ses orteils, tandis que ses oreilles se mettaient à bourdonner. Son univers parut soudain se réduire au regard perçant de Peter qui la fixait avec une intensité déstabilisante. Elle aurait dû deviner la raison de sa visite, mais elle avait été tellement prise de court que cette possibilité ne l'avait même pas effleurée.

Comment réagirait-il s'il découvrait que la fille avec laquelle il avait grandi, à laquelle il avait enseigné à titre de distraction l'art du vol à la tire, utilisait à présent ses talents pour dépouiller les honnêtes gens ?

La réponse ne faisait, hélas, aucun doute. Avec ce sens du devoir qui le caractérisait désormais, il se sentirait obligé de la dénoncer. Ignorant ses mobiles, et peu soucieux de les connaître, il n'hésiterait pas une seconde. Il l'arrêterait sur-le-champ, ruinant ainsi tous ses efforts pour sauver sa famille.

— Emily ?

Son frère l'examinait avec curiosité. Elle plaqua un sourire sur son visage en dépit de sa panique grandissante.

— Ce sont de merveilleuses nouvelles, bien sûr.

Elle se tourna vers Peter, et son sourire vacilla.

— Mais je suis un peu surprise. Vous n'avez pas trop à faire à Londres pour consacrer du temps à un simple voleur de campagne ? Vous...

— Cette affaire est loin d'être simple, l'interrompit Tristan. Ce brigand a cambriolé trois demeures durant le mois dernier, dont celle de très bons amis à nous. Et je n'ai pas besoin de te dire quel genre de problèmes cela risque d'entraîner à Willow Park.

— Oui, mais...

— Je n'ai jamais trop à faire quand il s'agit de venir en aide à ma famille, lady Emily, intervint Peter, le visage grave. Il n'y a pas d'urgences en ce moment à Bow Street, aussi je peux disposer de mon temps comme je le désire. Et j'ai l'intention de l'utiliser pour traîner ce voleur en justice.

Emily se figea, et une boule se forma dans sa gorge. Elle s'efforça de hocher brièvement la tête en priant pour que son visage ne trahisse pas son affolement.

— Bien sûr. Je suis persuadée que votre aide sera la bienvenue.

Tristan prit le bras de sa sœur.

— Que diriez-vous d'aller prévenir Vanessa de notre arrivée ? Elle est impatiente de te voir, Peter.

Tel un condamné se dirigeant vers le lieu de son exécution, Emily monta les marches au bras de son frère. Elle était intensément consciente de la présence de Peter, juste derrière elle. Il émanait de lui un magnétisme si puissant qu'elle ne pouvait l'ignorer, l'aurait-elle souhaité.

Il était là pour coincer le voleur.

Ces mots résonnaient lugubrement dans sa tête, et elle réprima un frisson. Peter serait beaucoup plus difficile à duper que son frère et sa belle-sœur. En outre, elle savait mieux que quiconque combien il était obstiné une fois qu'il s'était donné une mission.

Elle inspira à fond. Premier impératif : rester calme et recouvrer ses esprits.

Comme ils pénétraient dans le vestibule, le majordome vint accueillir son maître, l'air visiblement soulagé.

— Je suis content que vous soyez de retour, milord, fit le petit homme corpulent en prenant les chapeaux et les gants des messieurs.

— Merci, Langley, répondit Tristan. Et moi, je suis content de rentrer chez moi.

— Et monsieur Peter ! s'écria le domestique dont la figure rougeaude s'éclaira. Vous nous faites le plaisir d'une petite visite ?

— Si on veut.

— Lady Ellington sera enchantée, affirma le majordome qui paraissait partager ce sentiment. Vous comptez rester longtemps ?

Sentant le regard de Peter s'attarder sur elle, Emily se tendit.

— Je ne sais trop pour le moment, Langley. Disons que mon séjour pourrait se prolonger un certain temps.

Frustrée, la jeune fille serra les dents. L'imprécision voulue lui était destinée, elle l'aurait juré.

— Langley, où est lady Ellington ? s'enquit le comte.

— Elle prend le thé au salon avec Mme Lilah, milord.

— Comment se sentait-elle, ce matin ?

— Tout à fait bien, milord. Mais j'avoue que cela a été difficile de l'empêcher de s'agiter, reprit Langley en jetant un coup d'œil vers la porte du salon qui était entrouverte. Bénie soit Mme Lilah ! Je…

— Langley ? fit une voix féminine. À qui parlez-vous ? Aurions-nous des invités ?

Impatient de revoir sa femme, Tristan se dirigea à grands pas vers le salon. Emily s'apprêtait à le suivre lorsque la main de Peter se posa sur son bras.

— Oui ? fit-elle en tournant vers lui un visage qu'elle espérait indéchiffrable.

Il hésita un instant, puis déclara d'une voix grave :

— Emily, je veux que vous sachiez qu'en acceptant de venir ici, je n'avais absolument pas l'intention de vous blesser. Je vous prie de m'excuser si la situation est un peu embarrassante.

Un peu embarrassante ? Elle haussa un sourcil. Elle n'imaginait pas comment elle aurait pu être pire ? Il n'était pas question, cependant, qu'il sache ce qu'elle éprouvait, ni qu'elle lui laisse deviner sa peur.

— Rassurez-vous, monsieur Quick. Votre présence ne m'affecte aucunement. Je ne vois pas d'ailleurs pourquoi il en serait autrement.

Sur ce, elle tourna les talons et s'élança vers le salon, suivie de Peter dont le regard lui incendiait la nuque.

Elle rattrapa son frère au moment où il franchissait la porte. Spacieuse et claire, la pièce reflétait les goûts raffinés de la maîtresse de maison. Peu de meubles. Des teintes délicates, bleues et ivoire. Tout donnait une impression d'élégance et de fraîcheur. Les portes-fenêtres laissaient entrer la brise printanière.

— Eh bien, regardez un peu qui a enfin décidé de rentrer à la maison ! s'écria la voix mélodieuse d'une belle et forte femme qui se tenait à côté de la cheminée.

Lilah était l'épouse de Cullen, le bras droit de Tristan, ainsi que l'amie de lady Ellington. Ancienne prostituée, elle possédait un charme provocant et un franc-parler que d'aucuns pouvaient trouver déconcertants, mais qu'Emily appréciait sincèrement.

— Il était temps que vous cessiez de baguenauder en ville pendant que nous restions là, à nous tourner les pouces, poursuivit-elle en croisant les bras sur son ample poitrine.

— Je vous assure, Lilah, que j'étais loin de m'amuser, protesta Tristan. Vous savez combien je déteste Londres. Surtout pendant la Saison.

— Tristan.

Tous les regards convergèrent vers la personne allongée sur le canapé disposé entre deux portes-fenêtres.

Grande, avec des yeux verts très expressifs et une profusion de boucles auburn, lady Ellington était une femme d'une beauté saisissante et d'une grâce éthérée. Personne, en la voyant, n'aurait deviné quelle enfance misérable avait été la sienne. De même, on avait du mal à croire qu'elle arrivait au terme d'une grossesse difficile. Son teint était lumineux, et son sourire plus chaleureux et charmant que jamais. L'unique signe de son état était le ventre rond qui pointait sous la mousseline ambre de sa robe.

Se redressant, Vanessa tendit la main à son époux.

— Bienvenu à la maison, chéri.

Tristan la rejoignit en hâte, s'empara de sa main et se pencha pour l'embrasser sur la joue.

— On m'a dit que tu avais enfreint les instructions du Dr Brady, fit-il en fronçant les sourcils d'un air désapprobateur.

— Oh, voyons, Tristan, tu sais bien que je ne ferai rien qui puisse mettre en danger notre enfant ! Je me suis contentée d'aller deux fois à Willow Park. Je t'assure, j'ai été très prudente et je ne suis pas restée longtemps.

Tristan jeta un coup d'œil à Lilah qui haussa les épaules.

— Inutile de me regarder ainsi. Vous connaissez suffisamment votre femme pour savoir qu'elle n'en fait qu'à sa tête.

— Eh bien, maintenant que je suis de retour, les choses vont changer, annonça-t-il en dardant sur son épouse un regard sévère. N'est-ce pas, chérie ?

— Oui, Tristan, répondit-elle d'un ton suave qui ne trompa personne.

Le comte se croyait peut-être le maître, mais tout le monde savait qui tenait réellement les rênes.

Le regard de la comtesse se porta au-delà de son mari, sur Peter qui se tenait sur le seuil, appuyé nonchalamment au chambranle.

— Alors, Peter, vas-tu te décider à venir me dire bonjour ou bien comptes-tu rester là et prendre racine ?

Un grand sourire adoucit ses traits tandis qu'il traversait la pièce.

— Bonjour, milady, fit-il en portant à ses lèvres la main que Vanessa lui tendait. Je suis content de vous voir en aussi bonne santé.

— Je savais que tu viendrais, déclara lady Ellington sans cacher sa joie. Tristan n'en était pas certain, il craignait que mille choses ne te retiennent à Londres, mais moi, je n'en ai jamais douté.

— Vous étiez si sûre de moi ?

— Je te connais, Peter Quick. Tu es de ceux qui protègent ceux qu'ils aiment.

À ces mots, le cœur d'Emily s'emballa. Rien n'était plus vrai. Peter ferait tout pour venir en aide aux gens qu'il aimait, y compris traîner en justice la personne qui leur nuisait.

Une bouffée de panique la submergea de nouveau à cette pensée.

— Il était temps que tu te ramènes, mon garçon, renchérit Lilah. Ton retour mérite qu'on le fête.

— Je suis d'accord ! s'écria Vanessa. C'est une excellente occasion pour réunir quelques amis.

— Vanessa… tenta de protester Tristan.

— Oh, rien d'important, chéri. Juste un petit dîner entre nous. Lilah et Cullen, les McLean, Angus et Rachel qui pourront amener Jenna.

Emily se sentit soudain très mal. Un dîner ? Qui l'obligerait à supporter toute la soirée la présence de Peter et à feindre de se réjouir de son retour ?

— Cela ne me paraît pas une bonne idée, Vanessa, intervint-elle. Même la réception la plus modeste requiert des préparatifs. Rappelle-toi que tu ne dois pas te surmener.

À sa grande surprise, Peter abonda dans son sens.

— Elle a raison, milady. Une réception est inutile. Et il serait préférable que je consacre cette soirée à prendre connaissance des détails des cambriolages.

— Sottise ! s'exclama Vanessa. Moi aussi, j'ai hâte qu'on mette la main sur ce bandit, mais un retard de quelques heures ne nuira pas à ton enquête. Tristan peut faire porter un message au chef de la police afin qu'il passe demain matin et te communique tout ce qu'il sait de l'affaire. Quant aux préparatifs, ajouta-t-elle à l'adresse d'Emily, nous ne ferons rien de compliqué. Tous nos proches savent que nous ne tenons pas au protocole.

Elle s'empara à nouveau de la main de Peter.

— Je t'en prie. Tu viens si rarement, et cela me permettra d'oublier un peu mes propres inquiétudes, dit-elle en jetant un regard soucieux sur son ventre. Nous pourrions inviter aussi Benji. Je suis sûre qu'il ne voudra pas manquer une occasion de te voir.

Un bref instant, Emily crut voir une ombre voiler le visage de Peter avant qu'il ne hoche la tête.

— Eh bien, d'accord. Si du moins lord Ellington n'y voit pas d'objections.

— Je ne m'y risquerais pas, dit Tristan. Une fois qu'elle a pris le mors aux dents, il n'y a plus le moyen de l'arrêter. Cependant, ma chérie, enchaîna-t-il en se tournant vers sa femme, je tiens à ce que tu respectes ta promesse et que cette réception ne prenne pas des proportions démesurées. Pas d'autres invités que ceux que tu as mentionnés. Et je ne te quitterai pas des yeux. Si tu éprouves la moindre fatigue, je veux en être informé immédiatement afin que je puisse mettre tout le monde à la porte. C'est compris ?

Le ton était impérieux. Vanessa menait peut-être le comte par le bout du nez, mais elle savait quand il fallait céder.

— Bien sûr, répondit-elle avec un sourire radieux. Est-ce que je ne m'incline pas toujours devant ton jugement supérieur ?

Tristan leva les yeux au ciel.

Ainsi, la chose était décidée, songea Emily avec humeur tandis que lady Ellington et Lilah s'attaquaient à la composition du menu. Que cela lui plaise ou non, elle aurait à endurer une soirée de bavardages avec Peter et une poignée d'invités. Il lui faudrait parler, rire et se comporter comme si tout allait bien, alors qu'au fond d'elle-même elle avait le sentiment que son univers était sur le point de voler en éclats.

Ses yeux croisèrent ceux de Peter et une onde de chaleur la traversa tant son expression était intense.

Seigneur, comment allait-elle survivre à cette soirée ? Et aux jours suivants ?

4

— Et sans crier gare, les voilà qui organisent un dîner pour fêter son retour !

Emily donna à Artemis un autre vigoureux coup d'étrille et lança un regard par-dessus son épaule à Jenna. Celle-ci se tenait à l'entrée du box, bras croisés et casquette à visière enfoncée jusqu'aux yeux.

— C'est incroyable, non ? On dirait qu'ils ont tous oublié la brutalité avec laquelle il nous a plantés là, un beau matin, sans explication.

Comme si elle se rendait soudain compte que son indignation était puérile, Emily revint à son cheval.

— Moi, ça m'était égal, bien sûr.

Un reniflement dubitatif la fit rougir.

— Je t'assure, ça m'était complètement égal, insista-t-elle. Mais cela a fait beaucoup de peine à Tristan et à Vanessa. Sans parler de Benji et des enfants de Willow Park qui l'ont toujours adoré.

Elle caressa les naseaux duveteux de la jument qui la remercia d'un léger hennissement.

— Et là-dessus, j'apprends qu'il est venu enquêter sur les cambriolages… Oh, Jenna, qu'allons-nous faire ?

Le silence persistant, elle fit volte-face.

— Jenna ? Tu m'écoutes ?

La jeune fille se redressa et, repoussant sa casquette en arrière, prit une attitude un peu moins désinvolte.

— Vous m'interrogez ? Je croyais que vous aviez oublié que j'étais là.

— Jenna, il n'y a pas matière à plaisanter.

— Parce que j'ai l'air de plaisanter ? s'écria Jenna en rejetant sa tresse noire derrière l'épaule. Croyez-moi, c'était pas particulièrement amusant de vous entendre bavasser sur Peter Quick. C'est tout juste si vous vous arrêtiez pour respirer, je ne pensais donc pas que vous attendiez une réponse. Vous paraissiez vous débrouiller très bien toute seule pour entretenir la conversation.

Emily se mordit la lèvre. Jenna avait raison. Depuis qu'elle avait rejoint son amie, elle n'avait fait que se plaindre du retour de Peter. Et de son départ quatre ans auparavant.

— Tu as raison, excuse-moi. Mais je ne comprends pas qu'ils se comportent tous comme si les quatre dernières années n'avaient aucune importance. Nous sommes censés oublier le mal qu'il nous a fait, j'imagine.

— C'est du mal qu'il vous a fait à *vous* que vous voulez parler ?

— Oui. Euh... non. Enfin... Oh, je ne sais pas ce que je veux dire !

Emily jeta l'étrille au loin et se laissa tomber sur un tabouret avec un soupir d'exaspération.

— Ce Peter Quick m'horripile ! Il m'a complètement brouillé l'esprit si bien que je ne sais plus où j'en suis.

— Vous devriez peut-être vous demander pourquoi ça vous met dans cet état.

— Je sais très bien pourquoi. Peter est un Runner de Bow Street. C'est la crème de la police, et lui fait partie des meilleurs d'après ce que j'ai entendu. S'il parvient à me démasquer, je n'ose imaginer sa réaction.

— Pourquoi vous ne le lui racontez pas tout ? fit une voix masculine.

Les deux jeunes filles tournèrent brusquement la tête en direction du jeune homme dégingandé qui s'approchait d'un pas nonchalant.

Le cheveu roux en bataille, le regard vert, Miles Riley affichait une expression enjouée. Ancien membre du gang des Rag-Tag, il avait grandi à Willow Park. Son goût pour les animaux, surtout les chevaux, avait poussé lord Ellington à lui offrir un poste aux écuries de Knighthaven. Seuls Jenna et lui connaissaient le secret d'Emily. Ces dernières semaines, la jeune fille avait eu à plusieurs reprises l'occasion de lui être reconnaissante pour son aide.

À présent, elle s'interrogeait sur sa santé mentale.

— Tout lui raconter ? Miles, tu es fou ?

— Eh bien, on a eu beau se creuser la tête, on n'a pas trouvé le moyen de sortir de ce pétrin. Peut-être que lui pourrait.

— À moins qu'il ne nous jette en prison pour un temps indéfini.

Emily se leva et se mit à marcher de long en large.

— Il a beaucoup changé en huit ans, Miles, reprit-elle. Il ne comprendra jamais que nous ayons choisi ce chemin.

— C'est vrai qu'il a changé, reconnut Jenna. Mais Miles a peut-être raison. Tout lui raconter serait plus simple.

Emily secoua la tête.

— Je ne sais pas. Il est impossible de prévoir sa réaction. Je pense parfois qu'il a oublié son ancienne vie. Ce que c'est que d'avoir faim, d'être désespéré et prêt à tout pour s'en sortir.

Le visage de Jenna se ferma.

— Croyez-moi, on n'oublie pas ce genre de choses.

Emily regarda son amie, et éprouva un élan de compassion. Elle aussi avait vécu de rapines, et connu intimement la faim et le désespoir.

Lord et lady Ellington avaient confié la direction de Willow Park à ses parents, Angus et Rachel McLean. Mais quelques années plus tôt, ces derniers ainsi que leurs deux filles faisaient partie des centaines de familles misérables qui survivaient tout juste dans les bas-fonds de Londres.

Deux années seulement séparaient Emily et Jenna qui étaient rapidement devenues amies. Et si, parfois, les manières brusques de la plus jeune irritaient l'aînée, celle-ci admirait son audace et sa franchise, et appréciait son soutien et ses conseils avisés.

En particulier ces derniers temps. Qu'aurait-elle fait si elle n'avait eu Jenna et Miles vers qui se tourner lorsque son épreuve avait commencé ?

— Vous ne nous avez jamais dit ce qui s'était passé entre Peter et vous la veille du jour où il a pris le large, fit Jenna d'un air pensif, les yeux rivés sur Emily.

— C'est vrai, renchérit Miles. Chaque fois qu'on a essayé d'en savoir plus, vous avez changé de sujet. Vous vous êtes disputés ou quoi ?

Évitant leurs regards trop perspicaces, Emily marmonna :

— Pas exactement.

Une dispute. Dommage que cela n'ait pas été aussi simple.

Elle avait fait la connaissance de Peter Quick huit ans auparavant, peu après la mort de son père et le retour de Tristan à Knighthaven. Furieuse d'avoir été abandonnée par son frère des années durant à la garde d'un père indifférent, elle ne l'avait pas accueilli avec joie. Au contraire, tout avait été prétexte à rébellion, accès de colère, insolence et, finalement, fugue, histoire de lui donner une bonne leçon.

Peter et son gang de pickpockets l'avaient recueillie alors qu'elle errait dans les rues de Londres ; ils lui avaient offert un refuge et enseigné « l'art de la soulève », autre nom du vol à la tire. Peter avait prêté une oreille patiente à ses jérémiades au sujet de Tristan avant de l'amener à voir les choses du point de vue de son frère. Le temps que celui-ci la retrouve, elle avait compris qu'il méritait une seconde chance et qu'elle était loin d'être innocente dans leurs affrontements.

C'était en la recherchant que Tristan avait fait la connaissance d'une jeune veuve, Vanessa, dont il s'était épris. Ange de miséricorde à l'égard du peuple des bas-fonds, Vanessa n'avait pas oublié son propre passé de voleuse et, une fois mariée, elle avait réalisé son rêve en ouvrant un foyer pour enfants abandonnés.

C'est ainsi que Willow Park avait été créé et avait accueilli les Rag-Tag. Dès lors, Emily et Peter étaient devenus inséparables. La farouche détermination que ce dernier mettait à s'améliorer avait suscité respect et admiration chez la jeune fille. Plus âgé que les autres enfants, il lui avait été plus difficile de se plier aux exigences de l'enseignement scolaire, mais il n'avait jamais renoncé. Très vite, il avait su lire et écrire aussi bien qu'Emily. Il était aussi parvenu à éradiquer toute trace d'accent cockney, non sans mal cependant.

S'était-il rendu compte des immenses progrès qu'il avait accomplis ? Sans doute pas, songea Emily, la tête appuyée contre le flanc d'Artemis. Contrairement à elle, qui ne l'en avait admiré que davantage. Au fil du temps, leur amitié avait grandi et s'était muée en quelque chose de plus profond, de plus fort.

En fait, elle lui avait donné son cœur.

Qu'elle avait été stupide ! À ce souvenir, elle ferma les yeux. Elle avait sincèrement cru que Peter éprouvait les mêmes sentiments à son égard, que les mots d'amour échangés, les doux baisers et les caresses partagés signifiaient autant pour lui.

Et puis, sans qu'elle en sache la raison, peu avant le départ de Peter, quelque chose avait changé. Elle n'aurait su dire à quel moment précis cela s'était produit, mais soudain, il s'était fermé, était devenu distant. Elle l'avait senti s'éloigner d'elle et avait eu peur. Peur au point que le soir de son dix-huitième anniversaire, elle avait commis un acte absolument irréfléchi. Uniquement pour retenir son attention.

Et elle avait retenu son attention, aucun doute. Mais le résultat final n'avait pas été celui qu'elle visait. Cette nuit-là, ils avaient échangé le plus passionné des baisers, et avaient été à deux doigts de faire l'amour.

Et pourtant il était parti avant l'aube sans même un adieu, la laissant le cœur brisé.

— Pas exactement ? Qu'est-ce que vous entendez par là ? fit Jenna d'un ton impatient. Ou bien on se dispute, ou bien on se dispute pas.

Emily écarta le sujet d'un geste de la main. Pas question d'entrer dans les détails avec Miles et Jenna.

— Oui, on peut appeler cela une dispute. Mais peu importe. J'ai des soucis plus graves en tête pour l'instant. Par exemple, comment est-ce que je vais me sortir de cette histoire.

Miles haussa les épaules.

— Je continue à penser qu'on devrait en parler à quelqu'un. Si vous vous méfiez de Peter, pourquoi ne pas vous confier à votre frère ? Il saurait comment nous débarrasser de ce démon.

— On ne peut pas, Miles, et tu sais pourquoi.

Elle n'avait commis ces cambriolages que pour protéger Tristan d'une révélation dramatique ; s'il découvrait que leur vie entière reposait sur un mensonge…

Dans un geste de sympathie spontanée, Jenna posa la main sur le bras d'Emily.

— Ne vous rongez pas les sangs, Emily. Vous trouverez une solution. Vous en avez toujours trouvé.

— Pour l'heure, trouver comment survivre à la soirée me suffirait… J'aimerais tant que tu changes d'avis et que tu accompagnes tes parents. Ta présence me rendrait les choses moins pénibles.

— Désolée, mais comptez pas dessus, fit Jenna en secouant vigoureusement la tête. Pas question que je me pomponne et que j'aille faire des grâces dans votre salon.

— Pourquoi pas ? intervint Miles en lui jetant un regard malicieux. Ça te ferait pas de mal de te conduire en dame, pour une fois. Tu as tendance à oublier que tu fais partie de la gent féminine.

— Dis donc, toi, de quoi tu te mêles ? rétorqua Jenna. T'as rien de mieux à faire que de donner des conseils qu'on t'a pas demandés ?

— Ça dépend.

Le regard du jeune homme parcourut du haut en bas le corps mince de Jenna.

— Mais, à mon avis, un coup de main te ferait pas de mal.

Jenna s'élança vers lui, l'air menaçant, mais Emily la retint par le coude tandis que Miles éclatait de rire, puis s'éloignait.

Un grondement furieux monta de la gorge de la jeune fille qui se dégagea avec brusquerie.

— Ce type me rend folle. Un de ces jours, il va dépasser les limites. Je me demande bien pourquoi il est tout le temps à traîner dans mes pattes au lieu d'aller avec les autres garçons d'écurie.

Emily était à peu près sûre d'en connaître la raison mais elle doutait que Jenna eût envie de l'entendre. La jeune fille était un vrai garçon manqué. Elle ignorait les hommes, et leurs charmes éventuels semblaient la laisser complètement froide. Si Miles nourrissait des intentions à son égard, il allait avoir du pain sur la planche.

Emily se tourna vers Artemis et lui tapota l'encolure. La jument dut percevoir le désarroi de sa maîtresse, car elle blottit la tête dans le creux de son épaule.

— Que vais-je faire, Jenna ? Il faut que je trouve le moyen d'éviter Peter le plus possible jusqu'à ce que tout ceci soit fini. Moins je le verrai, moins il aura de chance de découvrir ce que je fais.

Jenna lui jeta un regard dubitatif.

— Et comment vous comptez vous y prendre alors qu'il va habiter sous le même toit que vous ?

Excellente question, à laquelle Emily n'avait pour l'heure aucune réponse.

Mais pourquoi donc Tristan et Vanessa avaient-ils insisté pour que Peter s'installe à Knighthaven, et non à Willow Park comme il l'avait toujours fait lors de ses séjours précédents ? Faire le mur alors qu'il dormirait à seulement quelques mètres se révélerait des plus dangereux. Mais le pire, c'était qu'en le voyant fréquemment, les sentiments qu'elle avait tellement combattus risquaient de renaître. Ce dont elle n'avait aucune envie.

— Je l'ignore, Jenna, répondit-elle d'un ton résolu. Mais je me débrouillerai pour trouver.

Il le fallait. Elle n'avait pas le choix.

5

Peter ajusta sa cravate d'un mouvement sec, puis se tourna vers la glace pour examiner son reflet une dernière fois.

Bon, il n'était pas vêtu à la toute dernière mode, mais il ferait avec, décida-t-il, ses lèvres se retroussant sur un sourire narquois. La veste croisée en tissu léger et la culotte de daim fauve avaient été achetées pour les rares occasions où son métier l'obligeait à se mêler aux membres de l'aristocratie, mais il ne s'était jamais senti à l'aise ainsi vêtu, et ce soir ne faisait pas exception.

Il secoua la tête. S'il avait eu un peu de jugeote, il aurait maintenu qu'un dîner en son honneur n'était pas nécessaire, mais l'expression suppliante de la comtesse lui avait fait ravaler ses protestations.

— Je te remercie d'avoir cédé à Vanessa, lui avait dit Tristan comme ils quittaient le salon. Je sais que tu n'as jamais aimé ce genre d'événements, mais elle s'inquiète pour le bébé et, après ces mois de repos forcé, elle a besoin de distraction. S'opposer à ce qu'elle a décidé est une tâche quasi impossible. Mieux vaut la laisser faire à son idée, plutôt qu'entrer en guerre, acheva-t-il avec un petit rire.

Peut-être était-ce vrai, songea Peter avec une grimace, mais cela ne lui rendait pas la situation plus confortable. Au moins, cette soirée ne serait pas tendue. Il connaissait et aimait tous les invités. Et il profiterait de l'occasion pour parler avec Benji et essayer de lui faire avouer ce qui le tourmentait.

Quant à Emily, ne l'ayant pas revue depuis le matin, il se demandait si elle ne l'évitait pas délibérément. Si c'était le cas, elle avait raison. Mieux valait, pour l'un comme pour l'autre, qu'ils se voient le moins possible.

Bon, il avait suffisamment tardé. Plus tôt il descendrait rejoindre les autres au salon, plus vite ils se mettraient à table et plus vite la soirée s'achèverait. Le bruit d'un attelage avait annoncé l'arrivée des premiers invités et s'attarder plus longtemps dans sa chambre serait grossier.

Carrant les épaules, il pivota sur ses talons et quitta la pièce.

Des voix lui parvinrent du rez-de-chaussée, un rire féminin suivi d'un baryton grave. Hâtant le pas, il tourna à l'angle du couloir, et faillit heurter quelqu'un qui venait de la direction opposée.

Il ouvrait la bouche pour s'excuser, lorsqu'il croisa le regard surpris d'Emily. Le souffle coupé, il n'eut même pas la présence d'esprit de prononcer les paroles qui lui venaient aux lèvres.

Fine et délicate dans sa robe de soie bleue rebrodée de fils d'argent, elle était la beauté incarnée. Lumineuse, presque éthérée, ses boucles dorées encadrant son visage en forme de cœur, elle lui apparaissait pure et innocente.

Inaccessible.

— Lady Emily, fit-il en s'inclinant.

— Monsieur Quick.

La révérence raide et légèrement vacillante qu'elle lui offrit en retour donna à Peter la satisfaction de constater qu'il était capable de la désarçonner. Au moins, il ne lui était pas indifférent. De sa part, il pourrait tout supporter, même la haine, mais pas son indifférence.

Incapable de s'en empêcher, il laissa son regard s'attarder sur la peau crémeuse de son décolleté. Les joues de la jeune fille se colorèrent sous cet examen, et un léger sourire flotta sur les lèvres de Peter.

— Vous êtes ravissante, fit-il d'une voix au timbre légèrement rauque.

Elle le remercia d'une gracieuse inclinaison de la tête, mais son regard demeura empli de méfiance.

— Merci, monsieur. Vous êtes vous-même très élégant.

— Puis-je vous escorter ? proposa-t-il en lui offrant le bras.

Un long moment, elle se contenta de le fixer en silence, le regard indéchiffrable, puis, alors qu'il se résignait à un refus, elle posa la main sur son bras.

— Merci, monsieur Quick.

À son contact, Peter eut l'impression que sa veste prenait feu, sensation qui se communiqua aussitôt à son corps entier.

— J'ai l'impression que vous vous êtes remise de votre chute, fit-il en s'efforçant de garder une expression parfaitement neutre.

— Oh, oui. Tout à fait. Ma cheville ne me fait plus mal du tout… À propos, je vous remercie de vous être plié à la requête de Vanessa. Je sais que vous ne goûtez pas ce genre de réception, c'est très gentil à vous d'avoir accepté.

Agacé par la surprise teintée de condescendance qu'il avait perçue dans la voix d'Emily, Peter répondit un peu plus sèchement qu'il ne l'aurait souhaité :

— Il m'arrive d'être gentil, milady. Et j'aime beaucoup lady Ellington. Je ne ferai rien qui puisse la blesser.

Il la sentit se crisper.

— Voilà qui est nouveau, monsieur Quick. Par le passé, vous étiez moins soucieux de ne pas blesser les autres.

Il accusa le coup. Damnation ! L'allusion à son départ précipité était évidente. Que répliquer à cela ? Qu'il n'avait agi que pour son bien à elle ? Elle ne le croirait jamais.

Arrivée au rez-de-chaussée, Emily lui lâcha précipitamment le bras comme s'il était atteint d'une maladie contagieuse et se dirigea sans attendre vers le salon.

La nuit promettait d'être longue, songea-t-il en lui emboîtant le pas.

Lilah et Cullen, son mari, le hélèrent dès qu'il franchit le seuil.

— Voici l'invité d'honneur, s'écria Lilah avec un grand sourire. Je commençais à croire que tu avais de nouveau pris la poudre d'escampette.

— Non, pas encore, dit-il en serrant la main de Cullen.

Il lança un coup d'œil à Emily qui bavardait avec Tristan et Vanessa. La lumière d'une lampe toute proche faisait scintiller ses cheveux et habillait d'une lueur chaude la courbe duveteuse de sa joue.

Un ange. Elle était trop pure pour un type dans son genre.

À cet instant, le regard de lady Ellington croisa le sien. Elle s'excusa auprès de son mari et le rejoignit.

— Benji est là, dit-elle en désignant du menton une silhouette enfoncée dans un fauteuil, près de la cheminée. Tu devrais peut-être aller le saluer.

Le ton implorant n'échappa pas à Peter. Tristan avait raison. Vanessa s'inquiétait pour le garçon.

Et elle n'avait pas tort, semblait-il, car Benji, qui avait toujours été gai et ouvert, arborait une expression si sombre que Peter y regarda à deux fois. Si Vanessa ne l'avait informé de sa présence, il ne l'aurait même pas remarqué, tant il était silencieux et immobile.

— Bien sûr. J'y vais tout de suite.

Il s'approcha de Benji qui lisait sous la lampe. Le titre se détachait en lettres dorées sur la couverture de cuir : *La Vie dans la Rome Antique*.

Cela du moins n'avait pas changé. Peter ne se rappelait pas avoir vu ce garçon le nez hors d'un livre.

— Bonsoir, Benji, dit-il à mi-voix.

Les épaules de l'adolescent se raidirent et ses doigts se crispèrent sur la couverture du livre.

Puis il leva la tête et cligna des yeux derrière les verres de ses lunettes à monture métallique, le visage dénué de toute expression.

— Bonsoir, Peter.

D'habitude, Benji accueillait Peter comme un frère aîné bien-aimé. Il lui assenait de grandes claques chaleureuses dans le dos et le suppliait de lui raconter des anecdotes sur sa vie de policier. Ce soir, en revanche, il était froid, distant… et mal à l'aise. Cela se voyait dans ses yeux, en dépit de ses efforts pour le cacher.

Il y avait visiblement un problème.

Benji posa son livre sur un guéridon et déplia sa longue silhouette.

— Cela fait longtemps, dit-il d'une voix qui commençait à muer.

— Oui. Je le regrette.

— J'imagine que tu as eu beaucoup à faire.

— Toi aussi, tu as eu trop à faire pour écrire.

— Oui, je suppose, marmonna Benji avec un haussement d'épaules désinvolte.

— Tes lettres m'ont manqué, insista Peter.

— Je suis surpris que tu t'en sois aperçu.

Peter réprima un tressaillement coupable à ces mots.

— Tu sais, commença-t-il en espérant que Benji lirait sa sincérité sur son visage, ce n'est pas parce que j'ai un travail absorbant que je ne m'intéresse pas à toi. Rien de ce qui t'arrive ne m'est indifférent. N'oublie pas que si tu as un problème – de n'importe quel ordre –, tu peux toujours m'en parler.

— Qui a dit que j'avais un problème ? répliqua le garçon d'un ton hargneux.

— Personne.

Peter marchait sur des œufs. Il ne voulait surtout pas que Benji accuse Tristan ou Vanessa de ce qu'il pourrait considérer comme une ingérence.

— Tu as l'air juste un peu… silencieux.

— Eh bien, le silence me plaît, et tout va bien. En fait, je n'ai jamais été aussi bien.

— Tu es sûr ?

— Bien sûr. Pourquoi mentirais-je ?

Peter ne le crut pas un instant, mais Langley entra pour annoncer que le dîner était servi, aussi rengaina-t-il ses arguments.

Les invités quittèrent le salon en discutant et en riant, et Vanessa, qui sortait au bras de son époux, glissa un dernier regard à Peter et à Benji. Profitant du mouvement général, celui-ci se hâta de suivre les autres.

« Oh, non, mon bonhomme, ne va pas croire que j'en ai fini avec toi », commenta Peter en son for intérieur.

Il n'avait pas fait deux pas à la suite du garçon, qu'Emily se campait devant lui, son fin visage crispé par l'irritation.

— Que lui avez-vous dit ? siffla-t-elle, les poings sur les hanches dans une pose de défi.

Peter haussa les sourcils. Il n'avait aucune envie de se disputer avec Emily, mais le ton accusateur de la jeune fille le mit sur la défensive et le poussa à répliquer d'un ton aussi peu aimable :

— Je ne vois pas en quoi cela vous concerne.

La colère incendia les joues d'Emily, et le regard qu'elle darda sur lui lançait des éclairs. Mais au lieu de lui voler dans les plumes, comme il s'y attendait, elle déclara d'une voix douce où perçait un froid mépris :

— Benji est comme un frère pour moi, ce qui m'accorde le droit de m'inquiéter de votre influence sur lui. Je ne veux pas qu'il souffre. Il a bien fallu que vous lui disiez quelque chose de peu agréable pour qu'il prenne la fuite ainsi.

Exaspéré, Peter serra les dents. Bon sang, pourquoi fallait-il qu'elle lui attribue toujours le mauvais rôle ?

— Je vous assure, milady, que pour rien au monde je ne voudrais faire du mal à Benji, et que je ne lui ai rien dit de désagréable. Peut-être avait-il faim, tout simplement.

— Ou peut-être a-t-il découvert que son héros n'était pas l'homme qu'il pensait.

— De quoi parlez-vous ?

— Les héros n'abandonnent pas les êtres dont ils sont censés se soucier. Ils ne s'en vont pas au loin en oubliant d'écrire ou de revenir régulièrement. Ils n'oublient pas d'aimer.

La voix d'Emily se fêla, et une lueur de vulnérabilité traversa son regard. Touché, il ne put s'empêcher de tendre la main.

Elle s'écarta précipitamment, et lui jeta un regard si méprisant qu'il cilla.

— Votre désertion brutale et inexpliquée a peut-être blessé plus de personnes que vous le pensiez, monsieur Quick.

Sur ce, elle tourna les talons et quitta la pièce.

Dans le silence qui s'ensuivit, Peter entendit son pouls rugir dans ses oreilles et son souffle lui échapper en saccades bruyantes.

La nuit serait longue, assurément.

6

Apprendrait-elle un jour à se contrôler ?

Fulminant en silence, Emily n'entendait qu'à peine les conversations des autres convives tant son affrontement avec Peter occupait ses pensées.

Elle s'était vraiment comportée comme une écervelée. Ne s'était-elle pas promis, un instant plus tôt, qu'elle resterait indifférente à toute provocation éventuelle ? Qu'elle se comporterait en dame et ignorerait la présence de Peter ?

Hélas, ignorer Peter Quick était impossible ! Elle aurait dû le deviner.

Assis à l'autre extrémité de la table, il discutait avec les McLean et Tristan. Celui-ci dut dire quelque chose d'amusant, car Peter rejeta la tête en arrière et éclata d'un rire grave qui lui arracha un frisson.

Grands dieux, pourquoi cet individu était-il aussi beau ? Cela frôlait la malhonnêteté. Ses cheveux fauves qui retombaient sur son front en mèches indisciplinées lui donnaient un charme un peu enfantin quasi irrésistible. Mais ses larges épaules et son torse musclé étaient sans aucun doute ceux d'un homme fait.

Emily serra les poings. Il était impératif qu'elle reprenne le contrôle de ses émotions. Chaque fois que Peter éraflait la façade lisse qu'elle tentait d'arborer, elle réagissait stupidement. Ainsi, ce soir, il avait réussi à la faire glapir comme une poissarde au sujet de Benji.

Elle jeta un coup d'œil à ce dernier. Au lieu de manger, il éparpillait la nourriture dans son assiette. Son comportement étrange inquiétait Emily autant que son frère et sa belle-sœur, mais elle était persuadée que le harceler n'aurait d'autre résultat que de le pousser à se replier sur lui-même. C'était pour cette raison qu'elle était intervenue auprès de Peter, bien maladroitement, elle devait le reconnaître.

« Il faut que tu te calmes, se tança-t-elle. Ce n'est pas en te mettant en colère à tout bout de champ que tu le convaincras de ton indifférence ! »

Était-ce au-dessus de ses forces ?

— Tristan ? s'écria Vanessa, interrompant les ruminations d'Emily. Tu ne nous as pas raconté ton séjour à Londres. Était-ce aussi pénible que tu le craignais ?

— Pire, en fait. La ville est surpeuplée, elle sent mauvais et on y étouffe... Certes, je serais heureux que tu te maries, Emily, reprit-il en souriant à sa sœur, mais t'ai-je dit combien je te suis reconnaissant d'avoir refusé de regagner Londres pour faire ton entrée dans le monde comme t'en priait tante Ruella.

Sentant le regard insistant de Peter sur elle, elle se tortilla sur son siège.

— Oui, tu me l'as dit.

La sœur de leur père, Ruella Palmer, marquise d'Overton, était une femme sévère qui n'avait approuvé ni le fait que Tristan soit désigné comme tuteur d'Emily ni son mariage avec Vanessa. Au fil des ans, elle avait cependant ravalé en partie ses griefs et avait tenté de réintroduire la famille, surtout Emily, dans la haute société de Londres. Déterminée à trouver un bon parti pour sa nièce, elle avait proposé de l'introduire dans le monde dès ses dix-huit ans. Mais, tout aussi déterminée que sa tante, Emily avait refusé de parader devant les gentlemen célibataires telle une pouliche lors d'une vente aux enchères. Son frère, qui ne désirait que son bonheur, s'était opposé à ce qu'on l'y oblige et, une fois de plus, la marquise avait dû céder.

— Et Archer et Mme Godfrey ? demanda la comtesse. Comment cela se passe-t-il entre eux ?

— Comme d'habitude. Chacun est persuadé que sans lui la maison s'écroulerait et ne rate aucune occasion de le faire savoir.

Le vieil Archer était le majordome des Ellington, à Londres, depuis une éternité, et Mme Godfrey était la gouvernante de Vanessa. Après le mariage, Mme Godfrey était venue s'installer dans l'hôtel particulier des Ellington, d'où un perpétuel conflit de pouvoir entre les deux domestiques. En d'autres circonstances, Emily aurait trouvé amusant le récit de son frère sur ces escarmouches ancillaires. Mais le regard de Peter et son expression indéchiffrable la mettaient mal à l'aise.

Lorsque le moment de laisser les messieurs avec leur cigare et leur verre de porto fut venu, c'est avec soulagement qu'elle se leva et suivit les autres dames. Mais ce fut plus fort qu'elle, juste avant de sortir, elle jeta un dernier regard par-dessus son épaule. Le profil de Peter se découpait à la lumière d'une chandelle. Et il la regardait toujours.

Elle réprima un frisson.

De retour au salon, lady Ellington, Lilah et Rachel McLean s'installèrent dans les fauteuils disposés devant la cheminée et reprirent leur conversation.

Au lieu de se joindre à elles, Emily alla se planter devant la porte-fenêtre, la tête emplie de pensées chaotiques.

Quand donc tout était-il devenu aussi compliqué ?

Un mois plus tôt, sa vie était paisible et parfaitement normale. Elle avait une famille aimante, de bons amis et une occupation intéressante à Willow Park auprès des petits orphelins. Une existence qui manquait peut-être de piment mais qui la satisfaisait pleinement. Puis le passé avait fait une irruption brutale et son univers entier avait basculé.

Et voilà que pour couronner le tout, elle devait à présent affronter Peter. Serrant les bras autour d'elle, elle s'écarta de la fenêtre. Son regard accrocha un portrait suspendu au-dessus d'une console, de l'autre côté de la pièce. Elle s'en approcha à pas lents, les yeux rivés sur le visage délicat.

C'était celui de leur mère, Victoria Knight, lady Ellington, à qui son frère et elle devaient leurs yeux bleus tirant sur le violet. Bien qu'elle n'ait eu que six ans lors de son assassinat, Emily se souvenait d'une femme pleine de gaieté et de douceur.

Comme Vanessa, la défunte comtesse se comportait en bon Samaritain et consacrait son temps libre à soulager la misère des habitants des bas-fonds. C'était précisément alors qu'elle se livrait à l'une de ses activités charitables qu'elle avait été assassinée, tragédie dont ne se remettaient toujours pas les gens qui l'avaient connue.

Au dire de tous, Victoria Knight était une personne généreuse, aimante et altruiste. Une véritable sainte.

Mon Dieu, qui l'avait vraiment connue ? Était-il possible que ce visage innocent ait caché un cœur beaucoup moins innocent ?

— Emily ?

La voix douce de Vanessa la fit sursauter.

— Cela fait un moment que tu es là, immobile. Tout va bien, chérie ?

Emily plaqua un sourire sur son visage, mais détourna les yeux de crainte que sa belle-sœur ne devine ses tourments.

— Oui, très bien, répondit-elle. Je pensais à ma mère, et je regrettais de l'avoir si peu connue. Parfois, elle me semble être si... éloignée de moi. J'envie Tristan qui était plus âgé lorsqu'elle est morte. Il a d'elle des souvenirs plus nombreux et moins flous que moi.

Vanessa contempla le portrait.

— Elle était vraiment très belle, commenta-t-elle. Selon ton frère, elle était tout aussi belle intérieurement, ajouta-t-elle en glissant le bras sous celui de la jeune fille. Et elle vous aimait beaucoup tous les deux. Tu peux puiser du réconfort dans cette certitude.

Il y eut un long silence, puis Vanessa reprit, d'un ton presque timide :

— Emily, je ne veux pas être indiscrète, mais j'ai perçu une sorte de tension entre Peter et toi.

Emily s'apprêta à répliquer, mais la comtesse l'interrompit d'un geste de la main.

— Non, je t'en prie, ne te justifie pas. J'ignore ce qui s'est passé avant son départ pour Londres, et ce qui a creusé un tel fossé entre vous, et je ne te le demande pas. Je veux juste que tu te rappelles qu'il est ici à la demande de Tristan, pour aider les habitants de Little Haverton et éviter qu'on accuse à tort nos pensionnaires de Willow Park. Si tu pouvais faire un petit effort, te montrer plus accessible... peut-être pourriez-vous surmonter ces débuts difficiles.

Emily baissa les yeux, consciente que son cœur s'était mis à batte à coups redoublés.

— J'en doute, Vanessa.

Sans lui lâcher le bras, la comtesse fit quelques pas.

— Tu ne m'as pas dit que tu comptais faire une visite à lord et à lady Tuttleston demain ?

— Si, en effet, mais…

— Que dirais-tu de permettre à Peter de t'accompagner ? Il faut qu'il les interroge sur le cambriolage qui a eu lieu chez eux, et ta présence leur rendrait cette épreuve moins pénible. Tu sais combien ils t'aiment. Du reste, tu devrais réfléchir à la possibilité de lui proposer ton aide pour son enquête. Le fait que tu connaisses tout le monde dans la région lui faciliterait certainement la tâche.

Emily se raidit. Passer des heures en compagnie de Peter ?

— Cela ne me paraît pas une bonne idée.

— Emily, je t'en prie, fit Vanessa, le regard implorant. Je déteste vous voir si crispés, Peter et toi, alors qu'autrefois, vous étiez inséparables. S'il te plaît, fais cet effort pour ton frère et moi. Nous ne te demanderons rien d'autre, c'est promis.

Seigneur, comment dire non à une requête aussi ardente ?

— Très bien, répondit-elle en priant pour que son agitation ne transparaisse pas dans sa voix J'en parlerai à Peter quand l'occasion se présentera. Peut-être après qu'il aura rencontré le chef de la police, demain matin.

— Rien ne vaut l'instant présent, assura Vanessa en indiquant la porte-fenêtre du menton. Il est sur la terrasse.

Emily regarda autour d'elle. La contemplation du portrait de sa mère l'avait absorbée à un point tel qu'elle n'avait pas remarqué le retour des messieurs. Tristan, Cullen et Angus avaient pris place auprès des autres dames et riaient de bon cœur. Benji avait récupéré son livre et son fauteuil, près de la cheminée.

La porte-fenêtre devant laquelle elle se tenait peu de temps auparavant était ouverte sur l'air tiède de la nuit.

Emily déglutit. À l'idée de rejoindre Peter, seul sur la terrasse, dans l'obscurité, elle eut la chair de poule.

— Ce n'est peut-être pas le meilleur moment…

Vanessa lui donna un petit coup de coude.

— Vas-y. Il sera content que tu lui proposes ton aide, j'en suis sûre.

Emily n'en était pas aussi certaine. Rassemblant son courage, elle traversa le salon à pas comptés. Peut-être n'était-ce pas une mauvaise idée, après tout, tenta-t-elle de se convaincre. En accompagnant Peter partout, elle suivrait la progression de l'enquête. Et pourrait veiller à ce qu'il n'approche pas de trop près la vérité.

Le remords l'assaillit, qu'elle chassa aussitôt. Elle était prête à tout pour préserver sa famille et s'interdisait d'en éprouver de la honte.

Redressant les épaules, elle sortit sur la terrasse.

Appuyé contre la balustrade en pierre, Peter respirait l'air nocturne à pleins poumons. Ici, il pouvait respirer. Dans la maison, l'atmosphère était étouffante.

Il avait certes été content de retrouver ces gens qui avaient tant compté dans sa vie. Lilah était aussi amusante qu'autrefois, et cela lui avait fait plaisir de voir les McLean et Benji, si renfermé qu'il soit.

Et Emily…

Il ferma les yeux. En dépit des regards chargés de rancœur qu'elle lui avait adressés à plusieurs reprises, il n'avait pas réussi à détacher les yeux de son charmant profil, et son pouls s'était emballé chaque fois que leurs regards s'étaient croisés.

Il méritait son courroux, il ne pouvait le nier. Et, il le découvrait avec consternation, son départ précipité quatre ans auparavant avait blessé la jeune fille beaucoup plus profondément qu'il ne l'avait supposé.

Il se retourna et agrippa la balustrade si fort que ses phalanges blanchirent. Le parfum du jasmin qui montait du jardin lui rappelait une scène troublante.

C'était là-bas, juste au-delà de la haie de buis impeccablement taillée, près du bosquet d'ormes qui montaient la garde à côté du bassin central, qu'il avait failli faire l'amour à Emily.

À ce souvenir, sa bouche s'assécha. Il la revit telle qu'elle était cette nuit-là, avec ses cheveux emmêlés et sa bouche gonflée par ses baisers. Ses gémissements et ses soupirs résonnaient encore dans sa tête comme si la scène avait eu lieu la veille.

Aime-moi, Peter, mon chéri…

— Peter ?

La voix s'insinua dans ses souvenirs et, l'espace d'un instant, il se crut revenu quatre ans auparavant.

— Peter ? Vous êtes là ? reprit la voix avec plus de force.

Il pivota sur ses talons. Emily sortit de l'ombre et s'avança sur la terrasse, sa fine silhouette éclairée par la lune.

Il ne s'agissait pas d'un souvenir. La jeune fille n'était que trop réelle.

Arborant un masque froid et distant, il enfonça les mains dans ses poches en une attitude désinvolte qui ne correspondait pas du tout à ce qu'il éprouvait.

— Lady Emily ? Que faites-vous dehors ?

— Je vous cherchais.

Sa robe bruissait sur les dalles à chacun de ses pas. Elle s'arrêta non loin de lui, et le regarda.

— Il faut que je vous parle.

— Tout à l'heure, pourtant, j'avais l'impression que vous seriez ravie de ne plus jamais avoir à m'adresser la parole.

— Oui, c'est justement de cela que je voulais vous entretenir. Mon comportement ce soir a été inexcusable, je vous dois des excuses.

Dire qu'il était sous le choc aurait été un euphémisme. Son étonnement devait être visible malgré ses efforts pour le dissimuler. *Elle* s'excusait auprès de *lui* ?

Les surprises ne cesseraient-elles donc jamais ?

— Inutile d'afficher cet air incrédule, reprit Emily d'un ton pincé. Je suis capable de reconnaître mes erreurs. Quels que soient nos... différends, je sais que vous ne blesseriez jamais volontairement Benji, et je n'avais pas le droit de vous en accuser. C'est juste que... vous aviez raison, ce matin. Votre présence rend les choses un peu... embarrassantes.

— Il n'a jamais été dans mes intentions...

— J'en suis consciente, l'interrompit-elle. Il n'en reste pas moins que nous voilà dans une situation inconfortable. À nous de l'assumer d'une manière civilisée. C'est pourquoi j'ai décidé de vous prêter assistance dans votre enquête.

Bonté divine, qu'est-ce qu'elle racontait ?

— Me prêter assistance ?

— Oui. Je comptais rendre visite aux Tuttleston demain, et je sais que vous devez les interroger au sujet du cambriolage de leur demeure. Comme je les connais très bien, Vanessa a pensé qu'ils seraient plus à l'aise si j'étais présente. Et je pourrais vous faciliter les choses avec les autres personnes que vous voudrez rencontrer.

Il fallut une seconde à Peter pour que ses paroles atteignent son cerveau et prennent un sens. Emily voulait l'aider, *lui* ? Alors qu'ils ne pouvaient pas rester plus de cinq minutes dans la même pièce sans que des étincelles jaillissent entre eux ?

— Je ne crois pas que ce soit une bonne idée, commença-t-il.

— Moi, si ! Il faut attraper ce voleur, et si je peux être utile d'une façon ou d'une autre pour hâter le dénouement de cette affaire, je participerai volontiers.

Elle fit un pas dans sa direction. Son parfum assaillit les narines de Peter, dont le sang entra instantanément en ébullition.

— À moins que… vous ne voyiez une raison qui s'y oppose ? acheva-t-elle d'un air dubitatif.

Elle ne manquait pas d'audace, il fallait lui reconnaître cette qualité, songea Peter. Mais cela n'était pas nouveau.

— Ça pourrait être dangereux, risqua-t-il.

— Allons donc ! Je ne prétends pas courir à vos côtés quand vous traquerez l'individu en question. Mais je peux vous faciliter les choses lorsqu'il s'agira de rencontrer les témoins et les victimes. Vous savez comment sont les habitants de Little Haverton, et en particulier l'aristocratie locale.

La lune soulignait la pureté de ses traits angéliques et de son teint d'albâtre.

— Du reste, au cas, improbable, où il se produirait un incident, vous pourriez sûrement me protéger, non ?

Peter serra les poings dans ses poches. L'idée de travailler avec elle le troublait, mais il devait admettre qu'elle avait raison en ce qui concernait les gens du pays. Ils répondraient plus volontiers à ses questions si Emily était à ses côtés.

Mais comment parviendrait-il à garder ses distances si elle était constamment avec lui, si elle l'*aidait* dans son enquête ?

Comme si elle percevait ses réticences, elle posa la main sur son bras. Il aurait été plus juste de dire qu'elle l'effleura brièvement, et cependant, son contact l'embrasa aussi sûrement que si elle avait appliqué un fer chaud sur sa manche.

— Voyons, monsieur Quick, nous sommes tous deux des adultes. Pour l'amour de Vanessa, nous devrions être capables d'entretenir des rapports polis, vous et moi, au moins le temps que durera votre enquête. Bien sûr, si vous craignez de ne pouvoir supporter ma compagnie, je m'en voudrais de vous l'imposer. Nous expliquerons à Vanessa que vous préférez travailler seul.

Les manières faussement timides d'Emily, que venaient contredire ses paroles pleines de défi, eurent pour résultat d'exaspérer Peter.

D'un mouvement preste qui surprit la jeune fille, il franchit la distance qui les séparait et s'inclina sur elle, le visage à quelques centimètres du sien.

— Je suis parfaitement capable d'affronter toutes les... difficultés qui pourraient naître d'une telle situation, assura-t-il d'un ton ferme. La question est : et vous, milady ?

Il la sentit se raidir. Le tissu de sa robe frôla sa culotte en daim d'une façon troublante. Il était si près d'elle qu'il voyait son pouls battre au creux de son cou et sentait la douce caresse de son souffle. Il lui suffirait de pencher un peu la tête pour s'assurer que ses lèvres étaient aussi savoureuses que dans son souvenir…

Emily battit des paupières et recula précipitamment, rompant le charme. Peter la laissa s'éloigner sans réagir. Il se reprochait déjà de s'être laissé submerger par cette attirance physique qui ne lui vaudrait que des ennuis.

Pendant quelques interminables secondes, ni l'un ni l'autre ne dit mot. Puis Emily leva le menton et répliqua d'un ton ferme :

— Je le suis tout autant que vous, monsieur Quick.

— Si vous le dites, fit-il avec un haussement d'épaules.

— Donc, c'est entendu. Nous irons chez les Tuttleston dès que vous en aurez fini avec le chef de la police.

Elle fit demi-tour et, après lui avoir lancé un dernier regard, regagna le salon.

7

Tôt le lendemain matin, Emily gagna le rez-de-chaussée d'un pas déterminé.

Elle avait consacré une grande partie de la nuit à mettre au point un nouveau plan d'attaque. Quitte à passer beaucoup de temps avec Peter, autant en profiter pour tourner les choses à son avantage.

Il ne fallait pas que Peter découvre son rôle dans les cambriolages. Du moins pas avant que Jenna, Miles et elle aient eu la possibilité de s'assurer de la véracité de l'information que son persécuteur menaçait de révéler au grand jour. Cela fait, les Tuttleston, les Fulberry et toutes les victimes récupéreraient leurs biens et le coupable serait châtié. Elle y veillerait.

Après quoi, elle assumerait les conséquences de ses actes, quelles qu'elles soient.

Dans l'intervalle, il lui fallait mettre de côté les ressentiments qu'elle éprouvait à l'égard de Peter, et se comporter en partenaire aimable. Fini les bouderies, les éclats ou les accusations. Elle serait courtoise, quitte à en mourir !

Le souvenir de la douceur avec laquelle il lui avait palpé la cheville la fit frissonner. Elle le repoussa en hâte. Ce n'était pas aussi facile, cependant, d'oublier le regard qu'il avait posé sur elle, la veille au soir, sur la terrasse, un regard où brûlait un feu contenu ainsi que quelque chose d'autre qui lui avait fait battre le cœur en réponse.

Elle secoua la tête comme pour la vider de ces pensées dérangeantes. Elle ne pouvait se permettre de penser à Peter de cette façon. Pas maintenant.

Plus jamais.

Comme elle atteignait la dernière marche, un murmure de voix masculines lui parvint du salon. L'une d'elles ne lui était pas familière.

— Langley ? dit-elle au majordome qui sortait de l'office. Le chef de la police est arrivé ?

— Oui, milady. Il est au salon avec lord Ellington et M. Quick. Je crois qu'ils discutent des détails des cambriolages.

Emily se mordit la lèvre. Devait-elle les rejoindre ? Elle mourait d'envie de savoir ce que le policier avait découvert, mais elle doutait que ces messieurs apprécient sa présence.

Elle hésitait encore sur la conduite à tenir lorsqu'on frappa à la porte. Langley ouvrit le lourd battant de chêne et Adam entra.

Adam Carver, lord Moreland, était le fils d'un voisin, le marquis de Brimley. Ce grand et beau garçon, aux cheveux blonds et aux yeux noisette, venait fréquemment à Knighthaven depuis son retour d'Oxford, deux ans plus tôt. Emily le considérait comme un ami, car il l'avait toujours traitée avec respect sans jamais lui reprocher son goût de l'indépendance, comme le faisaient tant de braves gens de la région.

Néanmoins, ces derniers mois, elle avait remarqué un léger changement dans son attitude. Il était devenu plus attentionné, et elle l'avait surpris à l'examiner d'un regard évaluateur. Ce n'était un secret pour personne que lord Brimley était âgé et de santé fragile, et qu'il pressait son fils de prendre femme, aussi Emily craignait-elle que le vicomte ne voie en elle une candidate possible.

Pour une raison indéterminée, cette idée suscitait en elle une panique inexplicable. Elle avait beau apprécier Adam, elle ne désirait aucunement l'épouser.

À vrai dire, c'était le mariage lui-même qui la rebutait. Son cœur avait trop souffert pour qu'elle puisse donner de nouveau sa confiance à un homme.

Un sourire éclaira le visage d'Adam lorsqu'il l'aperçut.

— Vous voilà ! s'écria-t-il en tendant à Langley son chapeau et ses gants. Juste la personne que je voulais voir.

— Oh ?

Emily lui rendit son sourire car, bien qu'elle s'inquiétât des regards du jeune homme, sa visite lui faisait plaisir. Adam avait le don de lui changer les idées, et c'était exactement ce dont elle avait besoin en ce moment.

— Je venais vous proposer une promenade en phaéton. Il fait un temps idéal pour une balade autour du lac, et peut-être un pique-nique sur la rive, je sais combien vous aimez cela. Nous pourrions nous arrêter à Brimley Hall et demander à la cuisinière de nous préparer un panier.

— Je regrette, Adam, mais je ne suis pas libre. J'ai promis à lord et à lady Tuttleston de leur rendre visite ce matin, et je ne veux pas les décevoir.

Le visage du vicomte s'assombrit.

— Vous préférez me décevoir, moi ?

— Bien sûr que non.

— Vous savez, Emily, je commence à m'inquiéter. Depuis quelque temps, chaque fois que je vous propose de m'accompagner ici ou là, vous trouvez une excuse pour refuser. À croire que vous cherchez à m'éviter.

Emily tressaillit. Il avait raison. Elle l'évitait. Elle cherchait que dire pour le convaincre du contraire lorsque Peter sortit du salon, suivi de Tristan et d'un grand homme maigre aux cheveux grisonnants.

Jenkins, le chef de la police.

— Merci de m'avoir accordé un peu de votre temps, et de m'avoir communiqué toutes ces informations, lui disait Peter. Bien entendu, je vous tiendrai au courant de ce que j'apprendrai de mon côté.

L'autre lui décocha un regard méfiant.

— Je continue à penser qu'avec un peu plus de temps, nous aurions pu attraper ce gredin sans l'aide d'un monsieur de Bow Street.

— Nous n'en doutons pas, Jenkins, intervint Tristan d'un ton conciliant. Mais plus nous serons à travailler sur cette affaire, plus vite elle sera réglée. C'est pour le bien de Little Haverton.

Le chef de la police eut un reniflement méprisant.

— À mon avis, vous n'avez pas besoin de regarder plus loin que Willow Park. Ces gamins sont d'anciens vagabonds et pickpockets, tous ! Si le coupable n'est pas l'un d'entre eux, j'avale mon chapeau.

Une bouffée de culpabilité submergea Emily. Et voilà ! Par sa faute, les soupçons se portaient sur ces pauvres enfants que la vie avait déjà tellement malmenés. Quand donc cesserait-on de leur reprocher d'avoir souffert dès leur plus jeune âge ?

Peter fronça les sourcils et fit un pas vers Jenkins, l'air menaçant.

— Avez-vous une preuve de ce que vous avancez ? demanda-t-il.

— Non, je ne peux pas dire cela, avoua l'autre en se dandinant nerveusement.

— Alors n'accusez personne tant que vous n'aurez pas de quoi étayer vos soupçons. Après tout, j'ai fait partie de ces *vagabonds*, et je pourrais m'offenser de vos propos.

— Oui, euh… Entendu.

Tristan alla ouvrir la porte, l'air aussi renfrogné que Peter.

— Je ne voudrais pas vous retenir plus longtemps, Jenkins. Vous avez sûrement beaucoup à faire. Et, comme l'a dit M. Quick, nous vous tiendrons au courant des progrès de l'enquête en escomptant que vous ferez de même.

— Bien sûr, milord. Passez une bonne journée. Vous aussi, monsieur Quick.

Jenkins inclina brièvement la tête devant chacun des deux hommes, le visage crispé, puis sortit d'un pas raide.

Peter se détourna de la porte en secouant la tête d'un air écœuré. Bon débarras ! Le bonhomme s'était montré maussade et hostile dès son arrivée, et n'avait fourni des informations qu'à contrecœur. Ainsi que Peter l'avait suspecté, les autorités locales ne l'aideraient pas dans ses investigations, d'autant moins qu'elles avaient déjà décrété que le coupable était l'un des pensionnaires de Willow Park.

Ce ne fut qu'à cet instant qu'il remarqua la présence d'Emily et d'un jeune homme blond au pied de l'escalier. Les yeux de la jeune fille exprimaient le désarroi, ceux de l'inconnu la perplexité.

Celui-ci déplut à Peter au premier coup d'œil. Grand, élégant, c'était le type même du jeune lord arrogant, et la façon dont il se penchait sur Emily, la couvant d'un regard possessif, lui arracha un tressaillement.

Tristan s'approcha du jeune homme, la main tendue.

— Bonjour, Moreland. Pardonnez-moi, je ne vous avais pas vu.

— Je vous en prie, lord Ellington. Vous étiez très occupé… Emily, vous ne me présentez pas à votre invité ?

— Si, bien sûr, fit la jeune fille à contrecœur. Monsieur Quick, voici notre ami, le vicomte Moreland. Son père, le marquis de Brimley, est l'un de nos plus proches voisins. Adam, je vous présente monsieur Quick, un ancien résident de Willow Park.

— Ah, fit le gandin d'un air entendu.

Peter serra les dents. Ce n'était certes pas la première fois qu'il se heurtait à ce genre d'attitude lorsqu'on évoquait son enfance. C'était même la règle. Mais quelque chose dans l'expression suffisante de Moreland lui donna une furieuse envie de lui faire une démonstration de ses talents pugilistiques, histoire de lui réarranger à sa façon son visage de beau gosse.

— M. Quick est un Runner de Bow Street, précisa Tristan avec fierté.

— Un Runner ? répéta Moreland. Alors, c'est vous dont le gamin Benji parle toujours ?

Cette déclaration piqua la curiosité de Peter qui examina le jeune homme plus attentivement.

— Vous connaissez Benji ?

— Bien sûr. Il vient souvent à Knighthaven. Presque autant que moi.

Difficile de se méprendre sur ce que cette remarque sous-entendait, ni sur la façon subtile dont le vicomte s'était rapproché d'Emily, comme s'il revendiquait un bien.

Peter serra les poings. Il aurait dû se réjouir pour Emily. Après tout, Moreland était exactement le genre d'homme qu'il souhaitait qu'elle épouse. Un vrai gentleman, qui serait un jour marquis de Brimley.

Mais, Dieu seul savait pourquoi, les voir ensemble le hérissait.

— Lord Moreland ! Quelle agréable surprise !

Au son de cette voix chaleureux, tous levèrent les yeux. Lady Ellington descendait l'escalier, précédée par son ventre tel un navire par sa proue. Parvenue au rez-de-chaussée, elle accepta la main tendue de son mari et se hissa sur la pointe des pieds pour l'embrasser sur la joue avant de se tourner vers le vicomte.

— Que c'est gentil à vous d'être venu nous voir. Vous vous faites rare, ces temps-ci.

— C'est vrai, acquiesça lord Moreland en regardant Emily qui rougit et baissa les yeux.

L'air se chargea d'une telle tension que Peter ne put s'empêcher de se demander quelle scène ils avaient interrompue en sortant du salon. L'image de la jeune fille et du vicomte passionnément enlacés lui traversa l'esprit. Il la chassa avec vigueur.

« Cela ne te regarde plus », susurra une petite voix narquoise dans sa tête. Il pouvait toujours se le dire, mais s'en convaincre était une autre histoire.

— Comment se porte votre père ? s'enquit la comtesse.

— Pas très bien, hélas ! Sa santé s'est beaucoup détériorée ces dernières semaines, et je suis inquiet. Le médecin lui a interdit de se lever.

— Je suis sincèrement désolée. Transmettez-lui mes souhaits de prompt rétablissement, s'il vous plaît.

— Je le ferai. Merci, milady.

— Le chef de la police est venu ? demanda Vanessa à son mari.

— Malheureusement, répondit ce dernier avec une grimace.

— Oh ! Tu n'as pas l'air enchanté. Il s'est montré peu coopératif ?

— On peut le dire. Il est toujours convaincu que le coupable est l'un des enfants de Willow Park, et il nous a laissé clairement comprendre qu'il ne nous aiderait qu'à contrecœur… s'il le fait.

— Je suis désolée, fit la comtesse en se tournant vers Peter.

— Je m'y attendais, milady, répliqua-t-il en haussant les épaules.

— Tout de même, cela n'excuse en rien la grossièreté de cet homme. Nous avons demandé à M. Quick d'enquêter sur les cambriolages de la région, ajouta-t-elle à l'adresse de lord Moreland.

Le vicomte plissa les yeux une fraction de seconde, avant de croiser le regard de Peter, l'expression indéchiffrable.

— Vraiment ? fit-il. Comme c'est intéressant.

Sans se donner la peine de lui répondre, Peter soutint son regard sans ciller.

Non, décidément, il n'aimait pas cet homme.

— Bien, que diriez-vous de passer à des questions plus plaisantes, suggéra Vanessa. Lord Moreland, voulez-vous vous joindre à nous pour le petit-déjeuner ?

Au grand soulagement de Peter, le vicomte secoua la tête.

— Je vous remercie, milady, mais j'ai déjeuné avant de quitter Brimley Hall. J'étais venu proposer à lady Emily de se promener avec moi, mais elle a d'autres projets. Je vais donc vous laisser.

Emily, qui avait gardé un silence contraint durant tout ce temps, fit un pas vers Moreland et glissa le bras sous celui du jeune homme.

— S'il vous plaît, Adam, insista-t-elle en lui décochant un sourire presque espiègle. Vous ne voulez pas vous raviser ? Vous venez de vous plaindre que nous nous étions peu vus ces derniers temps. Eh bien, voici une bonne occasion de rectifier cette erreur. Joignez-vous à nous.

Le vicomte la contempla un instant, avant d'acquiescer avec un sourire charmeur qui s'adressait aussi au comte et à la comtesse. Et uniquement à eux...

— Puisque vous m'en priez si gentiment, j'accepte avec plaisir cette invitation, répondit-il sans quitter Emily des yeux.

— Merveilleux ! s'exclama Vanessa. Je vais demander qu'on rajoute un couvert.

Elle entraîna Tristan vers la salle à manger. Emily et lord Moreland leur emboîtèrent le pas. Peter ne put que les imiter en grinçant des dents.

Il fulminait littéralement. Emily faisait partie de son passé, il l'avait accepté depuis longtemps. La voir rire et flirter avec un autre aurait dû le laisser indifférent.

Eh bien, non ! La flamme de la jalousie lui embrasait le cœur.

8

Deux heures plus tard, alors qu'il chevauchait en direction de la demeure des Tuttleston au côté d'Emily, Peter ne pouvait s'empêcher d'observer la jeune fille du coin de l'œil.

Depuis leur départ de Knighthaven, elle s'était retranchée dans un silence étrange. Disparue, la créature enjouée qui avait régalé lord Moreland de ses reparties du début à la fin du repas. Dès l'instant où elle avait pris le bras du vicomte, Peter n'avait pas réussi à croiser son regard.

Au souvenir du jeune gandin, il sentit sa colère renaître. Ses doigts se crispèrent sur les rênes, ce qui fit caracoler sa monture.

Il inspira à fond. S'énerver ainsi était ridicule. Mais il avait beau se dire que les faits et gestes d'Emily ne le concernaient en rien, il n'en était pas moins curieux de savoir ce qu'il y avait exactement entre le vicomte et elle.

La question fusa avant qu'il puisse la rattraper.

— Vous connaissez lord Moreland depuis longtemps ?

Emily sursauta comme si elle avait oublié sa présence. Elle lui jeta un bref regard, cligna des yeux, puis reporta son attention sur la route.

— De nom, depuis toujours. Mon père connaissait très bien le sien, et nos mères étaient de grandes amies. Mais Adam et moi ne nous sommes rencontrés qu'après son retour d'Oxford, il y a deux ans.

Adam. Elle ne le connaissait que depuis deux ans et elle l'appelait par son prénom, alors que lui, qu'elle avait connu enfant, était redevenu « monsieur Quick ». Le fait le troubla désagréablement.

— Vous semblez très proches, tous les deux.

— Nous le sommes, je suppose. C'est un véritable ami… Tant de gens vous font bonne figure tout en médisant dans votre dos. Adam n'est pas ainsi.

Malgré le ton placide, Peter perçut la blessure cachée. Le passé peu conventionnel de la famille Ellington, et ses liens étroits avec Willow Park avaient toujours suscité les ragots et, de toute évidence, cela peinait Emily plus qu'elle ne voulait l'admettre.

Une fois de plus, une question dont il aurait pourtant préféré ignorer la réponse jaillit des lèvres de Peter.

— Et, entre vous et Moreland, il y a un… arrangement.

Emily réfléchit une seconde avant de secouer la tête.

— Je ne sais pas trop.

L'expression perplexe de Peter n'échappa pas à Emily. Elle aussi était perplexe. Quel démon l'avait poussée à flirter de manière aussi éhontée avec Adam ? Voir les deux jeunes gens s'évaluer du regard tels des adversaires avant un combat avait piqué sa curiosité, et elle avait cédé à la malice.

Mais elle avait oublié que toute action a des conséquences et, à présent, le vicomte devait nourrir des espoirs un peu trop précis en ce qui concernait leurs relations, espoirs qu'elle n'avait aucune intention de satisfaire. Elle sentit ses joues s'empourprer. Il ne lui restait plus qu'à trouver une façon courtoise d'expliquer à Adam son comportement, et à espérer qu'il comprendrait.

Mais ce serait pour plus tard. Pour l'instant, c'était à Peter qu'elle avait affaire.

Autrement dit, il était temps de changer de sujet.

— Vous n'avez pas dit grand-chose de votre vie à Londres.

Peter parut surpris de ce brusque changement de sujet, mais s'abstint de toute remarque.

— C'est parce qu'il n'y a pas grand-chose à en dire, répondit-il.

— Pas grand-chose ? s'exclama Emily. Voyons ! Vous menez sûrement une vie passionnante. Mener des enquêtes, traquer des voleurs et des meurtriers, les traîner en justice... Pour les enfants de Willow Park, vous êtes un héros.

Comme Peter demeurait silencieux, elle insista.

— Pourquoi êtes-vous devenu un Runner ?

— Pourquoi pas ? Je me suis trouvé au bon endroit au bon moment, j'imagine.

— Au bon endroit ?

— À mon arrivée à Londres, je me suis fait embaucher sur les quais, pour charger les navires en partance. J'avais une chambre dans une pension de famille à proximité et, un matin, alors que je partais travailler, je suis tombé sur une bagarre entre un policier en civil de Bow Street et un homme qu'il tentait d'appréhender. J'ai donné un coup de main, et je suppose que le policier en question a estimé que j'avais quelque aptitude pour ce métier puisqu'il m'a proposé d'entrer dans ce corps nouvellement créé.

Emily le soupçonnait d'avoir sérieusement abrégé son récit, mais elle n'en dit rien.

— Vous étiez très jeune.

— Le plus jeune de l'équipe. Au début, mes collègues m'utilisaient surtout comme garçon de courses, puis, l'âge venant, j'ai eu l'occasion de faire mes preuves, et ils ont commencé à me charger de vraies missions.

— Et il y a quelqu'un en ville avec qui *vous* avez... un arrangement ?

La question avait fusé spontanément. Son cœur rata un battement lorsque le regard bleu de Peter accrocha le sien.

Il garda le silence un long moment, puis un sourire narquois retroussa ses lèvres.

— Je ne sais pas trop.

Emily serra les dents. Bien sûr, ce goujat lui renvoyait sa propre réponse. Oh, eh bien, tant pis ! Elle se moquait de savoir s'il avait ou pas un arrangement avec quiconque.

Vraiment ?

— À quelle distance sommes-nous de la propriété des Tuttleston ? demanda Peter.

— Un kilomètre environ.

— Bien. Je suggère que nous accélérions l'allure, j'ai beaucoup à faire aujourd'hui.

Sans attendre, il éperonna son cheval et s'éloigna.

Oh, le... ! Non. Elle ne céderait pas à la colère. Au fond, c'était aussi bien qu'il se comporte ainsi. Cela permettrait à leur relation de demeurer sur un plan strictement professionnel, et lui rappellerait quel homme il était réellement.

Mais tout en pressant Artemis pour le rattraper, elle se surprit à regretter déjà son trop bref sourire.

Emily et Peter furent chaleureusement accueillis. N'ayant pas d'enfant, lord et lady Tuttleston aimaient particulièrement Emily, et sa visite hebdomadaire était devenue un rituel qu'ils attendaient avec impatience.

Elle leur présenta Peter en expliquant la raison de sa présence, puis la vicomtesse les mena au salon où une servante était occupée à dresser la table pour le thé.

— Je crains de devoir te demander de jouer les maîtresses de maison, ma chérie, dit lady Tuttleston à l'adresse d'Emily comme ils s'asseyaient. Mes mains ne sont plus aussi sûres qu'autrefois.

Emily se plia volontiers à la requête de la vieille dame. Son cœur se serrait de compassion en songeant à la peine de lord et lady Tuttleston lorsqu'ils avaient découvert qu'on leur avait dérobé un collier. Ce dernier appartenait à la famille Tuttleston depuis des générations. Le voleur en obtiendrait certes plusieurs milliers de livres, mais sa valeur sentimentale était inestimable.

Croisant les doigts sur son ventre rebondi, le vicomte Tuttleston fixa Peter de son regard bleu.

— Alors, comme ça, vous êtes un ancien pensionnaire de Willow Park ?

Emily sentit Peter se crisper, et afficher une expression encore plus neutre que d'ordinaire.

— Oui, milord.

— Et vous voilà devenu un Runner de Bow Street ?

— Oui, milord.

— Bravo, jeune homme, je vous félicite ! Les Runners de Bow Street sont paraît-il l'élite de la police. Vous offrez un modèle parfait pour ces enfants. L'un des leurs qui a réussi à faire fi de son passé et à devenir quelqu'un de respecté. Votre réussite leur donne un but vers lequel tendre.

— Oh, oui ! renchérit lady Tuttleston dont le hochement de tête fit danser les boucles grises qui dépassaient de sa coiffe de dentelle. Tu n'imagines pas à quel point j'admire ton frère et ta belle-sœur, Emily, pour tout le mal qu'ils se donnent afin de défendre la cause de ces pauvres chers enfants de Willow Park... Je ne cesse de le dire, n'est-ce pas, Henry ?

— En effet, et vous avez raison, ma chère. C'est une noble cause, et je suis heureux de la soutenir par une donation annuelle, acheva-t-il en décochant un clin d'œil à Emily.

Celle-ci réprima un tressaillement. C'était la vérité. Lorsque sa famille était revenue s'installer à Little Haverton, les fonds pour rénover Willow Park et ouvrir le foyer avaient été difficiles à réunir. Le père de Tristan et d'Emily avait largement puisé dans les coffres d'Ellington pour satisfaire son goût excessif du jeu et de la boisson, et il avait fallu plusieurs années à Tristan pour restaurer la fortune familiale. Les Tuttleston avaient été de ceux qui avaient soutenu dès le début l'orphelinat, et ils continuaient à le faire, aidant ainsi Vanessa à réaliser son rêve de toujours.

De quoi attiser un peu plus les remords d'Emily. À son grand soulagement, Peter prit la parole :

— Milord, milady, je regrette de devoir aborder un sujet qui vous est pénible, mais j'ai quelques questions à vous poser concernant la soirée du cambriolage.

Lady Tuttleston posa sa tasse de thé et se tourna vers lui.

— Faites, je vous en prie, bien que je doute que nous vous soyons d'une grande aide. Nous avons déjà dit au chef de la police le peu que nous savions.

— J'en suis sûr, milady, fit Peter avec un sourire. Mais parfois, un œil neuf peut être fort utile.

— Très juste, acquiesça lord Tuttleston en hochant la tête. Allez-y, mon garçon.

— Peut-être pourriez-vous commencer par me parler de cette soirée.

— Nous étions à Compton, à quelques kilomètres d'ici, chez la sœur de Henry, expliqua lady Tuttleston. C'était un mercredi et, comme vous le savez peut-être, Emily, nous allons lui rendre visite tous les mercredis soir.

Peter plissa les yeux.

— Ainsi, c'est un déplacement que vous effectuez régulièrement ?

— C'est réglé comme du papier à musique depuis le décès de mon beau-frère, il y a quelques années, répondit le vicomte. Ma sœur a refusé de s'installer chez nous, mais elle se sent très seule dans cette grande maison, aussi le mercredi, nous donnons congé à la plupart de nos domestiques, et nous allons passer la soirée à Compton.

— Il est donc fort possible que le cambrioleur l'ait su, et ait profité de ce que la maison était quasiment vide pour y pénétrer.

Peter garda le silence une minute, l'air songeur, puis il se tourna vers lord Tuttleston.

— Et qui de vous deux a découvert le vol ?

— Mon épouse, dit le vicomte. Elle est montée dans sa chambre dès notre retour. Et, presque aussitôt, je l'ai entendue pousser des hurlements à réveiller un mort. Mon pauvre cœur a raté quelques battements, croyez-moi.

Les yeux bruns de lady Tuttleston s'embuèrent.

— Dès que je suis entrée dans ma chambre, j'ai vu que la fenêtre était ouverte. Or, je savais qu'elle était fermée lorsque nous sommes partis. Je le vérifie toujours avant de sortir. Cela m'a effrayée, et il ne m'a pas fallu longtemps pour découvrir que ma boîte à bijoux était ouverte.

La gorge nouée, Emily posa la main sur celle de la vieille dame.

— J'ai remarqué immédiatement que le collier avait disparu, poursuivit la vicomtesse d'un ton douloureux. C'est ma faute. Henry me suppliait depuis des années de le mettre à l'abri dans le coffre et, moi, pauvre sotte, j'aime tant le porter que j'ai refusé afin qu'il soit toujours à portée de main.

Le vicomte se pencha et glissa un mouchoir entre les doigts de son épouse.

— Là, là, ma chère. Ne vous accablez pas. Ce n'est pas votre faute.

— Si ! Oh, Henry, le collier de votre arrière-grand-mère !

Comme les larmes ruisselaient sur les joues ridées de lady Tuttleston, Emily lui tapota la main, désemparée.

Peter brisa le silence qui suivit en demandant doucement :

— Lady Tuttleston, a-t-on dérobé autre chose de précieux ?

La vicomtesse fit non de la tête.

— Quelques babioles, mais rien de comparable à ce collier. Il a appartenu à ma belle-famille durant des générations.

— Et les autorités sont certaines que le voleur s'est introduit par la fenêtre ?

— C'est ce que semble croire le chef de la police, en tout cas, intervint le vicomte. Il aurait escaladé l'arbre qui se trouve devant notre chambre et crocheté la serrure de la fenêtre.

— Pourriez-vous me montrer cet arbre ? demanda Peter en se levant.

Lord Tuttleston s'apprêtait à l'imiter, mais Emily lui fit signe de rester assis.

— Je vous en prie, milord, ne vous donnez pas cette peine. Je conduirai volontiers M. Quick là-bas.

Le vieil homme poussa un soupir de soulagement.

— Merci, Emily.

Peter s'inclina sur la main noueuse de la vicomtesse.

— Je vous remercie, votre époux et vous, de m'avoir consacré un peu de temps. Et je vous promets que je traînerai ce malandrin en justice. Votre collier vous sera rendu. Vous avez ma parole.

Il salua le vicomte, et quitta la pièce. Emily le suivit et s'arrêta sur le seuil, le temps de jeter un dernier regard derrière elle. Le vicomte avait rejoint sa femme et entourait du bras ses épaules tremblantes.

Pourraient-ils jamais lui pardonner ?

Qui le pourrait ?

Elle tourna les talons et sortit.

— Je ne saisis pas bien en quoi vous planter sous cet arbre vous sera de quelque utilité, fit remarquer

Emily pour la seconde fois tout en contournant la maison. Le cambriolage a eu lieu il y a des semaines, s'il y avait des indices, ils ont dû disparaître depuis longtemps.

— C'est possible. Nous verrons bien, répondit Peter, les yeux rivés sur le dos rigide de la jeune fille.

— Vous n'ignorez pas que les hommes de Jenkins ont passé au peigne fin chaque centimètre carré du terrain alentour. S'il y avait eu quelque chose à découvrir, ce serait déjà fait.

Peter était persuadé que le chef de la police ne retrouverait pas son propre nez dans une pièce obscure, même avec l'aide d'une lanterne et d'un miroir. En outre, quand on était convaincu de connaître déjà le coupable, on ne mettait pas beaucoup d'ardeur à explorer une autre piste.

— Peut-être, fit-il.

— Pourriez-vous être encore plus vague ?

— Cela dépend.

Elle s'arrêta si abruptement qu'il faillit la percuter. Puis elle fit volte-face et croisa les bras, geste qui menaça de faire jaillir ses seins de son décolleté, pourtant modeste.

Peter avala sa salive.

— J'ai l'impression que vous vous moquez de moi, monsieur Quick, fit-elle en le dévisageant. Et je n'aime pas cela.

— Je ne me le permettrais pas, lady Emily, répliqua-t-il d'un ton solennel. Ce serait parfaitement incorrect.

Elle l'étudia un long moment, eut un reniflement, et fit demi-tour. C'est alors que son pied se coinça dans un obstacle invisible. Elle chancela, et un cri lui échappa.

Sans réfléchir, Peter tendit les bras, l'attrapa par la taille et l'attira contre lui pour la stabiliser.

Il comprit aussitôt son erreur.

Le contact de ces courbes émouvantes lui coupa le souffle, et un désir brûlant fusa dans ses veines. Il resserra son étreinte sans même l'avoir voulu et, un bref instant, il fut tenté de l'allonger là, sur le sol, de lui arracher sa robe et de couvrir son corps délicieux du sien.

Leurs regards se soudèrent, et Peter crut voir un désir identique à celui qu'il ressentait flamber dans les yeux d'Emily. Cela ne dura qu'une fraction de seconde, puis elle releva le menton avec hauteur.

— Vous pouvez me lâcher maintenant, monsieur Quick. Je ne risque plus rien.

— Oui. Bien sûr.

Ses mains eurent du mal à lui obéir. Lorsqu'elles se décidèrent enfin à lâcher la taille d'Emily, celle-ci s'écarta vivement, et se remit en route sans attendre.

Peter se remit à respirer, et la suivit. Pourquoi diable ne parvenait-il pas à oublier ce qui s'était passé autrefois entre Emily Knight et lui ?

Ce n'était pourtant pas faute d'avoir essayé. Sa vie à Londres n'avait rien de monastique, et il avait fréquenté plusieurs femmes ces dernières années. Mais si elles s'entendaient à apaiser ses besoins physiques, aucune jusqu'à présent n'avait réussi à toucher son cœur.

La seule qui en avait été capable était la jeune fille qui marchait devant lui.

Aveu impossible.

Sale bâtard, tu ne vaudras jamais rien, tu m'entends ? Jamais ! Je maudis le jour où je t'ai mis au monde.

La voix qui montait du passé lui rappela pour la énième fois les raisons qui lui avaient fait fuir Emily quatre ans auparavant. Ces raisons demeuraient, car elles reposaient sur des faits que rien ne pouvait annuler.

Rien.

— Nous y voilà.

Emily s'était arrêtée au pied d'un gros chêne, près de la maison. Plusieurs branches épaisses offraient des appuis solides pour qui voulait grimper ; l'une, en particulier, s'avançait vers une fenêtre du premier étage.

« Concentre-toi sur ton enquête, Quick », s'ordonna-t-il. Il avait promis à Tristan et à Vanessa, puis à lord et à lady Tuttleston de mettre la main sur le cambrioleur, et il avait l'intention de tenir parole. Il ne devait pas se laisser distraire par les sentiments mal venus que lui inspirait Emily.

Cette pensée bien ancrée dans la tête, il examina le terrain au pied de l'arbre.

Malheureusement, il n'y avait pas grand-chose à voir. Aucune empreinte de pas n'avait marqué l'épais tapis d'herbes, et le mauvais temps de ces dernières semaines avait effacé les traces que l'intrus aurait pu laisser derrière lui.

Passant la main sur l'écorce rugueuse du tronc, il leva les yeux et mesura la distance entre l'extrémité des branches et la fenêtre de la chambre de la vicomtesse. Oui, c'était possible. Sur ce point, Jenkins avait raison. Le voleur avait utilisé cet arbre pour entrer et sortir de la maison. Le mur étant trop lisse pour se prêter à l'escalade, il n'y avait pas d'autre façon d'atteindre la fenêtre.

— Alors ? fit Emily qui l'observait avec une étrange expression.

— Il faudra que je jette un œil dans la chambre, et que je regarde la fenêtre de près, dit-il en examinant à nouveau les branches. Si…

Quelque chose attira soudain son attention.

Sans y réfléchir à deux fois, il se hissa prestement sur une branche. Sans tenir compte du petit cri de surprise d'Emily, il agrippa une autre branche et se mit debout sur la première.

L'objet de sa curiosité voletait juste au-dessus de sa tête, à moitié caché par les feuilles qu'agitait la brise. De couleur sombre, il avait échappé à l'examen trop rapide des hommes de Jenkins.

Peter l'attrapa et tira dessus à plusieurs reprises avant de le dégager.

— Qu'est-ce que c'est ? demanda Emily d'une voix inquiète, la main en visière au-dessus des yeux.

Il se laissa tomber à côté d'elle et lui montra son butin.

C'était un morceau de tissu déchiré.

9

Accoudée à sa fenêtre, Emily contemplait les étoiles qui clignotaient dans le ciel de velours en se demandant si elle parviendrait jamais à se sortir de l'embrouillamini affreux qu'était devenue sa vie.

Je vous promets de traîner ce voleur en justice...

Les mots de Peter à lady Tuttleston résonnaient dans sa tête telle une accusation. Il n'était là que depuis deux jours et il avait déjà fait plus de progrès que la maréchaussée radoteuse de Little Haverton en un mois.

Seigneur, il avait même trouvé le bout de tissu arraché à la culotte qu'elle portait cette nuit-là !

Elle glissa le doigt dans la déchirure. Elle était tellement préoccupée, ces derniers temps, qu'elle avait oublié l'accident survenu au premier soir de sa vie de criminelle.

Certes, Peter n'avait pas les moyens de savoir d'où provenait ce morceau d'étoffe. Elle-même avait tenté de le convaincre qu'il n'appartenait pas forcément au voleur, qu'il avait très bien pu être apporté là par le vent, tout récemment ou, au contraire, bien avant le cambriolage.

Sans grand succès. Malgré ses hochements de tête et murmures d'approbation, il était évident que Peter était convaincu d'avoir trouvé là le premier indice significatif de son enquête.

Comme si elle n'avait pas eu son compte de tracas pour la journée, à leur retour à Knighthaven, Miles l'avait prise à part pour lui rappeler qu'elle avait un rendez-vous le soir même. Un rendez-vous avec l'homme qui était à l'origine de cette désastreuse succession d'événements.

Comment cela avait-il pu lui sortir de l'esprit, ne serait-ce qu'une seconde ?

Eh bien, ce serait l'occasion de vérifier si elle était capable de se faufiler dehors alors que Peter dormait à quelques mètres ? Avait-il le sommeil aussi lourd que Tristan et Vanessa ? Il fallait l'espérer, parce que s'il la surprenait en train de faire le mur…

Elle serra les poings. Elle garderait son sang-froid, décida-t-elle résolument. Cette sordide histoire allait bientôt s'achever. Cette nuit, elle exigerait des réponses à des questions qu'elle aurait dû poser voilà bien longtemps. Et dès qu'elle saurait la vérité, elle mettrait un terme au chantage de son persécuteur.

Un sifflement lui parvint du dehors. Elle se pencha et aperçut Jenna. Miles devait l'attendre à l'écart avec les chevaux.

Le temps s'étant rafraîchi, Emily jeta une cape sur ses épaules et enjamba l'appui de la fenêtre.

La masure qu'avait habitée jadis le garde-chasse du domaine Ellington était située au milieu des bois. Les volets pendaient des gonds, et une végétation exubérante envahissait le chemin qui menait à la porte de guingois.

La lune jetait une lumière irréelle sur le paysage lorsque Emily, Jenna et Miles firent halte au bord de la clairière et mirent pied à terre. À son grand soulagement, Emily avait pu se faufiler hors de Knighthaven sans réveiller quiconque, du moins l'espérait-elle.

En dehors du bourdonnement assourdi des insectes nocturnes et du murmure du vent dans les feuillages, il n'y avait aucun bruit, aucun signe de vie. Mais Emily n'était pas dupe. Elle savait qu'il était là, guettant, jubilant d'avance de l'état de soumission dans lequel il la maintenait. Ravi de jouer avec elle.

Après un hochement de tête à l'adresse de ses compagnons, elle se dirigea d'un pas décidé vers la maison. Miles la suivit tandis que Jenna restait avec les chevaux.

Elle n'avait pas fait dix pas qu'une silhouette se détacha de l'obscurité et s'avança à sa rencontre. La lune éclairait sa silhouette trapue, ses longs cheveux gras, son visage anguleux dont les lèvres minces se tordaient en un rictus méprisant.

Emily réprima un frisson de répugnance. Jusqu'au mois dernier, elle avait cru ne plus jamais revoir ce visage que dans ses cauchemars.

— Jack.

Jack Barlow croisa les bras sur la poitrine et l'examina de son froid regard gris.

— Il était temps que vous vous rameniez, ma petite dame.

Huit ans plus tôt, Jack faisait partie des Rag-Tag. Jaloux de l'autorité de Peter sur les autres enfants et furieux de l'intrusion d'Emily dans leur vie, il s'était acharné à leur rendre à tous la vie infernale. À chaque instant, il défiait Peter, remettait en question ses décisions et déclenchait des bagarres pour un oui ou pour un non.

Sa violence innée avait toujours effrayé Emily. À juste raison ! Un soir, alors que les autres enfants dormaient, il l'avait acculée dans une venelle située derrière le repaire des Rag-Tag, et Dieu sait ce qu'il aurait fait si Peter n'était intervenu. Rien que d'y penser, un frisson glacial la secoua. Après cela, Peter avait exclu Jack de leur bande.

En représailles, ce dernier les avait trahis en rejoignant le gang de leur pire ennemi, Barnaby Flynt.

C'était à Jack qu'elle devait d'avoir passé plusieurs heures terrifiantes aux mains de ce monstre de Flynt. Et si elle s'en était sortie indemne, c'était grâce à Dieu et, une fois de plus, à Peter. Hélas, lorsque la police avait arrêté les hommes de Barnaby, Jack n'était pas parmi eux ! Il s'était enfui.

À l'époque, tous les Rag-Tag avaient accueilli sa disparition avec soulagement. N'étant pas encore de fervents adeptes de la loi, cela leur était égal qu'il n'aille pas en prison. Savoir qu'il ne les brutaliserait plus leur suffisait. Aucun n'avait imaginé que sa soif de vengeance le pousserait à les traquer jusque dans ce trou perdu de Little Haverton.

— Me voilà, Jack, dit-elle d'une voix ferme. Que me voulez-vous ?

— En voilà une façon d'accueillir un vieil ami !

— Nous ne sommes pas amis. Cessez de jouer la comédie et dites-moi pourquoi vous m'avez fait venir ce soir.

— Pour vous désigner votre prochaine cible.

Le cœur d'Emily manqua un battement. Elle en était venue à redouter cet instant de chaque fibre de son être.

— Qui est-ce ?

Les yeux de Jack brillèrent d'un éclat mauvais.

— Votre voisin, le marquis de Brimley en personne.

Emily se figea. Cambrioler le père d'Adam ! Ce monstre ne croyait tout de même pas qu'elle irait jusque-là.

— Le marquis possède une broche à laquelle il tient énormément à ce qu'on m'a dit. Je la veux. C'est une belle pièce, elle devrait rapporter gros.

La broche de lady Brimley ? Emily avait entendu Adam en parler, et elle savait combien le marquis y était attaché. L'idée de dépouiller le pauvre homme d'un objet qui lui rappelait son épouse tendrement aimée était proprement odieuse.

— Je ne peux faire une telle chose. Il n'en est pas question ! répliqua-t-elle.

— Mais si, voyons, vous le ferez, insista Jack en s'avançant d'un air menaçant. Sinon vous savez ce qui se passera.

Miles, qui se tenait derrière Emily, émit un grognement sourd et fit un pas en avant. Elle le retint.

— Calme-toi, Miles. Je t'en prie.

Le garçon s'immobilisa, mais son regard fixé sur Jack lançait des éclairs.

— Méfiez-vous, reprit Emily. À force de brandir cette menace, un jour viendra où elle ne me fera plus d'effet.

— Ça m'étonnerait, riposta Jack avec un rictus satisfait. Je crois pas que ça vous plairait que tout le pays apprenne que votre chère maman était qu'une putain.

Elle frémit à ces mots et serra les poings. Cette accusation sordide la hantait depuis un mois. Elle en était venue à douter de ses souvenirs et de ce qu'on lui avait raconté de sa mère.

Jack haussa les épaules et enfonça les mains dans les poches de son pantalon.

— Bien sûr, si ça vous est égal que tout le monde sache que la comtesse d'Ellington couchait avec un valet de ferme avant d'épouser votre père, à vous de décider. Mais je me demande si votre frère sera content d'apprendre qu'il est le bâtard d'une moins-que-rien.

La colère incendia les veines d'Emily.

— Moi, je me demande qui vous croira. Votre réputation n'incite pas à la confiance.

— Peut-être personne... Ou bien tout le monde. Vous avez envie de le savoir ? Faisons l'essai. Une chose est sûre, ça provoquera au moins un bon petit scandale. De quoi alimenter les ragots pendant des mois, sinon des années. C'est une belle histoire, non ? Comment une jeune personne de haute lignée a couché avec le garçon d'écurie de son père et fait passer son bâtard pour le fils de son mari tout neuf.

Était-ce possible ? s'interrogea Emily pour la énième fois. Y avait-il une once de vérité dans ce qu'il racontait ? Cette question la torturait depuis que Jack avait réapparu dans sa vie.

Le jour où ce cauchemar avait commencé, elle faisait des courses au village avec Lilah. Alors que celle-ci bavardait avec la propriétaire de la boutique de chapeaux, Emily, qui était restée dehors, admirait les bonnets exposés en vitrine. Tout à coup, une main lui avait agrippé le bras et l'avait entraînée dans la ruelle située derrière le bâtiment.

Et elle s'était retrouvée nez à nez avec Jack.

Stupéfaite, elle l'avait menacé d'aller le dénoncer aux forces de l'ordre. C'est alors qu'il lui avait révélé ce qu'il avait découvert au sujet de sa mère, et avait exigé qu'elle fasse exactement ce qu'il lui dirait en échange de son silence.

Elle avait d'abord refusé de le croire. Mais plus elle y avait réfléchi, moins l'histoire lui avait paru invraisemblable. Elle expliquait un certain nombre de choses, en particulier l'attitude de lord Ellington envers Tristan. Dire qu'ils ne s'étaient jamais bien entendus était un euphémisme. Le comte avait-il découvert la liaison de sa femme et compris que son premier-né n'était pas de lui ?

Jack avait raison. Dans une petite ville comme Little Haverton, ce serait le scandale de la décennie. Seigneur, comment réagirait Tristan en apprenant que sa mère adorée n'avait pas été le parangon de vertu qu'il croyait ? Et qu'*il* n'était peut-être pas l'homme qu'il pensait être ?

Le fils unique du comte d'Ellington.

Non, elle n'avait pas le choix. Elle ne pouvait permettre que Tristan soit ainsi livré à la honte et au scandale.

Jack pivota sur ses talons, s'éloigna de deux pas, puis, la regardant par-dessus son épaule, lui jeta d'un ton badin :

— Peut-être que je commencerai par prévenir votre belle-sœur. Elle sera rudement surprise de me revoir, non ? J'espère que ça lui fera pas un trop grand choc. Après tout, elle porte l'héritier du titre, faudrait pas qu'il arrive malheur au bébé, hein ?

La peur glaça le sang d'Emily. Elle rejoignit Jack en deux bonds et lui agrippa la manche.

— Ne vous approchez pas d'elle !

Il se dégagea d'un geste brusque, et lui fit face.

— Alors, faites votre boulot. Et votre foyer pour gamins des rues ? Combien de temps vous croyez qu'on vous permettra de le laisser ouvert quand cette jolie histoire se répandra dans le pays ?

Là aussi, il avait raison. La majorité des habitants de Little Haverton en profiteraient pour exiger la fermeture de Willow Park. Le scandale priverait la famille Ellington des rares soutiens financiers et moraux sur lesquels elle pouvait compter.

— Ça serait pas compliqué, reprit Jack avec un regard venimeux. Il me suffirait d'aller boire un verre dans la taverne du coin et de bavarder tranquillement avec les uns et les autres. La clientèle compte surtout des domestiques qui s'empresseraient d'aller raconter cette histoire croustillante à leurs maîtres. Et avec les preuves que j'ai sous la main...

— Vous n'arrêtez pas de parler de ces preuves, mais je ne les ai toujours pas vues.

— Vous les verrez le moment venu, ma chère.

— Non.

Elle en avait plus qu'assez. Elle avait décidé de ne plus se contenter de paroles, et elle n'en démordrait pas.

— Il me les faut maintenant, Jack. Je ne ferai plus votre sale boulot tant que je n'aurai pas vu de mes yeux ces prétendues preuves.

— Eh bé ! La petite princesse est devenue bien courageuse tout à coup !

— Il ne s'agit pas de courage. Mais je suis lasse de céder à vos menaces. Qui me dit que vous ne bluffez pas depuis le début ?

— Vous avez pas le choix, il me semble. Faut me croire sur parole.

— Sur parole ? Vous ? Sûrement pas.

Jack fronça ses épais sourcils noirs, l'air mauvais.

— Je vous conseille de pas me provoquer, ma petite dame, et de faire ce que je dis ou vous le paierez cher, votre famille et vous !

— Espèce d'ordure ! rugit Miles.

Cette fois, Emily eut le plus grand mal à l'empêcher de sauter à la gorge de Jack.

— T'en mêle pas, mon gars, lança Jack. C'est entre elle et moi.

Sans lâcher le bras de Miles, Emily fusilla Jack du regard.

— Je pourrais aller trouver les autorités, vous savez.

— C'est sûr, mais vous le ferez pas. Vous êtes dedans jusqu'au cou, à présent, princesse. Si je tombe, vous et vos copains, vous tomberez aussi.

Enfer et damnation, il avait raison une fois de plus.

Sentant qu'il la tenait à sa merci, Jack la gratifia d'un sourire sinistre.

— Bon. Je veux pas qu'on me reproche d'être déraisonnable. Vous faites ce boulot, et il est possible que j'accepte de vous montrer ce que je possède. Enfin, si je suis d'humeur généreuse.

— Et je suis censée avoir confiance en vous ?

— Parce que vous croyez que vous avez le choix ?

Hélas, non ! Cela avait beau la mettre hors d'elle, elle était obligée de se soumettre à cet odieux chantage. Le risque qu'il s'en prenne à ses proches était trop grand.

— Quand voulez-vous que ce soit fait ?

— Je savais bien que vous finiriez par vous montrer raisonnable, observa-t-il avec un sourire satisfait. Il est trop tôt. Je vous enverrai un message quand je serai prêt. En attendant, fermez votre clapet. Pas un mot à Peter Quick.

Emily sursauta.

— Oui, je suis au courant qu'il est là. Et je vous conseille de l'empêcher de se mêler de ça. J'aimerais pas qu'il arrive quelque chose à mon vieil ami Peter... Tout le monde peut avoir un accident. Même les types les plus malins... L'oubliez pas, conclut-t-il d'un ton glacial.

Sur ces mots, il tourna les talons et disparut dans l'obscurité.

Emily et Miles rejoignirent Jenna sans attendre.

Maudit soit Jack Barlow! pestait Emily. Non content de menacer sa famille, voilà qu'il s'en prenait maintenant à Peter. Et pour une raison qu'elle ignorait, cela la mettait hors d'elle.

Elle attendit d'avoir repris le chemin de Knighthaven pour s'adresser à ses compagnons.

— Cette histoire va trop loin. Nous devons trouver le moyen d'arrêter ce type.

— Oui, mais comment ? fit Jenna. Il n'y a rien de nouveau. Si on le dénonce, il ira répandre ces affreux ragots sur votre mère. Et puis, nous aussi, on risque gros.

— Je sais. Si au moins je réussissais à mettre la main sur ces fameuses preuves, je saurais s'il dit vrai... Lorsque tu as essayé de les interroger, les domestiques de Knighthaven ne t'ont rien raconté sur ma mère ? demanda Emily à Miles.

Il secoua la tête.

— Ceux qui étaient là lorsque vos parents résidaient au château sont peu nombreux, et ils sont pas bavards. C'est pas facile de poser des questions sur votre mère sans en avoir l'air, et j'ai pas voulu insister.

Emily ne pouvait l'en blâmer. Elle demeura un moment silencieuse, et passa en revue les choix qui s'offraient à eux. Céder aux exigences de Jack ne leur avait rien rapporté, et elle ne pouvait continuer à lui obéir stupidement en espérant qu'une solution finirait par se présenter.

Ils devaient reprendre l'initiative.

— Miles, j'aimerais que tu surveilles Jack ces prochains jours, déclara-t-elle. Nous savons qu'il vit dans cette masure. Je veux savoir où il va et qui il rencontre. Il se trahira peut-être d'une façon ou d'une autre. Entre-temps, et bien que cela me soit insupportable, nous devons nous résigner à cambrioler Brimley Hall. Nous ne pouvons nous permettre de pousser Jack à bout. Pas tant que j'ignore s'il détient ou non des preuves.

Adam lui pardonnerait-il ? se demanda-t-elle, le cœur au bord des lèvres.

Arrivés à proximité de Knighthaven, les trois jeunes gens mirent pied à terre.

— Je peux te raccompagner chez toi si tu veux, proposa Miles en glissant un regard en coin à Jenna.

— Pas la peine, grommela-t-elle. En coupant à travers champs, Willow Park est pas si loin et, toi, tu dois t'occuper des chevaux.

Le ton supérieur de Jenna hérissa visiblement le jeune homme.

— Une femme doit pas traîner dehors toute seule après la tombée de la nuit…

— Je suis parfaitement capable de…

— T'es parfaitement capable de me fiche en rogne, ça oui !

— Moi ? C'est toi qui…

Emily ferma brièvement les yeux. Ils choisissaient mal leur moment pour se chamailler !

— Si vous tenez vraiment à vous disputer, tâchez de baisser le ton.

Ils obtempérèrent, mais n'en continuèrent pas moins à se quereller.

Tenter de les raisonner était vain, Emily le savait d'expérience. Elle les abandonna donc, et se dirigea vers la maison en espérant qu'ils n'iraient pas jusqu'à s'étriper.

Les nombreux bâtiments éparpillés dans le parc lui permirent d'atteindre le jardin en demeurant à l'abri d'éventuels regards. Elle s'arrêta sous un grand orme et examina les alentours. Tout était paisible. Le clair de lune dessinait un chemin argenté entre les haies et les massifs de fleurs bien entretenus. D'où elle était, elle voyait fort bien la fenêtre de sa chambre et la chandelle qu'elle avait laissée allumée sur le rebord.

Elle ne risquait quasiment plus rien.

Elle s'élança, mais elle n'avait pas fait plus de trois pas qu'une silhouette jaillit de l'ombre et se jeta sur elle.

Le souffle coupé, elle laissa échapper un couinement de frayeur tandis qu'elle s'efforçait de repousser la lourde masse qui la clouait au sol.

Ses doigts s'enfoncèrent dans des épaules musclées.

— Qu'est-ce que vous foutez là, nom de Dieu ?

Oh, Seigneur, c'était Peter !

10

Peter n'avait pas réussi à trouver le sommeil. Ce qui n'avait rien d'inhabituel. Durant des années, gamin des rues, il n'avait dû sa sécurité qu'à son aptitude à ne dormir que d'un œil.

Mais cette nuit-là son insomnie avait d'autres causes : l'affaire du Cambrioleur de l'Oxfordshire et l'angélique visage d'une jeune fille blonde.

Il avait arpenté sa chambre durant une bonne heure en réfléchissant aux informations qu'il avait glanées. À en juger par ce que lord et lady Tuttleston lui avaient confié, le voleur les connaissait bien, ou du moins, il était au courant de leurs habitudes et savait se repérer dans leur demeure.

Il en était là de ses réflexions lorsque l'image d'Emily était venue troubler son esprit d'ordinaire si rationnel. L'atmosphère de sa chambre lui avait paru soudain irrespirable, et il était sorti dans le jardin où soufflait une petite brise rafraîchissante.

S'il y avait jamais eu une affaire que Peter se sentait dans l'obligation absolue de résoudre, c'était bien celle-ci. Cela allait bien au-delà de la simple conscience professionnelle. Il lui fallait coincer ce voleur coûte que coûte, et mettre un terme à ses agissements. Il le devait à Tristan et à Vanessa, et à la confiance qu'ils lui témoignaient. Il le devait aussi aux petits orphelins qui risquaient d'être renvoyés dans la rue si Willow Park était fermé. Sa rencontre avec les Tuttleston n'avait fait que renforcer sa détermination.

Il déambula dans les allées un long moment, et songeait à regagner sa chambre lorsqu'il aperçut une silhouette qui se faufilait de bâtiment en bâtiment et se rapprochait de la maison.

Le cambrioleur ! l'avertit une voix dans sa tête. Qui d'autre rôderait dans le parc de Knighthaven à cette heure de la nuit ?

Tous les sens en alerte, Peter repéra la trajectoire suivie par l'individu, puis se glissa dans l'ombre jusqu'à un bosquet d'ormes où il l'attendit.

« C'est trop facile », songea-t-il tandis qu'un flot d'adrénaline fusait dans ses veines. Il se maudit de ne pas avoir pris son pistolet. Mais aussi, comment aurait-il pu deviner que le voleur allait s'en prendre à Knighthaven alors qu'un policier y séjournait ? Il fallait être idiot, ou suprêmement audacieux ! Quoi qu'il en soit, il allait avoir la surprise de sa vie.

Lorsque la silhouette émergea des arbres, il se rua sur elle et la jeta à terre. Et comprit dans la seconde que ce n'était pas le voleur. Ni même un homme. Les courbes tendres de ce corps lui étaient trop familières, de même que ce parfum frais qui lui chatouillait les narines.

Emily !

La colère le saisit.

— Qu'est-ce que vous foutez là, bon Dieu ?

Des mains lui agrippaient les épaules, mais aucune réponse ne vint. Il s'apprêtait à secouer la jeune fille lorsqu'il s'aperçut qu'elle ne *pouvait pas* parler.

Il lui avait proprement coupé le souffle.

L'inquiétude chassant provisoirement la colère, il se releva d'un bond, lui attrapa les poignets et la remit debout.

— Ça va ? demanda-t-il.

Cherchant son souffle, Emily se contenta de hocher la tête. Le geste était si brusque que sa capuche glissa, libérant une cascade de boucles dorées.

Elle était si petite, si fragile... L'idée qu'il aurait pu la blesser ranima sa colère.

— Vous êtes folle ? Qu'est-ce qui vous prend de vous balader en pleine nuit alors qu'un bandit rôde dans les parages ? Vous avez une idée de ce que vous risquiez ?

Ainsi que cela lui arrivait chaque fois qu'il était ému, l'accent cockney dont il avait eu tant de mal à se débarrasser reprenait le dessus. Mais, en cet instant, il s'en contrefichait. Comment pouvait-on se montrer aussi imprudent ? Qu'avait-elle de si important à faire pour mettre ainsi sa vie en danger ?

Comme il attendait une explication, il la vit se raidir et redresser orgueilleusement le menton. Allons bon, la voilà qui prenait la mouche ! La connaissant, il aurait dû se douter qu'elle réagirait ainsi.

— Je ne pouvais pas dormir, répliqua-t-elle d'une voix froide. J'avais besoin de prendre l'air, je suis donc allée me promener. Je ne vois pas où était le danger. Ce voleur n'a blessé personne, que je sache.

— Il y a un début à tout, répliqua-t-il en serrant les poings pour ne pas agripper la jeune fille et la secouer comme un prunier. Dieu sait ce qu'il aurait fait si vous l'aviez surpris en pleine action !

— Eh bien, ce n'est pas le cas, et je suis saine et sauve, alors n'en parlons plus. Et inutile d'ennuyer Tristan et Vanessa avec cela, d'accord ?

Son culot stupéfia Peter.

— Inutile... Je devrais vous jeter en travers de mes genoux et vous administrer la fessée que vous méritez.

— Vous n'oseriez pas ! s'exclama-t-elle en reculant d'un pas.

— À cette minute même, rien n'est moins sûr. Alors ne me poussez pas à bout.

Inspirant à fond, il s'efforça de maîtriser sa colère avant de reprendre la parole d'une voix neutre, d'où toute trace d'accent avait disparu.

— Où êtes-vous allée exactement ?

— Cela ne vous regarde pas.

— Tant que le cambrioleur n'est pas sous les verrous, tout ce qui se passe à Knighthaven et dans ses environs me regarde. Alors, allez-vous me dire où vous êtes allée ou faut-il que je vous traîne devant votre frère et votre belle-sœur afin qu'ils vous cuisinent un peu plus sérieusement que moi ?

Emily détourna les yeux et baissa la tête en se dandinant d'un pied sur l'autre.

— Je me suis promenée dans les environs. Sans but particulier.

Le flou de sa réponse éveilla aussitôt les soupçons de Peter. Dans les environs ? L'image de lord Moreland lui traversa l'esprit fort mal à propos, et il sentit sa colère renaître. Était-il possible que... ? Emily avait-elle accepté un rendez-vous nocturne avec cet individu ? Il imagina sans peine le jeune gandin l'étreignant dans l'ombre, l'embrassant, la caressant...

Il fit un pas vers elle et lui attrapa le poignet.

— Vous n'aviez pas plutôt un rendez-vous galant avec le vicomte Moreland ?

— Quoi ? s'écria-t-elle, l'air sincèrement stupéfaite. Bien sûr que non ! Qu'est-ce qui a pu vous laisser croire cela ?

— Eh bien, ce ne serait pas la première fois, non ?

Emily fut d'abord trop ahurie pour réagir, puis elle lâcha un cri d'indignation et se dégagea de son emprise.

— Si vous parlez de lord Percy, vous savez très bien que je n'ai jamais voulu que les choses aillent si loin. Ce n'était qu'un petit badinage inoffensif. Je n'aurais jamais imaginé…

Elle s'interrompit, et se mordit la lèvre.

— J'étais jeune, et c'était il y a longtemps, acheva-t-elle avec un haussement d'épaules accablé.

Pas si longtemps que ça. Du moins pour Peter.

Lord et lady Ellington avaient organisé un bal pour les dix-huit ans d'Emily. Bien que les orphelins de Willow Park aient déjà fêté son anniversaire avec elle dans la journée, Peter avait prévu de se faufiler le soir jusqu'au château, histoire de la féliciter en privé et lui offrir un cadeau.

En économisant sur ses gains de garçon d'écurie, il avait réuni une coquette somme qui lui avait permis d'acheter un châle en soie qu'il l'avait vue admirer dans la vitrine d'une boutique de Little Haverton. Un cadeau modeste mais personnel. Afin de combler quelque peu le gouffre qui s'était creusé entre eux ces derniers temps par sa faute à lui.

S'approchant d'une des portes-fenêtres du grand salon, il avait vu Emily tournoyer dans les bras de lord Percy. Elle le contemplait en battant des cils, le tenant visiblement sous son charme, et Peter avait eu l'impression de recevoir un coup de poignard en plein cœur.

Avant qu'il ait pu s'éloigner, la danse s'était achevée et le couple était sorti dans le parc.

Caché dans l'ombre, il les avait vus se promener bras dessus bras dessous. Le jeune homme parlait, et le rire cristallin d'Emily résonnait dans la nuit, ajoutant à la douleur de Peter.

Puis le lord Percy avait décidé de passer à l'étape suivante.

Ils se tenaient près d'un bosquet d'ormes, à côté de la fontaine centrale. Le jeune homme avait attiré Emily dans ses bras et l'avait embrassée avec ardeur. Voyant la jeune fille le repousser frénétiquement en laissant échapper un cri de détresse, Peter était sorti de l'ombre et avait agrippé l'audacieux par le col pour le tirer brutalement en arrière.

Quelques paroles menaçantes en sus avaient suffi à faire entendre raison au jeune lord qui avait regagné le château sans demander son reste. Peter s'était ensuite tourné vers Emily et l'avait sermonnée comme jamais elle n'avait dû l'être, lui reprochant d'avoir laissé lord Percy l'accompagner dans le parc en pleine nuit. Elle avait riposté qu'elle était une grande fille, qu'elle n'avait pas besoin de ses conseils, et que ce qu'elle faisait ou ne faisait pas ne le regardait en rien. Tout cela avec une véhémence qui n'avait fait qu'exacerber le désir de Peter.

Le mélange détonant de colère et d'attirance physique avait eu pour seul résultat de les pousser dans les bras l'un de l'autre. Ils s'étaient embrassés avec une fougue telle que la situation avait rapidement échappé à leur contrôle. Avant que Peter ait compris ce qui se passait, il plaquait la jeune fille contre un arbre et lui retroussait sa jupe.

Grâce au ciel, il avait soudain réalisé ce qu'il s'apprêtait à faire et, recouvrant ses esprits, il s'était écarté précipitamment en bafouillant des excuses.

Le lendemain matin, il était allé trouver lord et lady Ellington et leur avait annoncé son départ.

— Je savais que vous étiez là.

Les paroles d'Emily le ramenèrent brusquement au présent.

— Quoi ? fit-il en baissant les yeux sur elle.

— Le soir du bal de mes dix-huit ans. Depuis le début, je savais que vous étiez là, répéta-t-elle, et il lui sembla qu'elle rougissait. Je vous ai aperçu lorsque vous regardiez par la porte-fenêtre. Jusque-là, cette soirée m'ennuyait à périr, mais, quand je vous ai vu... je ne sais pas. Vous étiez devenu si réservé, j'ai voulu obtenir une réaction, j'imagine. N'importe laquelle. Voilà pourquoi j'ai flirté avec Percy.

Peter haussa un sourcil, pris de court.

— Et ce soir aussi ? C'est pour obtenir de moi une réaction que vous avez fait le mur ?

— Bien sûr que non, riposta-t-elle. J'ai mieux à faire de mon temps. Pour être franche, ce que vous pensez de moi m'importe peu à présent.

Pour une raison inconnue, ces paroles eurent raison de la retenue que Peter s'imposait, et il fit très précisément ce qu'il s'était juré de ne plus jamais faire.

Empoignant les épaules d'Emily, il l'attira à lui. Ses courbes douces entrèrent en contact avec son corps, et il en eut le cœur chaviré. L'expression stupéfaite de la jeune fille fut la dernière chose qu'il vit avant de s'emparer de sa bouche.

En sentant ses lèvres soyeuses sous les siennes, toute pensée rationnelle le déserta.

Emily était sous le choc, paralysée, en proie à une totale confusion. Passer d'une dispute véhémente à cette étreinte sauvage lui donnait le vertige.

Les mains de Peter glissèrent le long de son dos et s'arrêtèrent sur ses reins tandis que ses lèvres chaudes et fermes dévoraient les siennes comme pour revendiquer un territoire. Lorsque sa langue envahit sa bouche, l'ivresse anéantit ses facultés mentales au point qu'elle ne sut plus son propre nom, encore moins le sujet de leur dispute.

Pourquoi cet homme était-il le seul à lui faire cet effet ? se demanda-t-elle vaguement comme le baiser se poursuivait sur son cou, ses dents la mordillant avant que sa langue l'apaise, lui arrachant un gémissement. Bien qu'aux yeux de la plupart des habitants de Little Haverton, elle fût déjà en passe de rester vieille fille, elle avait eu sa part de prétendants. Mais aucun n'avait retenu longtemps son attention, et surtout aucun ne lui avait fait éprouver de telles sensations.

Seul Peter y parvenait.

Ses lèvres s'en prenaient à présent à la base de son cou. Frémissant de tout son être, elle lâcha sa cape, qu'elle maintenait fermée, et se laissa aller avec bonheur contre le torse de Peter, savourant le contact de ses muscles durs sous la chemise en batiste.

S'enhardissant, il prit ses fesses en coupe afin de l'étreindre plus intimement. Le ventre d'Emily se pressa contre un renflement ferme qui n'avait rien d'ambigu. Une onde de chaleur la traversa, et elle ondula contre lui dans une vaine tentative pour apaiser le désir brûlant qui s'était emparé d'elle.

Peter enfouit le visage dans les boucles blondes de la jeune fille.

— Emily… mon ange… balbutia-t-il d'une voix rauque.

— Oh, Peter. S'il te plaît… souffla-t-elle en plongeant les doigts dans les mèches fauves du jeune homme.

Ces mots eurent sur lui le même effet qu'une giclée d'eau froide. Il se figea, lâcha lentement Emily et recula d'un pas, une expression distante plaquée sur le visage.

Privée de son soutien, elle chancela, en proie à un sentiment poignant d'abandon que l'air frais de la nuit ne fit qu'accentuer.

— Peter…

Il secoua la tête, puis lui enserra le poignet.

— Venez avec moi, coupa-t-il en la tirant à sa suite telle une enfant récalcitrante.

À la fois bouleversée et déconcertée, Emily ne songea même pas à protester. Peter ne la lâcha qu'une fois sous la fenêtre de sa chambre.

— Je suppose que c'est par là que vous vous êtes échappée, dit-il en désignant le treillage.

Elle hocha la tête.

— Eh bien, remontez maintenant.

Comme elle le regardait fixement, il la poussa doucement vers le mur.

— Allez-y. Grimpez. Et, à partir de maintenant je vous conseille de ne plus vous promener la nuit, sinon, la prochaine fois, c'est avec votre frère qu'il faudra vous expliquer.

Son ton condescendant ranima la colère d'Emily. Quel culot ! Comment osait-il l'embrasser comme il venait de le faire et la traiter ensuite comme une gamine désobéissante ? Renonçant à discuter, elle agrippa le treillage résolument, et commença son ascension.

Ayant atteint sa fenêtre, elle jeta un coup d'œil en bas, mais Peter avait déjà disparu.

Maudit soit-il !

Elle se retint de claquer la fenêtre de crainte de réveiller les autres occupants de la maison, mais ce n'était pas l'envie qui lui en manquait. Elle la referma donc aussi silencieusement que possible, puis s'effondra sur le tapis, le visage entre les mains.

Qu'est-ce qui lui avait pris ? Comment diable avait-elle pu autoriser Peter à le toucher de cette façon ? Tant d'effronterie aurait mérité une gifle, ou au moins des reproches. Mais non ! Elle s'était comportée comme la dernière des dévergondées, s'abandonnant à la sensualité de l'instant, au plaisir de retrouver les lèvres de Peter après toutes ces années…

Dieu merci, il s'était arrêté avant que les choses n'aillent trop loin. Mais, offense supplémentaire, c'était *lui* qui avait mis le holà. Qu'il ait encore un tel pouvoir sur elle défiait l'imagination. Il avait même réussi à lui extirper une confession au sujet de l'incident avec lord Percy !

Elle releva la tête en soupirant. Leur baiser avait au moins eu l'avantage d'interrompre l'interrogatoire de Peter concernant ses activités nocturnes. Elle se félicitait en outre d'avoir eu la bonne idée de mettre une cape, car à coup sûr Peter lui aurait demandé une explication sur sa tenue.

Lors de sa prochaine mission, elle avait intérêt à multiplier les précautions, aussi bien au retour qu'au départ de Knighthaven. Quant à garder ses distances vis-à-vis de Peter, c'était plus que jamais nécessaire. Elle ne pouvait se permettre de le laisser la bouleverser ainsi, tant physiquement qu'émotionnellement.

Car il ne faisait aucun doute que si jamais un sentiment renaissait entre eux et qu'il parte de nouveau, son cœur serait irrémédiablement brisé.

11

Lorsque Peter se réveilla, le soleil inondait la pièce. Clignant des yeux, il les protégea du bras et grogna. Bon sang, quelle heure était-il donc ?

Lorsqu'il avait regagné sa chambre, il n'était pas plus calme qu'en la quittant, et s'était retourné inlassablement dans son lit avant de trouver enfin le sommeil, peu avant l'aube.

Au souvenir du baiser passionné échangé avec Emily, un gémissement lui échappa et il enfouit le visage dans son oreiller. Il l'entendait encore soupirer tandis qu'il caressait ses courbes délicieuses, revoyait ses yeux assombris par le désir, la sentait se frotter contre lui…

Son corps réagissant immédiatement à cette évocation, Peter s'empressa de la chasser.

À quoi avait-il donc pensé ?

Je la veux toujours.

L'idée le consterna. Il ferma les yeux, mais à quoi bon se voiler la face ? À l'instant où ses lèvres s'étaient posées sur celles d'Emily, où il l'avait serrée dans ses bras, il avait éprouvé une impression de plénitude, comme s'il était de retour chez lui. Mais il savait que cela n'effaçait pas ses origines pour autant, et qu'un garçon né pouilleux ne pouvait prétendre valoir la sœur d'un comte.

Tu n'es qu'un misérable petit bâtard.

Les mots si souvent entendus dans son enfance le rappelaient à l'ordre dès qu'il osait penser qu'il était possible de tourner la page et de laisser son passé derrière lui.

Durant les quelques années qu'il avait passées à Willow Park, il s'était bercé d'illusions et de faux espoirs. Il avait cru que la naissance importait peu. Il avait ouvert son cœur à Emily, et avait même rêvé d'un avenir où elle figurerait à ses côtés.

Quelle erreur monstrueuse !

Il lui devait des excuses pour ce qui s'était passé la veille.

À l'idée de se retrouver en face d'elle, il frémit de honte. Mais il avait besoin de son aide. Il ne faisait aucun doute que c'était grâce à elle que l'entretien avec lord et lady Tuttleston s'était si bien passé, et il espérait qu'elle accepterait de l'accompagner chez les Fulberry.

Repoussant drap et couverture, il s'assit sur le bord de son lit. À en juger par la position du soleil, il ne devait pas être loin de midi. Il avait déjà perdu près de la moitié de la journée.

Il se leva et commença à s'habiller.

Après avoir interrogé Langley sur l'emploi du temps de lady Emily, Peter sella son cheval et emprunta la route ombragée qui menait à Willow Park. Quelques miles seulement séparaient les deux propriétés.

Bien que moins vaste et moins majestueuse que Knighthaven, Willow Park était cependant une belle demeure de brique dont les hautes fenêtres étaient ornées de vitraux. Tristan en avait hérité à la mort de sa mère et, durant plusieurs années, personne ne s'était vraiment soucié de l'entretenir. Lorsque Vanessa et lui étaient revenus s'installer dans la région, ils lui avaient rendu sa beauté d'origine pour y accueillir des orphelins.

Comme Peter tirait sur les rênes, devant la maison, des rires d'enfants lui parvinrent. Il sauta à terre, confia sa monture au garçon qui était accouru, et regarda autour de lui, cherchant d'où provenaient ces éclats de rire.

Il ne lui fallut pas longtemps pour repérer un petit groupe d'enfants assis près de l'étang, à l'ombre d'un saule pleureur. Comme il s'approchait, il reconnut la personne qui retenait ainsi leur attention.

Emily.

Elle était absolument ravissante, avec son petit bonnet bordé de dentelle d'où s'échappaient ses longs cheveux blonds. L'ombre et la lumière jouaient de manière charmante sur son visage animé. Elle lisait un livre à un groupe d'enfants qui semblaient visiblement ensorcelés par sa voix.

Peter s'arrêta abruptement à quelques pas tandis qu'une scène similaire lui revenait à l'esprit, sauf que celle-ci avait pour décor le repaire des Rag-Tag. À la faible lumière d'une unique chandelle, Emily faisait la lecture aux petits voleurs assis à ses pieds.

Dieu que sa présence avait illuminé leur bouge ! Avec son caractère aimable et enjoué, elle avait rendu leur existence supportable. Au fil des ans, son amitié avait donné à Peter le sentiment de valoir quelque chose. Elle le regardait d'une telle façon qu'il s'était cru capable de renverser tous les obstacles qui les séparaient.

Elle l'aperçut, et son sourire s'effaça. Sa voix chevrota, mais elle se ressaisit aussitôt et parvint à achever sa lecture sans laisser deviner que la présence de Peter la mettait mal à l'aise. Mais il n'était pas dupe de son indifférence affectée. Quelque chose vibrait entre eux, telle une corde trop tendue.

Elle referma le livre et les enfants protestèrent.

— Oh, lady Emily, une autre histoire, s'il vous plaît ? demanda un jeune garçon d'une voix suppliante.

— Je suis désolée, Will, mais je crains qu'il ne soit temps d'aller déjeuner. En outre, nous avons une visite qui devrait vous faire plaisir à tous, ajouta-t-elle en posant sur Peter un regard indéchiffrable.

Les enfants se retournèrent comme un seul homme, puis bondirent sur leurs pieds en poussant des cris de joie. Dans la seconde qui suivit, Peter fut encerclé par un groupe d'enfants bruyants qui l'assaillirent de questions.

— Les enfants ! cria Rachel McLean, une accorte brune qui traversait la pelouse dans leur direction Laissez Peter respirer. Je suis sûre qu'il répondra volontiers à toutes vos questions, mais il est l'heure de déjeuner... Je suis tellement contente que tu sois passé, enchaîna-t-elle à l'adresse de Peter en le gratifiant d'un chaleureux sourire. Tu déjeunes avec nous, n'est-ce pas ?

Il lui prit la main et la porta à ses lèvres.

— Chère madame McLean, si vous ne m'aviez pas invité, j'aurais été très déçu... Et je promets de vous raconter quelques-uns de mes exploits, ajouta-t-il avec un clin d'œil aux enfants. En particulier la poursuite dans les égouts du célèbre Ned-aux-neuf-doigts que j'ai pu amener devant le juge en lui fouaillant les reins de mon fidèle coutelas. Vous savez que je garde l'un de ses doigts dans un bocal près de mon lit ?

Ils applaudirent, et Mme McLean leva les yeux au ciel.

— Que les saints nous préservent, cette histoire va leur flanquer des cauchemars. Bien, à présent, tout le monde va se laver les mains.

Les enfants s'élancèrent vers la maison en riant joyeusement, Rachel sur les talons. Inclinant la tête de côté, Emily regarda Peter en haussant les sourcils.

— Ned-aux-neuf-doigts ?

Il haussa les épaules.

— Ils adorent les histoires sanglantes. Il faut bien que je pimente un peu la réalité. Ce que je fais réellement leur paraîtrait très ennuyeux.

— J'en doute.

Il y eut un instant de silence, puis Peter s'éclaircit la voix et fourra les mains dans ses poches.

— Au sujet de la nuit dernière... je voudrais m'excuser...

Le visage d'Emily se ferma instantanément.

— Je préférerais ne pas aborder ce sujet, si vous n'y voyez pas d'inconvénient, l'interrompit-elle sèchement. Le mieux serait que nous fassions comme si cet intermède n'avait pas eu lieu, et que nous veillions à ce qu'il ne se reproduise jamais, acheva-t-elle en le regardant droit dans les yeux.

Bien qu'il ait prévu de lui tenir le même langage, les paroles et le ton assuré d'Emily irritèrent Peter au plus haut point. Elle n'aurait donc aucun mal à oublier ?

— Certainement, répondit-il. C'est du reste exactement ce que je m'apprêtais à dire.

— Parfait. Je suis ravie que nous soyons d'accord.

Il y eut un autre silence et, lorsqu'elle reprit la parole, ce fut d'une voix quelque peu crispée.

— Qu'êtes-vous venu faire ici, monsieur Quick ? Non que je vous reproche de rendre visite aux enfants, mais j'ai l'impression que ce n'est pas l'unique raison.

« Monsieur Quick » était de retour, alors que la nuit dernière, elle l'avait appelé Peter.

— En effet. J'ai su par Langley que vous étiez ici, et je voulais vous demander de m'accompagner chez lord et lady Fulberry cet après-midi. Plus tôt je les interrogerai, plus vite mon enquête progressera.

Et plus vite il regagnerait Londres, songèrent-ils l'un et l'autre.

Emily croisa les bras, serrant son livre contre sa poitrine, le dévisagea un instant, puis hocha la tête.

— Entendu. Je vous propose d'aller là-bas tout de suite après le déjeuner.

Elle se détourna et avait fait quelques pas lorsque, cédant à une impulsion, Peter lança :

— Vous voir faire la lecture à ces enfants m'a rappelé des souvenirs.

Elle s'immobilisa.

— Ah ?

Il la rejoignit, s'arrêta près d'elle.

— Je me suis souvenu de l'époque où vous lisiez des histoires aux Rag-Tags, de leurs visages lorsque, par le seul pouvoir des mots, vous les emportiez en un autre lieu, un autre temps. Pendant un court moment, ils s'imaginaient dans la peau d'un autre et promis à un avenir moins misérable.

Il se tut un instant, prit une profonde inspiration.

— Vous avez changé nos vies, Emily, et je ne vous en avais jamais remerciée.

Elle le dévisagea en se mordillant la lèvre. Son air soupçonneux agaça Peter. Pourquoi ne le croyait-elle jamais sur parole ?

Comme si elle avait finalement décidé qu'il était sincère, elle sourit.

— Vous n'avez pas à me remercier. Partager mon amour de la lecture est un plaisir. J'essaie de leur lire une histoire au moins une fois par semaine. Et si j'ai le temps, je prolonge un peu la séance avec ceux qui ont des difficultés en lecture et en écriture. Ils sont tellement avides d'apprendre.

— Je suis sûr qu'ils apprécient votre aide. Les McLean aussi, du reste. Ils me disaient justement l'autre soir qu'ils ne savaient pas ce qu'ils feraient sans vous, surtout depuis que Vanessa est moins disponible.

Emily rougit, et détourna les yeux.

— Oui, eh bien… merci de me l'avoir dit.

Elle jeta un coup d'œil vers la maison dans laquelle les enfants s'étaient déjà engouffrés.

— Nous ferions bien de nous dépêcher, sinon nous serons en retard pour le déjeuner.

Peter acquiesça. Il s'apprêtait à la suivre lorsqu'un léger mouvement attira son attention. Il tourna la tête, et remarqua une silhouette assise sur une souche, à plusieurs mètres de l'endroit où les enfants s'étaient rassemblés pour écouter Emily.

Benji.

Comme à son habitude, le jeune garçon était plongé dans un livre, mais sa posture rigide semblait interdire à quiconque de l'approcher.

— Allez-y, lady Emily, fit Peter. Il y a là quelqu'un à qui j'aimerais parler.

Elle suivit la direction de son regard, et ses yeux se voilèrent. Peter se préparait déjà à des protestations, mais à sa grande surprise, elle se contenta de murmurer :

— Si vous pouviez le convaincre de déjeuner avec nous. Cela fait plusieurs semaines qu'il fuit les autres enfants, et je doute qu'un pareil isolement lui soit bénéfique.

Il hocha la tête, et attendit qu'elle se soit éloignée pour s'approcher de Benji.

Le garçon dut l'entendre, car il ferma son livre brusquement et leva les yeux.

— Alors, tu as enfin décidé de nous rendre visite ? lâcha-t-il d'un ton empreint de sarcasme.

Peter s'accroupit près de lui et planta les coudes sur ses genoux.

— Tu devrais savoir que je ne suis pas du genre à venir à Little Haverton sans passer vous voir. C'est ma maison, ici. Ma famille.

Benji haussa une épaule d'un air indifférent, mais garda le silence. Durant quelques secondes, seul le gazouillis des oiseaux brisa le silence.

— Lady Emily espérait que tu déjeunerais avec nous, reprit Peter.

— Je n'ai pas faim.

— C'est possible, mais elle a remarqué que tu t'isolais beaucoup ces derniers temps, et cela l'inquiète. Cela inquiète tout le monde, d'ailleurs. Cela les rassurerait si tu faisais un petit effort de sociabilité. Fuir les autres ne te ressemble pas.

Un nerf tressauta sur la joue de Benji. Son regard dériva au loin, sur l'étang. Le silence se prolongea, et Peter s'apprêtait à interroger de nouveau le garçon lorsque celui-ci déclara :

— Tu dis qu'ici, c'est chez toi. Eh bien, moi, je ne me sens pas chez moi dans cette maison, avec ces gens, marmonna-t-il d'une voix à peine audible.

L'espace d'une seconde, Peter douta d'avoir bien entendu, puis le doute fit place à la stupéfaction.

— Comment ? Benji, tu es chez toi ici, comme tous les autres. Pourquoi dis-tu une chose pareille ?

Le garçon secoua la tête et fourragea dans ses boucles blondes.

— Je l'ai toujours su, mais il y a peu…

Il s'interrompit, et se leva brusquement, le regard sombre derrière ses lunettes.

— Oublie ça. Je ne veux pas en parler.

— Mais cela t'aiderait sûrement de…

— J'ai dit que je ne voulais pas en parler ! cria-t-il avant de s'éloigner à grandes enjambées.

12

Deux heures plus tard, Emily et Peter chevauchaient côte à côte pour se rendre chez lord et lady Fulberry, à la sortie de Little Haverton.

La tête découverte, son bonnet dansant dans son dos, Emily observait son compagnon du coin de l'œil.

Il représentait une véritable énigme à ses yeux. Longtemps auparavant, elle en était arrivée à la conclusion qu'il n'était pas l'homme que son jeune cœur avait cru. Qu'il n'avait pas dû les aimer sa famille et elle, ni d'ailleurs quiconque à Willow Park, sans quoi il ne serait pas parti comme il l'avait fait, sans avertissement ni explication.

Mais, aujourd'hui, force lui était d'admettre qu'elle s'était peut-être trompée. Du moins en ce qui concernait les pensionnaires de Willow Park. Durant le déjeuner, il avait parlé et ri avec eux, les avait régalés d'anecdotes sur la police. Il semblait tellement heureux et à son aise, comme s'il n'était jamais parti. Et cela sautait aux yeux que les enfants l'adoraient. Il était leur héros. Comme il avait été le sien.

En proie à une totale confusion, Emily n'avait pas réussi à le quitter des yeux.

Attitude qui n'était certes pas passée inaperçue. À plusieurs reprises, Mme McLean lui avait adressé des regards entendus, et Jenna l'avait prise à part après le déjeuner pour lui murmurer :

— Vous le regardez comme un chat regarde un bol de crème.

— Sottise ! avait répliqué Emily en tournant délibérément le dos à Peter qui faisait ses adieux aux enfants. Tu dis vraiment n'importe quoi !

— Ça m'étonnerait ! Mais, après tout, c'est pas grave si vous avez l'intention de lui laisser une seconde chance.

— Une seconde chance pour quoi faire ? Partir sans un regard en arrière ? Me briser le cœur ? Et celui de ces pauvres petits ? Pas question.

L'air soudain grave, Jenna répliqua :

— Peter est un homme bien. La preuve, regardez comme il s'est occupé des enfants, aujourd'hui. Tout le monde l'aime. Ça ne veut rien dire, ça ?

La jeune fille n'avait fait qu'exprimer à voix haute ce qu'Emily pensait, mais elle n'était pas prête à le reconnaître.

— Je ne sais pas, Jenna. Je ne sais vraiment pas.

— Et pourquoi est-ce que vous lui demandez pas tout simplement pourquoi il est parti ? suggéra son amie en posant une main compatissante sur son épaule. On sait jamais, peut-être qu'il avait une très bonne raison. Accordez-lui le bénéfice du doute. Ça se fait entre amis.

Les paroles de Jenna résonnaient dans la tête d'Emily qui crispa les doigts sur les rênes. En quatre ans, Peter avait eu largement le temps de fournir des explications sur son départ précipité. Or, non seulement il s'en était abstenu, mais il l'avait soigneusement évitée lors de ses visites à Willow Park.

« Tu ne l'as pas non plus interrogé, Emily, plaida une petite voix dans sa tête. Tu n'as pas pris la peine de connaître sa version de l'histoire. »

Mais le souhaitait-elle ? Ne craignait-elle pas que son départ ait quelque chose à voir avec *elle* ?

À une époque, Peter lui avait donné des raisons de croire qu'ils passeraient leur vie ensemble. Puis les choses s'étaient dégradées entre eux en cours de route. Peut-être avait-il changé d'avis et décidé qu'il ne voulait pas d'elle, finalement. Mais dans ce cas, pourquoi ne pas le lui avoir dit en face ?

Une chose était sûre, il avait gardé le pouvoir de l'émouvoir, et elle ne pouvait plus se leurrer sur ses propres sentiments. Et après le baiser de la veille…

— Un penny pour vos pensées ?

La voix chaude de Peter fit sursauter Emily. Elle inspira à fond pour calmer les battements de son cœur, puis se tourna vers lui en priant pour qu'il attribue au soleil la rougeur de ses joues.

— Je me posais des questions sur votre conversation avec Benji, répondit-elle en s'efforçant de s'exprimer d'une voix neutre. Il n'est pas venu déjeuner avec nous.

— Il a prétendu qu'il n'avait pas faim, mais, de toute évidence, il n'avait pas envie de se retrouver avec les autres.

Pas mécontente d'avoir un autre sujet de réflexion, elle soupira :

— Je ne comprends pas. Benji a toujours été un garçon tellement gai et sociable. Il aimait la compagnie des autres enfants, surtout des plus jeunes. Et, tout à coup, voilà qu'il les fuit… Vous ne pensez pas que ce changement de comportement puisse être lié aux cambriolages, n'est-ce pas ?

— Je ne sais pas. C'est possible. Jenkins l'a interrogé, je suppose ?

— Oui, ainsi que deux autres garçons. Mais cet odieux individu a essayé de les pousser aux aveux, c'est pourquoi Tristan refuse qu'il revienne.

Si, à ses méfaits, elle devait ajouter la tristesse de Benji, elle ne se le pardonnerait jamais. Être soupçonné à tort pouvait être source de ressentiment. Surtout chez un jeune garçon qui se donnait tant de mal pour devenir quelqu'un de bien.

— Tôt ou tard, il faudra bien que, moi aussi, je les interroge, ne serait-ce que pour m'assurer que je dispose des mêmes données que Jenkins. Mais je ne crois pas une seconde que Benji ait quoi que ce soit à voir avec ces cambriolages. Ni aucun des autres enfants, du reste. Le voleur est probablement un adulte. Quelqu'un qui connaît personnellement ses proies, et les connaît bien.

Ce commentaire glaça Emily.

— Qu'est-ce qui vous fait penser ça ?

— D'abord, il semble parfaitement au courant des habitudes de ses victimes. Il savait que lord et lady Tuttleston s'absentent tous les mercredis soir, et il en a profité. Et, d'après Jenkins, lord et lady Fulberry donnent toujours un grand dîner la semaine qui précède leur départ à Londres pour la Saison. Le cambrioleur a deviné que les domestiques et les maîtres de maison seraient trop occupés pour faire attention à ce qui se passerait à quelques mètres de la salle à manger.

Il se rapprochait dangereusement de la vérité, nota Emily en réprimant une bouffée de panique.

— Mais, pour savoir tout cela, ne suffit-il pas de poser quelques questions ici et là, ou d'observer durant un certain temps les faits et gestes des gens que l'on a choisi de dépouiller ? Le coupable ne peut-il être parfaitement inconnu des victimes ?

Haussant un sourcil, Peter la dévisagea avec curiosité.

— C'est possible, bien sûr. Seulement le voleur semble savoir où se trouvent les objets de valeur, et s'y rend directement. Or, cela n'est pas de notoriété publique. Ainsi, dans le cas des Tuttleston, il voulait quelque chose de précis, le collier de lady Tuttleston, en l'occurrence. Et il savait qu'elle le gardait dans sa boîte à bijoux, et non dans le coffre de son mari.

— Une servante est au courant de ce genre de chose, fit remarquer Emily, bien déterminée à semer le doute dans l'esprit de Peter.

— Exact. Et je n'ai pas écarté les domestiques. Mais tous ceux des Tuttleston ont des alibis. Certes, l'un d'eux a pu être le complice d'un autre individu qu'il aurait renseigné sur les usages de ses maîtres. L'idéal serait que je puisse comparer aux vêtements de chacun le morceau de tissu que j'ai trouvé sur l'arbre. Je doute que ce voleur porte les mêmes vêtements durant la journée.

— Nous ne savons même pas si ce bout de tissu a quelque chose à voir avec les cambriolages, contesta Emily. Le vent a pu l'apporter d'ailleurs.

— C'est peu probable. Il était beaucoup trop solidement accroché à la branche. Je suis conscient, cependant, qu'il me faudra d'autres éléments pour identifier le coupable. Mais c'est tout de même un point de départ.

L'expression sombre et décidée de Peter fit frémir Emily.

— Vous paraissez très déterminé, risqua-t-elle. Vous pensez sincèrement être capable de l'attraper ?

— Oh, pour être déterminé, je le suis. Et je l'arrêterai, cela ne fait aucun doute. Ce criminel représente une grave menace pour ma famille. La seule famille que j'aie jamais eue. Non seulement on soupçonne les enfants de Willow Park, mais votre frère et son épouse se tracassent pour l'avenir de ce foyer alors qu'ils ne devraient songer qu'à l'arrivée du bébé.

Il s'interrompit et regarda Emily, l'air résolu.

— Je ne peux rester sans rien faire. Je traquerai cet individu, je l'attraperai, et il payera pour les souffrances qu'il a causées. Je vous en donne ma parole.

Sa voix était chargée d'une telle assurance et d'une telle colère qu'Emily dut détourner les yeux. Elle ne pouvait se permettre de se laisser ébranler par les remords. Elle aussi devait protéger sa famille. Et si elle avait eu le moindre doute quant à la réaction de Peter s'il découvrait quel contrat aberrant la liait à Jack Barlow, elle n'en avait plus.

Elle savait désormais qu'il la haïrait.

— Nous sommes arrivés, annonça-t-elle en apercevant avec soulagement les tours de Fulberry Manor.

Elle talonna sa monture.

— Dépêchons-nous. Il se fait tard.

13

Lorsque Peter et Emily quittèrent la demeure des Fulberry, le soleil qui avait brillé toute la journée, disparaissait derrière des nuages menaçants. L'air sentait la pluie et le grondement lointain du tonnerre annonçait un orage.

Un palefrenier amena leurs chevaux. Tout en aidant Emily à se jucher sur sa selle, Peter examina discrètement son visage fermé. Elle était restée quasi muette durant leur visite, et il se demandait ce qui la troublait ainsi.

À part le fait d'être obligée de le supporter, bien entendu.

Il se hissa sur son cheval, et suivit Emily qui semblait pressée de regagner Knighthaven.

Lui aussi était morose. Ils avaient passé plusieurs heures chez les Fulberry et il n'en savait pas plus sur le Cambrioleur de l'Oxfordshire que le jour de son arrivée.

Contrairement aux Tuttleston, lord et lady Fulberry n'étaient mariés que depuis quelques années. Selon le marquis, le voleur était entré dans la bibliothèque par l'une des portes-fenêtres et s'était dirigé sans hésiter vers le coffre dissimulé derrière un grand tableau représentant le premier marquis de Fulberry et son épouse. Ici aussi, la serrure de la porte-fenêtre avait été crochetée par une main experte, et le coffre ne montrait aucun signe d'effraction.

À croire que le bandit en connaissait la combinaison.

Hypothèse que le marquis avait écartée.

— Tout est possible, bien sûr, mais pour autant que je sache, seuls ma femme et moi la connaissons.

— Toute cette histoire est un cauchemar ! gémit la marquise en se tamponnant les yeux. Et maintenant, nous voilà obligés de retarder notre départ pour Londres jusqu'à ce que l'affaire soit réglée. Nous allons manquer le bal de la duchesse de Klein, et vous n'imaginez pas à quel point je suis déçue.

Compatissante, Emily lui avait tapoté le bras, et Peter s'était une fois de plus félicité de l'avoir à ses côtés. Elle seule avait réussi à calmer la marquise éplorée que même son époux ne semblait pas en mesure d'apaiser.

Celui-ci avait fourni la liste de ses invités et celle des biens dérobés. Après un examen attentif des lieux et un entretien avec les membres du personnel, Peter et Emily avaient salué leurs hôtes et pris le chemin du retour.

Il lança un coup d'œil à la jeune fille qui trottait à sa hauteur, et se racla la gorge pour attirer son attention.

— Je voulais vous remercier pour votre aide, dit-il. J'ai grandement apprécié.

— Je n'ai pas fait grand-chose.

— Ne croyez pas cela. Vous avez été très utile en calmant la marquise et en l'empêchant de se mettre en travers de mon enquête. J'avoue que si j'avais dû supporter seul ses jérémiades, j'aurais été tenté de me jeter du sommet d'une de ses tours. Ou de la jeter, elle.

Emily eut un sourire amusé.

— Pénélope n'est pas si mauvaise. Un peu frivole, sans doute, mais elle a bon cœur.

Comme Peter affichait une expression dubitative, elle poursuivit :

— Je la connais depuis l'enfance. Nous avons des caractères fort différents, c'est pourquoi nous n'avons jamais été des amies très proches. Cependant, après ma fugue et mes aventures à Londres, jamais elle ne m'a traitée en paria, contrairement à tant d'autres ici. Et, récemment, elle a persuadé son mari de faire une généreuse donation à Willow Park, ce dont je lui serai toujours infiniment reconnaissante.

— C'était très gentil de sa part.

— En effet.

Ils chevauchèrent en silence durant plusieurs minutes, et Peter se creusait la tête à la recherche d'un autre sujet de conversation lorsqu'une question lui échappa malencontreusement.

— Vous ne m'avez pas dit où vous étiez allée hier soir.

Elle se raidit visiblement, et il réprima un juron. Évoquer leur rencontre nocturne n'était vraiment pas une bonne idée, il le savait. Mais il avait beau faire, la question ne cessait de le tarauder, et il ne parvenait pas à chasser l'idée que cette sortie nocturne avait quelque chose à voir avec le vicomte Moreland. Rien que d'y penser, il voyait rouge.

— Je vous l'ai dit, je suis allée me promener, répliqua-t-elle en évitant son regard. Et je croyais que nous nous étions mis d'accord pour ne plus en parler.

— L'accord portait sur ce qui s'est passé entre nous. Pas sur vos allées et venues, rétorqua-t-il, poussé par le démon de la jalousie. Vous vous êtes montrée si mystérieuse, avouez qu'il est normal que je me pose des questions. Êtes-vous certaine que cela n'a rien à voir avec votre... bon ami lord Moreland ?

Emily rougit, et le fusilla du regard.

— Je ne me suis nullement montrée mystérieuse. Je vous ai expliqué que je m'étais promenée, et il n'y a rien de plus à dire. Quant à lord Moreland, il n'est pas homme à essayer de convaincre une jeune fille de sortir de chez elle en pleine nuit. Cela étant, même si c'était le cas, cela ne vous regarde en rien. Quand vous nous avez quittés, ma famille, les enfants de Willow Park et moi, vous avez renoncé au droit de vous mêler de mes affaires.

Peter lâcha un soupir d'exaspération, mais avant qu'il ait pu exprimer sa colère, une goutte de pluie s'écrasa sur sa joue. Il leva les yeux. De gros nuages noirs s'étaient accumulés, menaçant à tout instant de se libérer de leur fardeau.

Ravalant sa rage, il désigna le ciel.

— J'adorerais poursuivre cette discussion, mais je crains que nous n'ayons un problème plus urgent à régler. Il ne va pas tarder à pleuvoir, et à en juger par le vent qui commence à se lever, ce ne sera pas une petite averse. Nous n'atteindrons pas Knighthaven à temps.

Comme pour souligner sa déclaration, un éclair zébra le ciel, suivi presque aussitôt d'un roulement de tonnerre. Deux grosses gouttes de pluie s'écrasèrent sur son visage. Bon sang ! Quatre kilomètres au moins les séparaient du village, un peu plus de Knighthaven.

Emily entreprit de remettre son bonnet, mais une rafale faillit le lui arracher des mains. Oubliant leur différend, elle regarda Peter avec appréhension.

— Ne vaudrait-il pas mieux retourner à Fulberry Manor et attendre là-bas que l'orage passe ? hasarda-t-elle.

Il fit non de la tête.

— Ce ne sera pas plus rapide que de poursuivre jusqu'au village.

Elle balaya les alentours du regard.

— Il me semble qu'il y a une petite maison un peu plus loin, à l'écart de la route. Elle est abandonnée et délabrée, mais elle nous offrira un refuge provisoire.

Peter savait de quel bâtiment elle parlait. Un métayer des Fulberry l'avait habité autrefois, mais lui-même ne l'avait jamais connu que vide et dans un triste état. Si le peu de toit qui en restait ne s'écroulait pas sur leurs têtes, ils auraient de la chance.

Néanmoins, ils n'avaient pas le choix.

— Très bien. Allons-y.

À peine eut-il acquiescé que la pluie commença à tomber dru, et en trois secondes, leurs vêtements furent trempés. Ils éperonnèrent leurs montures.

Au bout de cinq minutes qui ressemblèrent fort à une éternité, le toit d'une maisonnette apparut entre les arbres. Ils s'engagèrent sur un sentier qui disparaissait à demi sous les broussailles, et débouchèrent dans une cour envahie d'herbes folles.

Peter sauta à terre et courut aider la jeune fille à descendre de sa jument.

— Rentrez, ordonna-t-il en la poussant vers la masure. Je m'occupe des chevaux.

— Mais…

— Allez-y. Je n'en ai pas pour longtemps.

Elle n'hésita qu'une seconde, puis obéit tandis qu'il emmenait les chevaux derrière la maison. Là où se dressait un appentis qui, bien que branlant, protégerait Artemis et Champion de la pluie et du vent.

Il les installa du mieux qu'il put en leur murmurant des paroles réconfortantes, puis récupéra sa sacoche, et rejoignit Emily au pas de course.

L'intérieur de la maisonnette était froid et sombre, et Peter s'immobilisa un instant sur le seuil, le temps que ses yeux s'habituent à l'obscurité. Une lumière vive jaillit soudain au fond de la pièce. À sa grande surprise, il constata qu'Emily avait réussi à allumer un feu dans la cheminée. Elle se releva, et sa silhouette fine se détacha sur les flammes.

Jamais elle n'avait autant ressemblé à un ange, songea-t-il, le souffle coupé. Libérés des épingles, ses longs cheveux blonds retombaient sur ses épaules en une lourde masse humide semblable à de l'or fondu. Sa robe trempée lui collait au corps telle une seconde peau, soulignant ses seins fermes, sa taille fine et ses hanches délicieusement pleines.

Peter déglutit avec peine. Non, oublions l'ange, rectifia-t-il. Il s'agissait plutôt d'une nymphe envoyée pour le séduire en dépit de toutes ses bonnes résolutions.

L'apercevant sur le seuil, elle lui adressa un sourire narquois.

— Je me trompe peut-être, mais je doute que vous réussissiez à vous sécher en restant sur le pas de la porte.

Il tressaillit, conscient d'être totalement ridicule, s'efforça de se ressaisir et pénétra à l'intérieur.

— Les chevaux sont à l'abri ? s'enquit-elle en s'approchant de lui comme il refermait la porte.

Incapable d'articuler un mot il acquiesça d'un signe de tête, puis examina la pièce qu'éclairait faiblement la lueur des flammes. Les planches disjointes laissaient passer l'air, le plancher était sale, le plafond bas et les poutres noircies. Le mobilier se réduisait à un tabouret branlant. Il le désigna du menton tant il avait hâte qu'Emily s'écarte de lui.

— Allez vous asseoir devant le feu. Il faut que vous fassiez sécher vos vêtements, sinon vous allez attraper une fièvre maligne, et votre frère ne me le pardonnera jamais.

Elle hésita, les yeux rivés sur lui, puis, haussant les épaules, elle s'exécuta.

Soulagé, Peter s'accroupit et ouvrit sa sacoche.

La première chose qu'il en sortit fut son pistolet.

Un petit cri étouffé lui fit tourner la tête. Emily fixait l'arme, les yeux écarquillés.

Diable ! Elle craignait qu'il ne lui tire dessus ou quoi ?

— Vous savez, je...

Elle se tut, s'humecta les lèvres, geste involontairement sensuel, puis reprit :

— J'ai toujours su dans un coin de ma tête que votre travail était dangereux, mais je ne me suis jamais autorisée à envisager à quel point il l'était réellement.

Peter dut prendre sur lui pour ignorer l'effet que lui avait causé la vue de sa petite langue rose glissant sur ses lèvres pulpeuses.

— Par chance, j'ai rarement eu à me servir de cette arme... Et, grâce à Dieu, je ne le portais pas sur moi cette nuit, ajouta-t-il en décochant un regard sévère à la jeune fille.

Elle se pétrifia une fraction de seconde puis, redressant le menton, elle tourna les yeux vers les flammes.

Apprendrait-il un jour à se taire ? se demanda-t-il. Il avait vraiment le don de dire ce qu'il ne fallait pas. Résultat, une conversation parfaitement cordiale pouvait virer en un instant à la dispute.

Refoulant sa contrariété, il sortit une couverture de sa sacoche et la tendit à Emily.

— Tenez. Ôtez votre robe.

Elle tourna la tête vers lui si brusquement que ses boucles dansèrent sur ses épaules.

— Je vous demande pardon ?

Il ne put retenir un sourire amusé.

— Vous tremblez de froid. Débarrassez-vous de cette robe dégoulinante et enveloppez-vous dans cette couverture.

Elle hésita, puis se leva et fit un pas pour prendre la couverture en lui jetant un regard méfiant.

— Vous ne regarderez pas ?

— Lorsque la situation l'exige, je suis capable de me comporter en gentleman, vous savez. Je vous promets que je ne regarderai pas.

La dernière chose dont il avait besoin, c'était bien de voir ce ravissant corps dévêtu. Joignant le geste à la parole, il tourna le dos et entreprit de vider sa sacoche. Il entendait néanmoins les bruissements d'étoffe, et ne put s'empêcher d'imaginer la peau crémeuse se dévoilant peu à peu, la lumière chaude du feu jouant sur les formes délicates…

Il réprima un gémissement.

— J'ai terminé, annonça-t-elle.

Il se retourna. Drapée dans la couverture qu'elle tenait serrée sur la poitrine, elle paraissait aussi frêle et sans défense qu'une enfant.

Sauf que ce n'était plus une enfant.

— Vous avez faim ? demanda-t-il J'ai emporté la moitié d'une miche de pain de Knighthaven. Ce n'est pas grand-chose, mais…

— Non, merci.

La couverture glissa, découvrant une épaule blanche et la bretelle en dentelle d'une chemise. Emily la remit en place.

— Et vous, vous restez ainsi ? risqua-t-elle. Vous n'avez pas une autre couverture ?

Il détourna les yeux, et s'efforça de ne pas prier pour que la couverture glisse de nouveau, un peu plus bas cette fois.

— Non. Mais je n'en ai pas besoin. Ça ira.

Elle hocha la tête, et s'approcha du tabouret pour y draper sa robe trempée. Chacun de ses mouvements était si gracieux que Peter ne put s'empêcher de la suivre des yeux, fasciné.

Bon sang de bois, il ferait mieux de lui donner son pistolet afin qu'elle mette fin à son supplice d'une balle !

— Vous savez, ma réputation serait gravement compromise si quelqu'un venait à nous surprendre seuls dans cette maison.

La pénombre empêcha Peter de distinguer son expression.

— Ne vous inquiétez pas, ça ne risque pas d'arriver. En outre, je n'ai pas l'intention d'en parler à quiconque.

Plus pour s'occuper que pour calmer sa faim, il rompit un morceau de pain, mordit dedans et fourra le reste dans sa sacoche.

— Fort heureusement, nous ne devrions pas rester longtemps ici, reprit-il.

Il leva les yeux, et découvrit qu'elle s'était approchée de lui et l'étudiait entre ses cils épais.

Le silence s'étira quelques interminables secondes avant qu'elle ne murmure :

— Pourquoi, Peter ?

Quelque chose dans sa voix lui arracha un frisson.

— Pourquoi quoi ?

— Pourquoi avez-vous quitté précipitamment Little Haverton il y a quatre ans ?

Elle fit une pause, resserra sa prise sur la couverture et fit un pas vers lui, l'air résolu. Visiblement, elle avait l'intention d'obtenir une réponse.

— Pourquoi m'avez-vous quittée ?

14

La question avait jailli des lèvres d'Emily qui s'était pourtant interdit de la poser.

Était-ce parce que, tout le temps de leur visite chez les Fulberry, la phrase de Jenna n'avait cessé de tourner dans sa tête ?

Accordez-lui le bénéfice du doute. Ça se fait entre amis.

Oui, peut-être le méritait-il. Peut-être avait-il une bonne raison de partir. Quoi qu'il en soit, elle était lasse de s'interroger. Le départ de Peter ne l'avait pas seulement privée de l'homme qu'elle aimait, mais aussi de son confident et ami d'enfance.

Et elle voulait savoir à quoi elle devait cette perte.

La réponse obtenue, peut-être parviendrait-elle à tourner la page. Enfin !

Un long silence suivit sa question. Apparemment cloué sur place, Peter soutint le regard d'Emily en prenant soin de ne manifester aucune émotion.

Puis, se redressant, il alla se camper devant la cheminée, le dos raide.

— En quoi cela importe-t-il, aujourd'hui ?

Exaspérée par son ton distant, elle le rejoignit et, les poings sur les hanches dans une attitude belliqueuse, elle répliqua :

— Il se trouve que cela m'importe.

Comme il gardait le silence, les yeux fixés sur les flammes, elle lui prit le bras.

— Peter, je vous en prie.

Le désespoir qui perçait dans sa voix dut le toucher, car il se risqua à la regarder. La lueur des flammes soulignait les angles et les méplats de son beau visage viril. Des gouttes de pluie dessinaient un chemin luisant sur ses joues et son cou avant de s'infiltrer sous le col de la chemise. Une chemise très humide qui lui moulait les épaules, les bras et la poitrine, laissant peu de place à l'imagination.

Spectacle déroutant. Emily ferma brièvement les yeux pour tenter de reprendre le contrôle de ses émotions.

— J'ai le droit de savoir, insista-t-elle.

— Je ne vois pas quelle différence cela fera.

— J'ai besoin de savoir…

Sa voix se brisa, et elle dut lutter pour poursuivre malgré sa gorge nouée :

— J'ai besoin de savoir que je n'y suis pour rien. Que ce n'était pas ma faute.

En dépit de la pénombre, elle le vit pâlir, tandis qu'une expression d'étonnement sincère se peignait sur son visage.

— Votre faute ? Grands dieux, non !

Sa main se posa sur celle d'Emily, qui continuait de lui agripper le bras, et, mêlant ses doigts aux siens, il murmura :

— C'est ce que vous avez pensé tout ce temps ?

— Que pouvais-je penser d'autre ? Je me suis ridiculisée en essayant de vous rendre jaloux, nous avons failli… faire l'amour, et le jour d'après vous quittiez Knighthaven sans un mot d'explication. J'avais forcément fait *quelque chose* de mal pour que vous réagissiez ainsi. À moins que…

Elle s'interrompit, le temps de refouler les larmes qui lui brouillaient la vue.

—... à moins que vous ne vous soyez jamais soucié de moi, et que notre relation n'ait été qu'un mensonge.

— Emily, vous ne devez pas croire cela.

Il baissa la tête, et elle l'entendit gémir sourdement. Puis, lui lâchant la main, il se mit à marcher de long en large.

— Je chérirai toujours les souvenirs de notre amitié. Personne n'avait jamais cru en moi comme vous l'avez fait.

— Alors pourquoi... ?

— Bon sang, comment expliquer ?

Frustré, il passa les doigts dans ses cheveux, puis fixa sur Emily un regard féroce qui la stupéfia.

— Le problème, ce n'était pas vous. Le problème, c'était *nous*. Ensemble.

— Je ne comprends pas.

S'emparant de sa main, il la ramena vers le tabouret, poussa de côté la robe qui séchait, et la fit asseoir. Puis il s'accroupit devant elle.

— Il ne m'est pas facile de parler de cela, commença-t-il. Je n'avais jamais prévu de... Mais vous... Nom d'un chien !

Le ton véhément ainsi que le retour de l'accent cockney prouvaient combien le sujet le troublait. Elle aurait pu l'en détourner, renoncer à connaître la raison de sa défection. Mais après sa conversation avec Jenna, cela ne lui était plus possible. Elle était lasse d'osciller perpétuellement entre le chagrin et la colère. Il était grand temps qu'elle se débarrasse du fardeau des souvenirs et des regrets de ce qui aurait pu être, et qu'elle aille de l'avant.

Elle pressa les doigts de Peter toujours enlacés aux siens.

— Continuez, je vous prie. J'ai besoin de savoir.

Il baissa les yeux sur leurs mains jointes, et la souffrance qui se lisait sur son visage n'était pas feinte.

— Je n'ai jamais beaucoup parlé – ni à vous ni à personne – de mes origines et de mon passé. Je n'aime pas m'en souvenir, le silence et l'oubli m'ont toujours paru préférables.

C'était vrai. Après toutes ces années, Emily savait juste que la mère de Peter était une prostituée et qu'il avait passé la plus grande partie de son enfance dans les rues des bas-fonds de Londres. Les rares fois où elle s'était risquée à l'interroger, il avait éludé ses questions, si bien qu'elle avait renoncé à en savoir plus.

— Ma mère… eh bien, ce n'est pas un secret que c'était une catin, reprit-il avec un rictus amer. Elle me haïssait. J'étais un rappel permanent de ce qu'elle faisait pour gagner sa vie, et elle ne pouvait l'encaisser. Quant à mon père, elle ignorait son nom. À raison, vu qu'une centaine de types au moins auraient pu revendiquer cet honneur. Qu'elle ait gagné un gamin en prime lui était resté en travers de la gorge. Autant dire qu'elle avait la main leste et un vocabulaire dépourvu de tendresse. S'occuper de moi l'exaspérait et, très vite, j'ai dû me débrouiller seul.

Il fit une pause avant de continuer :

— Avant d'avoir sept ans, j'avais côtoyé le pire de ce que la vie peut offrir, Emily. Je vivais dans un bordel, entouré de la lie de l'humanité. Je devais dormir dans la chambre où ma mère recevait ses clients. Recroquevillé dans un coin, nuit après nuit, réveillé par ces bruits…

Bouleversée, Emily se pencha vers lui pour le réconforter. Se dérobant, il lui lâcha la main, se mit debout et se planta à nouveau devant la cheminée. Son profil se détachait, sombre sur les flammes qui dansaient dans l'âtre.

— Et ce n'est pas le pire. Lorsque j'ai eu sept ans, elle en a eu assez de m'héberger. Depuis longtemps déjà, je me débrouillais pour me nourrir et me vêtir en vidant les poches à ma hauteur. Mais c'était encore trop, elle ne supportait plus ma vue. Alors, elle m'a fichu à la porte.

Emily retint un cri. Elle ne pouvait imaginer qu'une mère aime si peu son enfant qu'elle soit capable de le jeter à la rue sans hésiter. C'était pourtant ce qu'avait fait celle de Peter. Grands dieux, cette femme était un monstre !

— Oh, Peter…

Perdu dans ses souvenirs, il ne parut pas l'entendre et enchaîna :

— Une fois que je me suis retrouvé dans la rue, la vie n'est pas devenue plus facile. Bien sûr, elle n'était plus là pour me botter les fesses ou me piquer les sous que j'avais glanés, mais mes nouveaux compagnons n'étaient guère plus raffinés. C'étaient des assassins, des voleurs, les pires voyous…

Il lui lança un regard par-dessus son épaule.

— Voilà d'où je viens. Et j'ai dû me comporter comme eux pour survivre. Jusqu'à ce que je fasse partie des Rag-Tags, j'ai vécu comme une bête.

Il pivota, fit un pas vers elle.

— Voilà pourquoi je suis parti de Knighthaven un beau matin. Ce qui se passait entre nous… était une erreur. Et ce qui risquait de se produire aurait été un crime. Je ne pouvais pas laisser une telle chose arriver. Vous méritiez mieux que le fils d'une putain, un voleur qui n'a jamais connu le nom de son père. Il était urgent que je m'éloigne avant que nous ne commettions l'irréparable.

Abasourdie, Emily le scruta en se tordant les mains.

— Et vous avez pris cette décision sans même m'en parler, sans que nous ayons discuté ?

— Discuter de quoi ? On discute quand il y a des choix possibles, or, il n'y en avait pas. Je devais faire ce qui était le mieux pour vous... Bon sang, Emily ! s'exclama-t-il. Vous savez bien que rien de bon n'en serait sorti ! Nous deux ensemble ? La princesse et le pickpocket ? La fille d'un comte et le fils d'une putain ? Qu'aurait dit la bonne société ? Vous les connaissez, ces gens charmants qui font la moue devant ce ramassis de gosses des rues que votre frère et votre belle-sœur ont recueillis. Vous imaginez leur tête ?

Il avait raison. Au fond d'elle-même, elle le savait. Mais cela n'atténuait en rien son chagrin. Et sa colère, car elle lui en voulait d'avoir pris la décision de mettre un terme à leur relation sans qu'elle ait eu son mot à dire.

Serrant la couverture autour d'elle, elle se leva et s'approcha de lui. La fureur bouillonnait en elle tel un chaudron prêt à déborder.

— Vous me trouviez à ce point superficielle ? Vous pensiez que j'accordais une telle importance à votre passé ?

— Vous, non. Et c'est pourquoi j'ai pris cette décision seul. Quand nous étions enfants, ce n'était pas vital, mais, que nous le voulions ou non, mon passé *avait* de l'importance. Il en *a*. Et nous ne pouvons nous permettre de l'oublier.

La colère d'Emily grimpa d'un cran, l'étouffant à moitié.

— Vous n'avez pas idée de ce que j'ai ressenti après votre départ. Je croyais que nous nous aimions, j'étais heureuse, confiante, et du jour au lendemain, vous avez disparu de ma vie...

Elle s'interrompit, refoulant les larmes qui menaçaient.

— J'en ai conclu que rien de ce que nous avions partagé n'avait eu de signification pour vous.

— Je suis désolé de vous avoir causé tant de peine, croyez-moi. Mais vous voyez bien que c'était la seule décision possible, non ?

— Ce que je vois, c'est que vous avez décidé seul de ce qui était bon pour moi ! Alors que vous n'en aviez pas le droit.

Le visage de Peter s'assombrit.

—Nom d'un chien, Emily, vous n'avez peut-être pas entendu les ragots, les spéculations peu flatteuses des uns et des autres, mais moi, si ! Chaque fois que j'allais au village, je surprenais des chuchotements, j'entendais les gens médire du comte qui laissait sa jeune sœur traîner avec ce « voyou ». Ils prétendaient que j'allais ruiner votre réputation. Et ils avaient raison, non ? J'ai bien failli le faire. J'ai failli vous prendre debout contre un arbre, comme un docker qui baise une putain.

Emily ne prit pas la peine de lui reprocher sa grossièreté. Elle était encore sous le choc de ses révélations. Elle comprenait enfin pourquoi le départ de Peter avait été précédé d'une période où il s'était montré anormalement distant.

— Je n'en reviens pas. Vous avez laissé quelques commérages stupides creuser un gouffre entre nous, vous chasser de Knighthaven ?

— C'étaient plus que des commérages. Et il n'y avait pas que cela. La façon dont je me suis jeté sur vous le soir de votre bal m'a rappelé qui j'étais et d'où je venais. Je savais que si nous avions passé outre, tôt ou tard vous l'auriez regretté. C'est pourquoi j'ai décidé de nous épargner à l'un comme à l'autre cette souffrance.

— Comment osez-vous prétendre savoir ce que j'aurais éprouvé ? Je n'avais pas besoin de votre protection, et je ne vous l'avais pas demandée, s'écria Emily, les yeux lançant des éclairs. D'ailleurs, ce n'était peut-être pas moi que vous vouliez protéger, mais vous !

Ils se défièrent du regard.

Qui des deux fit le premier geste ? Emily n'aurait su le dire. Toujours est-il qu'ils se retrouvèrent dans les bras l'un de l'autre, et que Peter s'empara de ses lèvres.

Elle était plus douce que le plus suave des nectars, et son corps contre le sien était un rêve devenu réalité.

Avec un gémissement, Peter plongea les doigts dans les cheveux humides d'Emily dont il inclina la tête afin de se repaître de sa bouche. Ses formes se moulaient aux siennes à la perfection comme s'ils avaient été créés l'un pour l'autre.

Dans quelque recoin ténébreux de son esprit, il savait que ce baiser était une erreur. Il s'était promis que ce qui s'était passé la veille ne se renouvellerait plus, mais le désir avait été plus fort que sa détermination. Lady Emily Knight avait toujours été son talon d'Achille et, apparemment, il en serait toujours ainsi.

Promenant la langue sur ses lèvres, il s'enivra de ses soupirs tandis qu'elle nouait les mains sur sa nuque.

— Mon ange, souffla-t-il en fermant les yeux. Emily, mon très cher ange…

Il laissa ses mains glisser sur les épaules délicates, le long des bras minces, s'arrêta un instant sur sa taille fine avant de les glisser sous la couverture pour les poser sur ses fesses. La soulevant légèrement, il la plaqua contre lui afin qu'elle n'ignore rien de son désir.

À ce contact, elle réprima un petit cri haletant et creusa les reins. Peter s'enflamma comme une torche. Une sorte de grognement sourd lui échappa tandis qu'il la poussait contre le mur et s'emparait de nouveau de ses lèvres avec fièvre.

Le souffle court, Emily se cambra à sa rencontre. La couverture se dénoua et glissa sur le sol.

— Peter, murmura-t-elle comme il lâchait un instant sa bouche. Peter, je t'en prie, je veux…

Elle n'acheva pas sa phrase, mais leva sur lui un regard assombri par la passion où se lisait la plus éloquente des prières.

La lumière que projetaient les flammes soulignait ses formes sous la fine chemise. Les pointes de ses seins, hauts et fermes, se dressaient sous le tissu humide.

Provocation insupportable.

— Seigneur, Emily, que tu es belle ! fit-il d'une voix rauque en lui caressant l'épaule.

Glissant le doigt sous une bretelle, il la repoussa et embrassa la peau crémeuse.

Emily appuya la tête contre le mur, et ne fit pas un geste pour l'arrêter lorsqu'il s'en prit à l'autre bretelle. La chemise glissa jusqu'à sa taille, dévoilant ses seins au regard fasciné de Peter.

La prenant à la taille, il inclina la tête, et prit l'extrémité érigée de l'un d'eux dans sa bouche.

Flottant dans un océan de volupté, Emily se laissait aller au bonheur d'être de nouveau dans les bras de Peter. Ses mains légèrement calleuses déclenchaient en elle un tourbillon de sensations et, lorsqu'elle sentit sa langue jouer avec son sein, elle se dressa sur la pointe des pieds en criant.

Elle avait tellement rêvé de ces caresses, mais n'avait jamais osé croire qu'il les lui prodiguerait un jour. Et voilà qu'il l'embrassait, explorait son corps avec une audace qu'elle avait appelée de ses vœux, et elle avait l'impression qu'elle allait mourir de plaisir.

Une petite voix chuchota à la limite de sa conscience, mais elle l'ignora, résolue à ne pas laisser passer sa chance et à vivre l'instant avec ferveur. Elle prit la tête de Peter entre ses mains tandis qu'il lui léchait un sein puis l'autre, grattant la peau de ses dents avant d'apaiser la brûlure d'un coup de langue.

— Si c'est un rêve, mon ange, murmura-t-il, ne me réveille pas.

Sa voix sensuelle, ses paroles firent battre follement le cœur d'Emily. De découvrir qu'il partageait son émotion lui procurait une ivresse sans nom.

Elle éprouva le besoin de le toucher, elle aussi, et glissa les mains dans l'échancrure de sa chemise. Le bonheur de le sentir frémir comme elle palpait sa poitrine musclée et caressait sa peau satinée !

Et maintenant ? se demanda-t-elle soudain comme il abandonnait ses seins pour revenir à ses lèvres. Emily avait beau être vierge, elle savait ce qui se passait entre un homme et une femme, de même qu'elle savait que s'ils allaient jusqu'à la conclusion logique de ces échanges passionnés, il n'y aurait pas de retour en arrière possible.

Pas de retour en arrière...

À cette pensée, elle se pétrifia. La petite voix qui murmurait des avertissements quelque part dans sa tête prit forme. Non ! Elle ne pouvait pas faire ça ! Trop de choses les séparaient, dont son rôle dans les cambriolages n'était pas la moindre.

S'apercevant qu'au lieu de l'étreindre elle tentait de se dégager, Peter interrompit son baiser et baissa les yeux sur elle, en proie à la plus grande confusion, le regard voilé par la passion.

— Emily, qu'y a-t-il ?

— Peter, il faut qu'on arrête. Maintenant, le supplia-t-elle d'une voix tremblante.

Il cligna des yeux, puis son visage se ferma comme il se rendait compte qu'elle parlait sérieusement. Il la lâcha abruptement, et se réfugia dans le coin opposé de la pièce où, le dos tourné, il s'efforça de se ressaisir.

Emily rajusta sa chemise en hâte et ramassa la couverture dont elle s'enveloppa soigneusement. Seigneur, qu'avait-elle failli faire ?

Peter Quick était un homme dangereux, elle l'avait toujours su, mais de connaître enfin les raisons de son départ le rendait encore plus dangereux. Après avoir cru pendant des années qu'il ne l'avait pas aimée, elle découvrait qu'il l'avait trop aimée. Qu'il avait quitté sa maison, ses amis, la seule famille qu'il ait jamais eue, uniquement parce qu'il pensait que ce serait mieux pour elle.

Elle ferma les yeux et se frotta les tempes en soupirant. Peu importait, finalement, qu'il ait agi par amour. Il n'en demeurait pas moins qu'il l'avait abandonnée sans prendre la peine de lui demander son avis. Comment pourrait-elle jamais lui faire de nouveau confiance ?

— Je suis désolé, dit-il d'une voix sourde. Tout est ma faute.

Il se retourna vers elle, et la souffrance qu'exprimait son regard bouleversa Emily.

— Je n'aurais jamais dû vous toucher, mais dès que je suis près de vous, il semblerait que j'aie du mal à me le rappeler.

— Non. Je suis autant responsable que vous.

Elle s'avança, main tendue, comme pour le réconforter, puis s'arrêta net. Offrir sa sympathie après avoir interrompu une scène d'amour n'était-ce pas à la limite de l'offense ?

Elle baissa les yeux en se mordillant la lèvre, cherchant quoi dire pour que la tension entre eux se relâche un peu.

— Mettons cela sur le compte de cette discussion à propos du passé et sur l'isolement peu habituel dans lequel nous nous trouvions. Dans certaines circonstances, il est facile de se laisser emporter. C'était une aberration, rien de plus.

Il eut un rire sans joie.

— Une aberration. Le mot me paraît juste.

Il alla ramasser sa sacoche et la hissa sur son épaule.

— Je vais jeter un coup œil aux chevaux.

Avant qu'elle ait pu dire un mot, il avait poussé la porte et sortait sous la pluie.

Emily s'élança à sa suite, et s'immobilisa sur le seuil. Elle le regarda longer la maison sans se donner la peine d'éviter les flaques, puis disparaître à l'angle.

Dès qu'il fut hors de vue, elle s'appuya contre le chambranle, en proie à une immense faiblesse, les jambes flageolantes.

Qu'est-ce qui m'a pris ?

Elle secoua la tête. La question était idiote. Elle ne connaissait que trop bien la réponse. La passion qui avait existé autrefois entre Peter et elle était de toute évidence toujours aussi vivace.

Mais elle ne devait en aucun cas s'y laisser prendre. Quels que soient les sentiments qu'elle éprouvait, rien de bon ne pourrait en sortir. Et même si Peter ressentait encore quelque chose pour elle, toute relation entre eux était condamnée d'avance à l'échec.

N'est-ce pas ?

Resserrant les pans de la couverture, elle leva les yeux et constata avec soulagement que l'orage s'éloignait. Le tonnerre ne grondait plus que par intermittence et la pluie tombait moins dru.

Elle referma la porte et retourna auprès du feu. Sa robe était souillée de boue. Elle la secoua et la brossa vaguement avant de l'enfiler. Lorsque Peter reviendrait, elle lui suggérerait de regagner Knighthaven sans délai. Plus vite ils auraient quitté cette bicoque, plus vite ils oublieraient cet incident et passeraient à autre chose.

Du moins l'espérait-elle…

15

— Vous êtes bien silencieuse, ce matin, Emily. Tout va bien ?

La question tira la jeune fille de ses pensées. Elle détourna les yeux de la route qu'elle regardait fixement depuis un moment, et croisa le regard inquiet de son compagnon.

— Bien sûr, Adam, répondit-elle d'un ton enjoué fort éloigné de son humeur réelle. Je rêvassais, c'est tout.

Le vicomte ne parut pas convaincu.

— Vous avez à peine ouvert la bouche depuis notre départ.

Emily se mordit la lèvre. C'était vrai, certes, mais que dire pour se défendre ?

Lord Moreland était passé de bonne heure ce matin-là pour lui proposer une promenade à cheval. L'espoir de se changer les idées et une bonne dose de remords l'avaient poussée à accepter. Refuser une fois de plus aurait été carrément grossier.

Mais elle était mal à l'aise et, pour la première fois, ne savait que dire. D'ordinaire, discuter avec Adam ne posait pas de problèmes, mais maintenant qu'il semblait avoir des vues sérieuses sur elle, elle craignait qu'il ne voie un encouragement dans le bavardage le plus anodin.

Elle lui jeta un regard en coin. Nul doute, c'était un beau garçon. Les mèches dorées qui retombaient sur son front lui donnaient un air canaille, et son élégante tenue d'équitation mettait en valeur son corps à la fois mince et musclé.

Alors, pourquoi l'idée de l'épouser lui donnait-elle envie de fuir au grand galop ? Le mariage ne se révélerait peut-être pas une si mauvaise chose, surtout avec un homme qu'elle appréciait, comme c'était le cas du vicomte. Bien sûr, à en croire les commérages, il avait une inclination pour le jeu, mais, après tout, nul n'était parfait, et il y avait certainement des défauts pires que ce penchant.

Mais, à son grand regret, il n'y avait pas d'étincelle entre eux, rien qui ressemblât à de l'attirance. Si elle devait se lier à quelqu'un pour la vie, elle voulait que cette personne l'émeuve autant physiquement qu'émotionnellement. Qu'elle lui fasse tourner la tête et que son cœur s'emballe à sa vue.

Comme Peter.

Emily serra les dents. Elle avait pourtant décidé qu'elle ne laisserait pas Peter Quick s'interposer entre Adam et elle. Tâche ardue. Même absent, il s'insinuait dans son esprit à tout moment. Elle ne parvenait pas à oublier ses mains sur sa peau, sa bouche sur ses seins…

Elle frissonna. Puis, inspirant à fond, elle bouta Peter hors de ses pensées pour la centième fois depuis son réveil, et adressa à lord Moreland un sourire qu'elle espéra apaisant.

— Je suis désolée. J'ai eu quelques soucis, ces derniers temps, si bien que je dors mal. Je suis un peu fatiguée, j'imagine.

— Des soucis ? Ont-ils un rapport avec ce dénommé Quick ?

Elle gémit intérieurement. Décidément, fuir Peter était impossible.

Ils avaient arrêté leurs chevaux près d'un ruisseau, à la limite du domaine Ellington, mais, se sentant trop énervée pour mettre pied à terre et profiter de ce cadre bucolique, Emily éperonna Artemis. Le vicomte l'imita et la rejoignit.

— Pourquoi cette question ? demanda-t-elle nonchalamment.

Adam eut une moue méprisante.

— Je n'aime pas la façon dont il vous regarde. Et vous semblez très tendue en sa présence. Je l'ai remarqué l'autre jour, au petit-déjeuner.

Voilà qui révélait un talent d'observation qu'elle ne lui connaissait pas, et qui était bien ennuyeux. Elle haussa les épaules et agita la main avec désinvolture.

— M. Quick et moi avons tendance à nous agacer mutuellement. Nous avons eu une sorte de… différend par le passé, mais, aujourd'hui, c'est plus ou moins arrangé.

Ce n'était pas totalement faux. Après l'incident dans la maison abandonnée, Peter et elle avaient continué à travailler ensemble. Elle l'avait accompagné chez chaque invité de lord Fulberry et, surmontant un léger malaise initial, chacun avait feint de ne plus se soucier que de l'enquête, lui pour résoudre l'affaire, elle pour retarder la découverte de la vérité.

Et ils n'avaient pas reparlé de l'incident.

Adam afficha un air désapprobateur.

— Je n'ai pas confiance en cet homme. C'est un ancien pickpocket, après tout. Et l'héberger chez vous… je ne comprends pas à quoi pense lord Ellington.

Son ton condescendant horripila Emily.

— C'est en effet un ancien pickpocket qui appartient aujourd'hui à l'élite de la police. Quant à mon frère, il *pense* surtout aux habitants de Little Haverton et met tout en œuvre pour qu'on attrape ce cambrioleur au plus vite.

— Bien sûr, fit lord Moreland d'un ton contrit que démentait une lueur rusée dans son regard. Veuillez m'excuser, Emily. Mais je suis inquiet, vous devez le comprendre.

Elle se contenta de hocher la tête. En réalité, elle était furieuse. Contre elle-même autant que contre Adam. Entendre critiquer Peter lui était insupportable, et cela seul l'exaspérait.

C'est avec soulagement qu'elle pénétra dans la cour des écuries de Knighthaven. La compagnie d'Adam qui d'ordinaire lui était agréable, lui pesait, et elle avait hâte de se débarrasser de lui. S'était-il toujours montré aussi autoritaire et arrogant ? Aussi possessif à son endroit ?

Le retour de Peter semblait lui avoir ouvert les yeux sur un certain nombre de choses.

Elle glissait de sa selle lorsque le vicomte surgit et l'empoigna par la taille pour la poser à terre. Mais au lieu de la lâcher, il plongea son regard dans le sien. Ce qui la déconcerta au plus haut point.

— Eh bien, Adam, qu'y a-t-il ? demanda-t-elle d'un ton résolument badin. J'ai de la poussière sur la joue ?

À sa grande surprise, il ne libéra sa taille que pour s'emparer de ses mains. Oh, non ! il n'allait tout de même pas se déclarer ?

— Emily, commença-t-il, je voulais vous entretenir d'un sujet qui me tient à cœur. Vous savez sûrement quels sentiments vous m'inspirez, et…

— Excusez-moi. Je vous dérange ?

Emily tourna la tête, et aperçut Peter qui, bras croisés, les observait du seuil de l'une des écuries, le regard interrogateur. Soulagée, elle se dégagea et recula. Le visage du vicomte exprimait un vif mécontentement.

— Bien sûr que non, monsieur Quick, répondit-elle. Lord Moreland et moi étions seulement en train de… bavarder. Vous vouliez quelque chose ?

— Oui. Je compte aller chez le baron Caulfield aujourd'hui, et j'espérais que vous auriez le temps de m'accompagner.

— Certainement.

Le baron Caulfield, un vieil ami de son père, était l'une des victimes que lui avait désignées Jack. Bouffi d'orgueil, il était insupportablement arrogant, ce qui atténuait un peu la culpabilité d'Emily. Un peu seulement !

— J'avoue ne pas comprendre, Emily, s'écria Adam, les sourcils froncés. Pourquoi devriez-vous accompagner M. Quick chez lord Caulfield ?

— Lady Emily m'est d'une grande aide lorsque j'interroge les victimes des cambriolages, répondit Peter à la place de la jeune fille.

Le vicomte en demeura bouche bée. Il lui fallut quelques secondes pour passer de la stupéfaction à l'indignation.

— Quick, êtes-vous en train de me dire que vous permettez à lady Emily de participer à votre enquête ? Avez-vous songé un instant aux dangers que vous lui faisiez courir ? Lord Ellington est-il au courant de cette initiative ?

Peter se raidit et s'approcha du jeune homme.

— Lord Ellington est parfaitement au courant, Moreland, articula-t-il. C'est du reste son épouse qui a suggéré que lady Emily me prête assistance.

Et je ne ferai jamais quoi que ce soit qui puisse la mettre en danger. Jamais.

Son ton était si farouche et son regard si belliqueux qu'Emily se prit à craindre que les deux hommes n'en viennent aux mains. Se glissant entre eux, elle posa une main apaisante sur le bras de lord Moreland.

— Adam, cette scène n'a pas lieu d'être. Je ne cours aucun danger. Ce n'est pas comme si je me lançais à la poursuite du voleur. Je me contente d'accompagner Peter – euh... M. Quick – lorsqu'il se rend chez les victimes et les témoins. Ils me connaissent et ma présence les rassure. Ils parlent plus facilement.

Croisant les bras, le vicomte lui décocha un regard sévère.

— Je continue à ne pas approuver, Emily. Pas du tout, même.

Cela suffit à ranimer la colère de la jeune fille.

— Vous n'avez pas à approuver ou à désapprouver mes faits et gestes, Adam, riposta-t-elle froidement. Tâchez de ne pas l'oublier à l'avenir.

Un long silence gêné s'ensuivit. Puis, se penchant vers elle, Peter lui murmura à l'oreille :

— Bravo.

Elle sentit ses joues s'enflammer. Lord Moreland n'avait pas pu ne pas entendre, mais il ne daigna pas répliquer. Il se contenta de s'incliner brièvement.

— Bien sûr. Veuillez m'excuser. J'ai franchi les limites, une fois de plus. Mais vous êtes une amie très chère, Emily, et je ne peux m'empêcher de m'inquiéter.

— J'apprécie que vous vous fassiez du souci pour moi, mais il n'y a aucune raison. Je suis en sécurité entre les mains de... en compagnie de M. Quick.

La bévue était significative, et le rire étouffé de Peter n'arrangea rien.

— Oui, eh bien, j'imagine que je dois vous croire sur parole, dit Adam avant de prendre la main d'Emily pour y déposer un baiser fervent. Je dois partir, mais j'espère que nous aurons l'occasion de terminer notre conversation plus tard.

— Avec plaisir, répondit-elle, bien qu'elle ait l'estomac noué à cette perspective.

Le vicomte grimpa en selle, hocha la tête en guise de salut, et quitta la cour au petit trot. Emily le suivit des yeux en priant pour que Peter ne remarque pas à quel point elle était soulagée. Cela lui paraissait déloyal.

— Si ça ne vous ennuie pas d'attendre un peu, le temps que je me prépare, je vous accompagnerai volontiers chez lord Caulfield.

— Ça ne m'ennuie pas du tout, répondit Peter avec un haussement d'épaules indifférent. À condition que vous soyez sûre de vouloir venir. L'idée ne semblait pas plaire à votre Moreland.

— Ce n'est pas *mon* Moreland et, comme vous l'avez entendu, il n'a pas son mot à dire quant à la façon dont j'occupe mes journées.

Un palefrenier sortit de l'écurie à cet instant, mais Emily lui fit signe qu'elle n'avait pas besoin de lui. Elle avait besoin d'être seule pour mettre un peu d'ordre dans le chaos de ses pensées, et prendre soin de sa jument était une tâche apaisante qui ne demandait pas beaucoup de concentration. Grâce à Dieu.

— Merci, Tad. Je m'en charge.

— Vous êtes sûre, milady ?

— Oui… Je serai prête dans une heure, ajouta-t-elle à l'adresse de Peter en s'emparant des rênes.

Dès qu'elle se retrouva dans la pénombre de l'écurie, Emily respira mieux. La matinée avait été éprouvante, et elle espéra que le reste de la journée le serait moins. En tout cas, ça ne pouvait être pire.

Artemis se laissa mener docilement dans son box. Après l'avoir débarrassée de la selle et des rênes, Emily se retourna pour prendre l'étrille, et découvrit que Peter l'avait suivie. Debout à l'entrée du box, il la couvait d'un regard intense.

Étrille en main, elle s'immobilisa. Elle aurait dû deviner qu'elle ne lui échapperait pas aussi aisément.

— Rien n'a changé, dit-il à mi-voix.

— Ah bon ?

— Vous avez toujours aimé vous réfugier à l'écurie. Je me rappelle, vous veniez ici chaque fois que vous étiez fâchée ou bouleversée.

C'était vrai. L'odeur du foin et du vieux cuir, le bruit des chevaux qui s'ébrouaient avaient quelque chose de réconfortant, d'apaisant qui l'aidait à recouvrer son calme.

— Je me souviens du jour où votre frère vous a acheté Artemis, poursuivit Peter en entrant dans le box. C'était pour vos seize ans. Jamais je ne vous avais vue aussi heureuse.

Souriant à ce souvenir, Emily entreprit de brosser le flanc de la jument à grands coups lents et doux.

— C'était le premier cadeau que me faisait Tristan depuis son retour à la maison. Le premier *vrai* cadeau, en dehors de babioles impersonnelles. Cela comptait beaucoup pour moi. *Elle* compte beaucoup pour moi.

— Je sais, fit-il en caressant les naseaux d'Artemis qui lui fouailla amicalement la main en réponse. Et je ne doute pas qu'elle galoperait dans le feu pour vous.

Il y eut un bref silence que brisa le rire de Peter.

— Qu'y a-t-il de si drôle ? s'étonna Emily.

— Je pensais au jour où vous et moi avons emmené les aînés des pensionnaires de Willow Park pique-niquer dans les bois. C'était peu après l'arrivée d'Artemis. Vous l'aviez emmenée, et elle a pris autant de plaisir que les enfants à cette petite sortie.

Artemis, qui n'était alors qu'une jeune pouliche à peine débourrée, avait gambadé et fait la folle, déclenchant rires et cris de joie.

— Elle était tellement amusante, acquiesça Emily en riant.

Un nouveau silence, puis Peter reprit, les yeux rivés sur le visage d'Emily.

— Je me souviens d'autre chose à propos de cette journée.

— Vraiment ?

— Mmm. C'est ce jour-là que je vous ai embrassée pour la première fois.

Emily se pétrifia, prise de court. Grands dieux, était-ce vraiment le moment d'évoquer ce souvenir ?

L'air parut soudain se charger d'électricité. Emily dut avaler sa salive à plusieurs reprises avant de parvenir à balbutier :

— Ah bon ?

Peter hocha la tête, et un demi-sourire joua sur ses lèvres.

— Nous barbotions dans le ruisseau pendant que les enfants mangeaient. Vous avez glissé et perdu l'équilibre. Je vous ai rattrapée et, quand vous m'avez regardé avec vos grands yeux violets, je n'ai pas pu résister. Votre bouche réclamait un baiser.

Et quel baiser ! Elle n'avait pas oublié. Lent, tendre, doux. Tout ce qu'un premier baiser devrait être. Et son souvenir avait gardé le pouvoir de lui faire battre le cœur.

Mais pas question de le laisser deviner à Peter.

— Je suis désolée, dit-elle en affichant une expression neutre, mais je crains de ne pas m'en souvenir.

Le sourire de Peter s'élargit, et il se pencha jusqu'à ce que quelques centimètres les séparent. Des étincelles diaboliques dansaient dans ses yeux bleus.

— Lady Emily, vous êtes une vilaine menteuse.

Effectivement. Et il ne savait pas à quel point.

Une petite toux les fit s'écarter l'un de l'autre. Miles se tenait sur le seuil, l'air anxieux.

Oh, Seigneur ! Quel était le problème, à présent ?

— Oui, Miles ? fit-elle, les joues en feu.

— Un garçon vient d'apporter un message pour vous, milady.

Elle s'approcha de lui, et il lui tendit un papier plié.

— Un message ?

Difficile de ne pas remarquer les ombres qui obscurcissaient le regard d'ordinaire joyeux du jeune homme. Une boule se forma dans sa gorge. Si Miles était inquiet au point de ne pouvoir le cacher, le pire était à craindre.

Elle déplia le papier et déchiffra avec horreur l'écriture presque illisible : *Demain soir !*

Le cambrioleur de l'Oxfordshire devait frapper à nouveau. Ainsi en avait décidé Jack Barlow.

— Merci, Miles, dit-elle en froissant le message.

Le palefrenier hocha la tête, puis tourna les talons et s'éloigna, la tête basse, les épaules voûtées.

— Un message de lord Moreland ?

Elle poussa un cri. Peter l'avait rejointe si silencieusement qu'elle ne s'en était pas rendu compte. Elle pivota, le cœur battant à tout rompre.

— Désolé, je ne voulais pas vous faire peur, fit-il en la scrutant.

L'ambiance chaleureuse qui régnait dans le box quelques minutes auparavant avait disparu. Il désigna le papier roulé en boule dans son poing, et répéta :

— Serait-ce un message de lord Moreland ?

Emily s'apprêtait à répondre par la négative lorsqu'elle se ravisa. Pourquoi le détromper ? De toute façon, que lui répondre ? Que leur vieil ami, Jack Barlow, lui ordonnait d'enfiler sa tenue de malandrin pour aller cambrioler la maison d'un vieil homme qui avait la malchance d'être leur voisin ?

— Peut-être, fit-elle d'un ton faussement modeste.

Une ombre passa sur le visage de Peter.

— Vous aviez l'air très intimes, tous les deux, il y a un instant. Vous êtes sûre que je n'ai rien interrompu… d'important ?

— Absolument pas… Du reste, cela vous importerait-il si vous aviez *en effet* interrompu quelque chose ? ne put-elle s'empêcher d'ajouter, poussée par quelque vilain démon.

— Seulement s'il vous proposait un autre rendez-vous galant en pleine nuit. Je me sens obligé de vous rappeler que vous ne devez pas sortir à la nuit tombée. Je vous suggère donc de limiter vos rendez-vous à la journée.

Il s'adossa nonchalamment à la paroi de bois.

— Je détesterai devoir monter la garde toute la nuit sous votre fenêtre.

Oh, quel culot ! Il le ferait, assurément. Emily se retint de taper du pied de frustration. Mais, tout compte fait, il était préférable qu'il continue à croire qu'elle était attirée par Adam.

Elle redressa les épaules et le toisa.

— J'aviserai lord Moreland de vos décrets. Maintenant, si vous voulez bien m'excuser, il faut que j'aille me changer sinon je ne serai pas prête à temps pour vous accompagner chez le baron Caulfield. Et je ne voudrais pas vous priver du plaisir de ma compagnie.

Sur ce, elle sortit du box à grands pas. Le regard de Peter lui fouailla la nuque jusqu'à ce qu'elle ait franchi la porte des écuries.

16

Repoussant une branche basse, Emily étudia Brimley Hall que baignait la pâle lumière de la lune. Les habitants de la vaste demeure dormaient du sommeil du juste, sans se douter une seconde qu'ils étaient sur le point de passer dans le camp des victimes.

L'accablement la clouait sur place.

— Puisqu'on n'a pas le choix, autant y aller, murmura Miles, qui était accroupi derrière un buisson. On s'est déjà trop attardés, et les chevaux commencent à s'impatienter.

C'était vrai. Ils étaient là depuis plus d'une heure. Emily entendait Artemis s'ébrouer et piaffer, tandis que Jenna essayait de la calmer. L'agitation de la jument allait finir par se communiquer aux autres chevaux.

Plus elle retardait le moment de passer à l'action, plus on risquait de les surprendre.

Dieu, qu'elle détestait cela ! D'autant qu'elle avait passé la matinée de la veille en compagnie de lord Moreland, et s'était comportée avec lui comme si tout était normal. Mais quel autre choix avait-elle ? Elle ne pouvait que prier pour que Dieu – et, éventuellement Adam et son père – lui pardonne.

— Très bien, fit-elle en jetant un coup d'œil à ses compagnons. Jenna, tu restes avec les chevaux. Miles, suis-moi.

— Une minute, fit Jenna en dardant un regard noir sur le palefrenier. Pourquoi, c'est moi qui dois rester ici, et Miles qui va avec vous ?

Emily ferma brièvement les yeux.

— Jenna, ce n'est pas le moment.

— Je ne comprends pas, c'est tout. Je veux vous aider et…

— Bon sang, pourquoi faut-il donc que tu discutes toujours ? s'écria Miles. Tu restes avec les chevaux parce que lady Emily te l'a demandé. Et on peut pas dire que j'ai pas attendu tout mon soûl, moi aussi, pendant que vous entriez toutes les deux dans d'autres maisons. T'as pas à être toujours au centre de tout, tu sais.

Jenna leva le menton d'un air de défi.

— Je tiens pas à être au centre de tout, mais je veux être là si lady Emily a besoin de moi. Et si je reste ici, avec les chevaux, je pourrai pas l'aider.

Miles s'approcha de la jeune fille jusqu'à se trouver nez à nez avec elle.

— Crois-moi, tu seras la première à le savoir si on a besoin de ton aide. Maintenant, tu restes avec les chevaux et tu arrêtes de faire des caprices.

— Des caprices ! Oh, je rêve ! Tout ce que je veux, c'est me rendre utile, et tu m'accuses de faire des caprices ? Tu n'es pas mon patron, Miles Riley. Tu n'as pas à me donner d'ordres.

Emily dut puiser dans ses réserves de patience pour ne pas exploser. Elle les aimait tous les deux, mais cette fois, ils se comportaient comme de véritables gamins, et n'auraient pu choisir plus mal leur moment.

Elle s'apprêtait à intervenir, à souligner que peu importait qui gardait les chevaux du moment que *quelqu'un* le faisait lorsque Miles gronda :

— Oh, c'en est trop !

Empoignant Jenna par les bras, il l'attira à lui et s'empara de sa bouche avec sauvagerie.

Leur baiser parut durer une éternité à Emily, qui les contemplait, ébahie. Après quoi, le palefrenier s'écarta, et secoua la jeune fille avant de déclarer avec autorité :

— À présent, tu vas rester avec les chevaux ou est-ce qu'il faut que je t'attache à un arbre ?

Hébétée, Jenna hocha la tête, puis porta la main à ses lèvres gonflées. Elle paraissait totalement incrédule.

— Eh bien… voilà qui est réglé, intervint Emily. Jenna, nous ne devrions pas en avoir pour longtemps. Mais si tu ne nous vois pas revenir, ou si tu remarques quelque chose d'anormal, je veux que tu emmènes les chevaux loin d'ici. C'est compris ?

La jeune fille fit oui de la tête mais, vu le regard stupéfait qu'elle fixait sur Miles, il n'était pas sûr qu'elle ait enregistré la consigne.

Emily sortit de sa cachette, et lança un dernier regard derrière elle. Jenna n'avait pas bougé, et arborait la même expression stupéfaite.

— On dirait que tu as marqué un point, murmura-t-elle à Miles.

— On dirait, oui, acquiesça le palefrenier avec un sourire satisfait.

Ils se rapprochèrent de Brimley Hall en veillant à rester dans l'ombre des arbres qui bordaient la pelouse. Tout était calme.

Emily, qui connaissait lord Brimley depuis l'enfance, savait qu'il conservait ses objets de valeur dans le coffre de sa bibliothèque, au rez-de-chaussée. Mais Adam lui avait raconté un jour que la broche de sa mère était toujours dans sa boîte à bijoux parce que son père refusait de toucher à quoi que ce soit dans la chambre de sa défunte épouse. Emily ne doutait pas d'accomplir son forfait sans encombre. Le vicomte passait la soirée chez lord et lady Beaumont, il le lui avait dit la veille. Son père serait au lit, et certainement endormi. La voie était donc libre.

Restait à faire taire sa conscience.

Laquelle était précisément en train de se manifester avec énergie. Emily frémit. Elle essaya de ne pas penser à la réaction de lord Brimley s'il découvrait que le bijou préféré de sa femme avait disparu. Jack semblait avoir un flair infaillible pour désigner l'objet le plus précieux chez chacune de ses victimes. Emily était convaincue que l'appât du gain n'était pas son seul mobile. En la condamnant à la malhonnêteté, il cherchait à la punir.

À se venger.

Elle s'arrêta devant l'une des portes-fenêtres de la bibliothèque. Elle traverserait la pièce, mais ne s'y arrêterait pas. Jack n'ayant exigé que la broche, elle ne s'en prendrait pas aux autres bijoux de la famille Brimley. Inutile de causer à Adam et à son père plus de chagrin que nécessaire. La façon un peu sèche dont elle avait traité le vicomte la veille lui inspirait déjà des remords. Que serait-ce lorsqu'elle aurait décliné sa demande en mariage ?

S'il parvenait jamais à la formuler.

Sortant un petit instrument de sa poche, elle crocheta la porte en quelques secondes.

— Reste ici, et fais le guet, murmura-t-elle à Miles. Moins on sera à l'intérieur, mieux ce sera. Tu connais le signal si tu remarques quoi que ce soit d'anormal.

Le visage du garçon d'écurie se plissa d'inquiétude.

— Vous ne voulez pas que je vous accompagne ? Et si vous aviez besoin d'aide ?

— Sois tranquille, tout le monde dort. Et tu me rendras service en montant la garde ici. Mais, je te préviens, je n'irai pas jusqu'à t'embrasser pour te convaincre.

La plaisanterie détendit légèrement le jeune homme qui émit un petit gloussement.

— À tout de suite, souffla-t-elle en lui tapotant l'épaule.

Les paumes moites, elle entra et referma doucement derrière elle.

Le seul éclairage provenait d'une applique du couloir dont la lumière ténue pénétrait par la porte entrouverte. Emily traversa la bibliothèque sur la pointe des pieds et passa la tête dans l'entrebâillement.

Personne.

L'escalier le plus proche étant à proximité du quartier des domestiques, elle emprunta le couloir sombre qui menait au vestibule et à l'escalier principal. Elle savait où se trouvait la chambre de lady Brimley, et savait aussi que celle de lord Brimley n'en était séparée que par une pièce qui servait à la fois de dressing-room et de boudoir. Aussi lui faudrait-il se montrer d'une discrétion exceptionnelle.

Elle gravit en hâte le grand escalier, et parcourut le long couloir du premier étage à pas de loup.

Plus que jamais, elle devait veiller à ne laisser aucun indice de son passage, car Jenkins ne serait pas le seul à examiner les lieux le lendemain matin.

Il y aurait aussi Peter.

Depuis leur discussion dans l'écurie, la veille, elle avait de plus en plus de mal à conserver une attitude hautaine et réservée. Elle était lasse de devoir être constamment sur ses gardes, de peser chacun de ses mots. Elle aurait tant aimé retrouver la liberté de langage et la confiance d'autrefois. Elle ne voulait plus avoir à lutter contre lui.

Que voulait-elle, alors ? Elle l'ignorait.

Elle y avait pourtant longuement réfléchi, tandis qu'ils se rendaient chez le baron Caulfield. Celui-ci résidant à Winterset, à près de dix kilomètres de Little Haverton, ils avaient préféré prendre la voiture. Un silence oppressant s'était installé entre eux dès le départ. Elle avait bien tenté d'amorcer une conversation anodine à une ou deux reprises, mais Peter était si fermé qu'elle avait fini par renoncer.

En tout cas, sa présence n'avait servi à rien. Le baron s'était montré aussi pompeux et peu aimable que d'ordinaire, et pas du tout disposé à coopérer.

— Je ne vois pas pourquoi je devrais répondre à des questions qui m'ont déjà été posées par la police, avait-il aboyé. Je n'étais même pas chez moi ce soir-là. Je n'ai donc rien vu et je ne sais rien en dehors du fait que le cambrioleur est entré dans mon bureau et a ouvert mon coffre sans difficulté. Il a tout volé, y compris mes boutons de manchettes préférés en diamant. Et si la maréchaussée n'a pas pu mettre la main sur lui, je doute que vous en soyez capable, avait-il ajouté en décochant un regard méprisant à Peter.

Sur ce, il s'était tourné vers Emily.

— Cela m'ennuie de le reconnaître, ma chère, mais je suis du même avis que les autorités locales. Le coupable est très probablement l'un de ces anciens voleurs que votre famille accueille à Willow Park.

C'est par respect pour votre père que j'ai soutenu cet orphelinat, mais s'il était prouvé que le coupable est l'un des pensionnaires… eh bien, il ne faudrait plus compter sur moi. Vous comprenez, bien sûr ?

Emily avait tenté d'apaiser le vieil homme. Quant à Peter, il paraissait au bord de l'explosion. Craignant un esclandre, elle avait donné le signal du départ.

Cette visite n'avait donné aucun résultat, et elle s'était ensuite débrouillée pour éviter Peter. Elle se sentait tellement coupable à l'idée de commettre un nouveau forfait qu'elle avait peur qu'il ne soupçonne quelque chose. En fait, il n'avait rien remarqué, car il avait passé la majeure partie de son temps dans le bureau de Tristan, sans doute pour l'informer des progrès de l'enquête.

À moins que lui aussi ne cherchât à l'éviter.

Cette possibilité la blessa plus que de raison.

Elle s'ébroua. Le moment était vraiment mal choisi pour ressasser ses problèmes avec Peter. Elle ferait bien mieux de se concentrer sur la tâche en cours.

Doucement, elle fit tourner la poignée de la porte de la chambre de lady Brimley et se glissa à l'intérieur. Une odeur de moisi l'assaillit. Elle s'immobilisa un instant, le temps de prendre quelques repères. Cela fait, elle alla écarter les épaisses tentures afin de laisser entrer le clair de lune.

« Bon, si j'étais une broche, où me cacherais-je ? » se demanda-t-elle en parcourant la pièce du regard.

Un tabouret permettait d'accéder au grand lit très élevé qui trônait au centre du mur le plus éloigné. En face, près de la porte menant au boudoir, se trouvait une coiffeuse en acajou.

Hmm… pourquoi pas ?

Emily s'approcha de la coiffeuse et examina les objets disposés sur le plateau. Des flacons de parfums poussiéreux, une brosse au manche en argent et une boîte à bijoux vide, mais pas de broche.

Adam n'avait pas menti lorsqu'il assurait que le marquis refusait que l'on touche à quoi que ce soit. Visiblement, aucun chiffon ni aucun balai n'étaient entrés dans cette pièce depuis le décès de lady Brimley, dix ans plus tôt.

Où diable pouvait bien se trouver cette broche ?

C'est alors qu'elle remarqua une armoire en érable à côté de la fenêtre. Elle courut l'ouvrir. Les portes émirent un couinement qui la fit frémir. Elle se figea, l'oreille tendue, puis entreprit d'en explorer l'intérieur. Comme elle écartait un coffret de cuir éraflé posé sur la planche supérieure, elle découvrit une boîte habillée de tissu et ornée d'un galon de dentelle.

La boîte à trésors de la marquise ?

Emily s'en saisit et, les doigts tremblants, souleva le couvercle. Diverses bricoles y reposaient. Des lettres jaunies entourées d'un ruban rouge, un herbier, une miniature représentant lord Brimley jeune homme…

Et une broche ornée de diamants.

Le cœur battant, elle la sortit de la boîte et l'examina. Une inscription gravée au dos, près de l'agrafe, disait :

À ma chère épouse, Lavinia. Les mots ne peuvent exprimer les sentiments que vous m'inspirez. Votre mari aimant, George.

Les larmes brouillèrent la vue d'Emily qui serra le bijou sur son sein. Lord Brimley avait dû aimer éperdument sa femme !

« Je veillerai à ce que vous récupériez cette broche, milord », promit-elle silencieusement. Avec un peu de chance, le baron ne s'apercevrait même pas du vol.

Elle glissa l'objet dans une des poches de sa culotte, remit la boîte à sa place et referma les portes de l'armoire, qui couinèrent de nouveau. Elle quitta la chambre en hâte.

Elle avait presque atteint l'escalier lorsqu'elle entendit un léger bruit. Elle se retourna à l'instant où l'une des portes donnant sur le couloir s'ouvrait. Une frêle silhouette vêtue d'une chemise de nuit et coiffée d'un bonnet à pompon sortit en boitillant.

Lord Brimley !

Frappant le sol de sa canne, le vieil homme s'écria d'une voix chevrotante :

— Arrêtez ! Arrêtez, je vous l'ordonne, mécréant !

Le cœur battant, Emily s'élança vers l'escalier. Lord Brimley la suivit cahin-caha en s'époumonant :

— Au secours ! Au voleur ! Arrêtez ou je...

Il s'interrompit brutalement, et un bruit sourd poussa Emily, qui arrivait en haut des marches, à jeter un coup d'œil derrière elle.

Le marquis gisait sur le sol, immobile.

Horrifiée, la jeune fille plaqua la main sur sa bouche pour s'empêcher de crier. Mais il était trop tard pour s'inquiéter du bruit. Les cris du maître de maison avaient réveillé les domestiques. Des galopades et des voix affolées montaient du rez-de-chaussée.

Emily hésita une fraction de seconde. Mais comment s'enfuir en ignorant dans quel état se trouvait le marquis ?

Elle revint sur ses pas en courant et, s'agenouillant auprès du vieillard, lui tâta la base du cou. Le pouls battait, faible mais régulier. Un gémissement s'échappa des lèvres parcheminées mais les yeux demeurèrent clos.

— Je suis désolée, milord, murmura-t-elle, le cœur serré. Croyez-moi, je suis navrée.

Les bruits provenant du vestibule se rapprochaient. Elle ne pouvait s'attarder sans risquer d'être découverte.

— Il faut que je m'en aille, chuchota-t-elle au marquis en lui tapotant l'épaule. Tenez bon, je vous en supplie.

Elle se releva et fonça en direction de la chambre de la comtesse. Impossible de ressortir par où elle était entrée. Il lui fallait trouver une autre issue.

Elle ouvrit la porte et se glissa à l'intérieur à l'instant où des pas lourds ébranlaient l'escalier.

— Milord !

— Envoie chercher le médecin ! Vite !

— Mais que faisait-il là ?

— J'ai cru entendre crier au voleur.

Seigneur, ils allaient se lancer à sa recherche ! Il n'y avait pas de temps à perdre. Elle devait sortir d'ici coûte que coûte.

Elle courut à la fenêtre, l'ouvrit et fouilla la pénombre à la recherche d'un point d'appui.

De point d'appui, treillis ou avancée de la pierre, elle ne trouva pas. Les arbres les plus proches étaient trop éloignés pour qu'elle puisse saisir une branche. En revanche, des buissons épais poussaient juste à l'aplomb de la fenêtre. Elle en évalua la densité. Sans être particulièrement moelleux, ils amortiraient sa chute, et l'empêcheraient de se rompre un membre.

Ou le cou.

Fermant les yeux, elle enjamba le rebord de la fenêtre, murmura une brève prière, et sauta dans le vide.

17

Une heure plus tard, épuisés et démoralisés, Emily et ses deux compagnons parvenaient à la clairière où se dressait la maison du garde-chasse.

Miraculeusement, Emily en avait été quitte pour quelques bleus et égratignures sans gravité. Elle avait retrouvé Miles là où elle l'avait laissé et, prenant leurs jambes à leurs cous, ils avaient rejoint Jenna et les chevaux et réussi à éviter les domestiques qui examinaient déjà les alentours.

Il ne restait plus à Emily qu'à espérer que la pénombre avait empêché lord Brimley de l'identifier.

— Eh bien, vous avez pris votre temps, railla Jack qui les attendait à côté de la masure.

— Tu ferais mieux de te réjouir de nous voir, riposta Miles sans chercher à cacher son mépris. On a réveillé toute la maison et on a failli se faire coincer.

— Vous faire coincer ? répéta Jack en regardant Emily avec intérêt.

Oui, ç'aurait été un beau coup pour lui, songea la jeune fille que la colère menaçait d'étouffer. L'arrestation pour cambriolage de la sœur du comte d'Ellington, quelle belle revanche pour Jack Barlow !

— Le comte a dû entendre la porte de l'armoire grincer, expliqua-t-elle. Il est sorti de sa chambre, et m'a vue alors que je m'enfuyais.

— Il vous a reconnue ?

— Je ne sais pas. Je ne lui ai pas posé la question.

— Mais vous avez ce que je vous avais demandé ?

Emily plongea la main dans une poche et en sortit la broche.

— Ahhh, fit Jack en la lui arrachant des mains.

Il la brandit devant lui, et elle se mit à scintiller au clair de lune. Emily dut lutter pour ne pas la lui reprendre et se sauver.

— Je savais que vous réussiriez. Je suis très fier de vous, lady Emily.

— Exactement ce à quoi j'ai toujours aspiré.

Le sarcasme n'échappa pas à Jack qui lui décocha un regard méfiant tout en glissant le bijou dans la poche de sa chemise.

— Nous formons une bonne équipe, princesse, reprit-il avec un ricanement. La prochaine fois…

— Il n'y aura pas de prochaine fois, coupa-t-elle.

Pas après ce qui venait de se passer. Plus jamais.

Jack marqua un temps d'arrêt, puis fronça les sourcils.

— Comment cela ?

— Vous m'avez bien entendue. Et n'essayez pas de m'intimider, cela ne marchera pas. Vous n'avez peut-être pas compris ce qu'a dit Miles. Nous avons failli nous faire prendre ! Et pour couronner le tout, lord Brimley s'est évanoui… Dieu seul sait s'il est encore en vie, acheva-t-elle, les yeux brillants de larmes de honte et de désarroi.

— Et alors ? C'est un vieil homme. Il n'en a plus pour longtemps, de toute façon.

Venant de Jack Barlow, un tel mépris de la vie humaine n'aurait pas dû l'étonner. Elle en fut pourtant scandalisée.

— Espèce de monstre ! cria-t-elle en se ruant sur lui.

— Non, milady, fit Miles en s'interposant entre eux. Laissez-le-moi.

Son poing cueillit Jack au menton avec une telle force que ce dernier s'effondra sur le sol.

Emily plaqua la main sur sa bouche autant pour étouffer un cri que pour cacher son sourire. Voir cet ignoble individu manger la poussière lui faisait terriblement plaisir.

Furieux, Jack s'assit en se palpant la mâchoire.

— Tu as de la chance, gronda-t-il. Parce que la prochaine fois que tu t'aviseras de me toucher, je te garantis que tu recevras la monnaie de ta pièce. Quant à vous, princesse, poursuivit-il en se relevant, ça sera fini quand je le dirai. Vous et moi, on a encore du pain sur la planche.

— J'ai dit que c'était fini, et je parle sérieusement, répliqua-t-elle. Et maintenant montrez-moi cette fameuse preuve dont vous me rebattez les oreilles.

Elle tendit la main.

— Quelle preuve ? dit-il avec un rictus mauvais.

— Ne faites pas l'idiot, Jack. Vous savez très bien de quoi je parle. La prétendue preuve d'une liaison qu'aurait eue ma mère. Vous aviez dit que je la verrai lorsque j'aurais pris la broche. C'est fait, la broche est dans votre poche. Où est la preuve ?

— Non. Ce que j'ai dit, c'est qu'il était possible que je me laisse persuader de vous la montrer. Eh bien, pour la persuasion, c'est raté. Surtout si vous me lâchez alors que j'ai pas encore décidé de mettre un terme à nos petites affaires.

La colère embrasa le visage d'Emily. Elle aurait dû deviner que ce coquin ne tiendrait pas parole.

— Bon sang, Jack !

Il haussa les épaules.

— Bien sûr, je peux pas vous obliger à faire ce que vous voulez pas, mais je me demande… Vous connaissez les lois anglaises en matière d'héritage ? S'il était prouvé que votre frère est pas le fils du comte d'Ellington… il pourrait tout perdre, non ? Son titre, sa fortune, ses terres, ses diverses maisons de campagne, son hôtel particulier de Londres. Sans parler de ses relations mondaines et des agréables occupations qu'elles procurent, chasses, réceptions… Tout, quoi.

Emily avait le cœur au bord des lèvres. Elle ignorait s'il disait vrai, mais l'éventualité qu'un tel désastre puisse se produire l'effrayait.

— Et pour cela, reprit Jack d'une voix calme où perçait une pointe de jubilation, il me suffit de faire circuler quelques feuilles de papier.

On y arrivait enfin ! Emily en avait par-dessus la tête des sous-entendus et des vagues menaces. La coupe était pleine. Elle devait savoir quelle sorte de preuve Jack possédait.

— Quels papiers ? demanda-t-elle, les poings serrés. De quoi parlez-vous ?

Il se pencha vers elle, et son haleine fétide lui souleva l'estomac.

— Des lettres. De votre maman à une amie, parlant d'une liaison qu'elle a eue avant son mariage… et de la grossesse qui en a résulté.

— C'est impossible.

Prise de vertige, Emily chancela. Jenna se précipita pour la soutenir.

— Je ne vous crois pas, articula-t-elle après avoir inspiré à fond. Comment diable auriez-vous pu vous procurer ce genre de lettres ?

— J'ai mes méthodes.

— Je veux voir ces lettres ! Maintenant.

— Je vous ai déjà dit non. La prochaine fois, peut-être. Si vous continuez à m'obéir gentiment.

Emily en tremblait de rage et de frustration. Cet homme était prêt à tout uniquement pour se venger.

— Vous ne vous en tirerez pas ainsi, murmura-t-elle d'une voix froide. Je vous le jure.

— Ah, ouais ? répliqua-t-il d'un ton moqueur. Eh bien, on verra.

— Oh que oui !

Sur ce, elle fit volte-face et rejoignit les chevaux au pas de charge, Miles et Jenna sur les talons.

Sautant en selle, elle jeta un dernier regard à son persécuteur.

« Vous me le payerez, Jack Barlow, jura-t-elle en son for intérieur. Vous payerez pour tout. J'y veillerai personnellement. »

Emily attendit qu'ils se soient suffisamment éloignés pour s'arrêter. Ses amis l'imitèrent.

— C'est fini, annonça-t-elle. Après ce qui est arrivé ce soir, il m'est impossible de recommencer. Mon Dieu, lord Brimley aurait pu me reconnaître ! Et quand je l'ai vu, étendu sur le sol, inerte… Si jamais le pauvre homme en garde des séquelles, je ne me le pardonnerai pas…

— C'est pas votre faute, intervint Jenna. Et je suis sûre qu'il a rien de grave, ajouta-t-elle, mais son ton manquait de conviction.

— Qu'est-ce que vous comptez faire ? demanda Miles.

— Tu as surveillé Jack, Miles. L'as-tu vu faire des choses qui sortaient de l'ordinaire ? Sais-tu qui il voit, à qui il parle ?

Le garçon d'écurie hocha la tête.

— Le soir, il va au village, il entre dans la taverne à l'enseigne de *L'Œil de l'aigle*. Il s'assoit à une table du fond et, au bout d'un moment, un gamin lui apporte un message.

—Tu as reconnu l'enfant ? s'enquit Emily, intriguée.

— C'est celui qui a apporté le message, hier. Un petit maigrichon d'une douzaine d'années. Les cheveux et les yeux bruns. Je me souviens pas de l'avoir jamais vu traîner au village.

— Cela signifierait que Jack travaille pour quelqu'un d'autre que lui-même, et que ce gamin est leur garçon de courses.

Cela ne la surprenait guère. En revanche, elle se demandait qui pouvait la détester au point de se rendre complice de ce sale type ?

— Il se rend tous les soirs dans cette taverne ?

— Oui.

— Nulle part ailleurs ?

— Non. En dehors de cette sortie nocturne, il s'éloigne jamais de la maison du garde-chasse. À mon avis, il veut pas attirer l'attention.

— Alors, tout ce qu'il nous a obligés à voler doit se trouver dans un recoin de cette masure. Il n'a pas quitté la région, même pour un temps très court, et il ne prendrait pas le risque de proposer ces objets à un receleur ou un prêteur sur gages du coin.

Un plan commençait à prendre forme dans la tête d'Emily. Ses mains se crispèrent sur les rênes.

— Je parie que les lettres qu'il prétend détenir sont là, elles aussi – si tant est qu'elles existent.

— Possible, fit Jenna. Mais qu'est-ce que ça change ?

— Combien de temps passe-t-il dans cette taverne ?

— Environ, deux heures, répondit Miles. En général, il reste après le départ du gamin, et boit un verre ou deux.

— Cela nous laisse largement le temps de nous introduire dans la maison pendant son absence.

— Quoi ?

L'exclamation de Jenna effraya sa monture qui se mit à caracoler.

— En voilà une idée folle ! reprit-elle. Pourquoi on ferait ça ?

— Parce que c'est la seule façon de mettre un point final à cette histoire. Soit nous trouvons ces lettres, et nous les lui dérobons, soit nous avons la preuve qu'elles n'existent pas. Dans un cas comme dans l'autre, il n'aura plus aucun moyen de faire pression sur nous. Nous en profiterons pour récupérer les objets volés, afin de les rendre à leurs propriétaires. Après quoi, il ne nous restera plus qu'à traîner Jack en justice.

— Je sais pas. Imaginez qu'il revienne plus tôt, et qu'il nous surprenne, hasarda Jenna, dubitative.

— C'est un risque à courir. Nous sommes pris dans un cercle vicieux, et nous ne pouvons compter que sur nous-mêmes pour en sortir. Qu'en penses-tu, Miles ? ajouta-t-elle en quêtant du regard l'appui du jeune homme.

Ce dernier garda le silence un moment. Puis il opina du chef.

— Je pense que vous avez raison. Il est temps d'arrêter, et ce plan me paraît pas plus mauvais qu'un autre.

Emily fut soulagée. Restait à obtenir l'accord de Jenna.

— Et toi ?

La jeune fille se mordilla la lèvre, puis acquiesça.

— D'accord. Je suis pas sûre que ce soit une bonne idée, mais on est tous dans la même galère, et il est pas question que je vous laisse aller fouiller cette bicoque sans moi.

Une vague de gratitude submergea Emily qui sourit à ses deux amis. Seigneur, qu'aurait-elle fait sans eux ?

— Bien. Je propose que nous agissions dès demain, lorsqu'il sera parti pour la taverne. Nous mettrons un point final à cette affaire, et nous veillerons à ce que Jack Barlow regrette de nous avoir connus.

— À mon avis, c'est déjà fait, commenta Jenna en jetant à Miles un regard admiratif. C'était un sacré coup que tu lui as décoché.

— Tu trouves ?

— Oui, vraiment.

Tandis que Miles se rengorgeait, Emily leva les yeux vers le ciel et offrit son visage à la caresse de la brise nocturne. Pour la première fois depuis un mois, elle se sentait libre.

Le lendemain à la même heure, Jack ne serait plus en mesure de lui nuire. Il paierait pour l'avoir poussée à commettre de tels crimes.

Et peut-être, peut-être seulement, si elle parvenait à ses fins, Peter serait-il un peu plus compréhensif – et indulgent – lorsqu'elle lui avouerait la vérité.

Mais elle n'y comptait guère.

18

Après avoir passé une autre nuit à se retourner dans son lit sans parvenir à fermer l'œil, Peter se leva et descendit au rez-de-chaussée bien avant que les autres habitants de Knighthaven soient réveillés. Le soleil frôlait à peine la cime des arbres lorsqu'il sortit par une porte de côté, traversa la cour des écuries et emprunta le chemin qui s'enfonçait dans les bois. Une petite promenade lui éclaircirait peut-être les idées, et ferait remonter à la surface un ou deux détails qu'il avait négligés au cours de son enquête.

Cela faisait une semaine qu'il était à Knighthaven, et il n'était pas plus près de clore cette affaire qu'à son arrivée. Il avait interrogé toutes les victimes et leur domesticité – ainsi que les invités de lord et lady Fulberry –, et n'avait en tout et pour tout qu'un morceau de tissu et l'intime conviction que le voleur connaissait ses victimes personnellement.

Il ferma les yeux, et s'interrogea : « Que sais-je exactement au sujet de ce criminel ? »

Il tourna les faits dans sa tête et les examina sous tous les angles. Tout d'abord, l'individu semblait être un familier des lieux et des habitudes de la famille prise pour cible. Il savait quel était le meilleur moment pour passer à l'action et où était rangé le butin convoité. Lequel était toujours un objet bien précis. Chez les Tuttleston, il n'avait pris que le collier et les bijoux de la vicomtesse, et avait négligé de forcer le coffre de lord Tuttleston, pourtant plus accessible puisqu'il était situé au rez-de-chaussée.

Cela seul suffisait à prouver l'existence de relations étroites entre le coupable et ses victimes. Aucun voleur de passage ne pouvait être au courant de ce genre de choses. Il avait bien envisagé que ce soit un serviteur, mais au terme d'interrogatoires serrés, il n'avait rien relevé de suspect dans les déclarations des uns et des autres.

Autre signe particulier : le voleur était un as de la cambriole. Il était jeune et léger puisque grimper aux arbres ne le rebutait pas, il se déplaçait avec discrétion, et crochetait sans peine n'importe quelle serrure. Aucune porte ni aucune fenêtre n'avaient été forcées.

Malheureusement, Benji et ses camarades possédaient ces talents, et les avaient largement utilisés dans un passé récent, ne fût-ce que pour se procurer de quoi manger.

Même Emily était capable de crocheter une serrure. Il en savait quelque chose. Il avait été son professeur.

Le souvenir de cet apprentissage lui arracha un sourire. À sa grande surprise, la petite fille bien élevée avait montré des aptitudes étonnantes dans cet art. Durant le court séjour qu'elle avait effectué parmi les Rag-Tags, elle avait appris à vider les poches sans se faire repérer et, même après leur installation définitive dans l'Oxfordshire, elle avait continué à harceler Peter pour qu'il l'instruise plus avant. Crocheter les serrures avait été l'une des dernières choses qu'il lui avait apprises avant de décider d'interrompre ses leçons par respect pour le comte que la soif de connaissances de sa sœur alarmait.

Le soleil commençait à monter dans le ciel, et Peter rebroussa chemin sans cesser de ressasser les événements des derniers jours. En particulier ses relations avec Emily. Ou plutôt, son *absence* de relations. Depuis leur conversation dans l'écurie et leur visite chez lord Caufield, il était revenu à son plan d'origine et s'était efforcé d'éviter la jeune fille autant que possible. Quel démon l'avait poussé à l'asticoter au sujet de leur premier baiser ? Il aurait été bien incapable de le dire. En tout cas, la voir lire le message de Moreland lui avait rappelé toutes les raisons pour lesquelles il devait la maintenir hors de portée.

Il serra les poings dans ses poches et secoua la tête. Certes, il ne pourrait pas l'éviter éternellement. Mais dans l'immédiat, s'éloigner un peu l'aiderait à reprendre le contrôle de ses émotions.

Tôt ou tard, il se retrouverait de nouveau face à elle. Il n'avait plus de victime ni de témoin à interroger, mais peut-être aurait-il encore besoin d'elle.

Parvenu à la lisière du bois, Peter coupa à travers le jardin. Il atteignait le bosquet d'ormes lorsqu'il l'aperçut, assise sur l'un des bancs entourant un bassin, penchée sur un livre.

Emily.

Il s'arrêta net.

Comme si elle avait senti sa présence, elle leva la tête, et leurs regards se croisèrent. En dépit de la distance, il sentit un courant vibrer entre eux, les reliant de manière presque tangible.

Eh bien, les dés étaient jetés. Pas question qu'elle le voie battre lâchement en retraite. La saluer et échanger quelques banalités sans se ridiculiser devait être dans ses possibilités, non ?

Mais comme il traversait la pelouse dans sa direction, son cœur s'emballa et il sut qu'il se leurrait.

Emily ferma son livre, et regarda Peter s'approcher avec cette grâce nonchalante qui le caractérisait. Une fois de plus, les réactions qu'il faisait naître en elle la prirent de court. Le simple fait de le voir lui coupait le souffle et accélérait les battements de son cœur au point qu'elle avait l'impression qu'il allait jaillir de sa poitrine.

Elle ne se sentait pas en état de l'affronter. C'était d'ailleurs par crainte de le rencontrer qu'elle s'était retirée dans le jardin. Elle s'était couchée tard et n'avait guère dormi. La catastrophe chez lord Brimley, le rendez-vous pénible avec Jack Barlow, et le plan concocté avec Miles et Jenna l'avaient maintenue éveillée jusqu'aux petites heures de l'aube.

Mais qu'elle soit prête ou pas à un échange avec Peter, elle n'avait pas le choix. Il se dirigeait droit sur elle. Heureusement, elle avait pensé à dissimuler sous un voile de poudre les égratignures dues à son saut dans les buissons. En revanche, elle n'avait pas réussi à masquer les cernes sous ses yeux.

— Bonjour, monsieur Quick, lança-t-elle avec un sourire forcé.

— Lady Emily, répondit-il en inclinant la tête.

Durant un interminable instant, ils demeurèrent les yeux dans les yeux, à court de mots. Puis Emily s'éclaircit la voix et demanda :

— Où en est votre enquête ? Y a-t-il du nouveau ?

— Hélas, non !

Peter parut se détendre un peu. Posant le pied sur le banc, à côté d'elle, il s'accouda sur son genou.

— J'en ai discuté longuement avec votre frère, hier. Lui aussi pense que le voleur connaît les maisons et les habitudes de ses victimes. En dehors de cela, je ne suis sûr de rien. Nous errons en plein brouillard.

Le cœur d'Emily tressauta dans sa poitrine, mais elle s'efforça de juguler le début de panique qui s'était emparé d'elle.

— Je suis désolée, fit-elle d'une voix calme. Je sais combien mon frère et vous désirez voir ce criminel derrière les barreaux.

Elle croisa les doigts sur son livre afin de les empêcher de trembler, et poursuivit :

— Qu'allez-vous faire, à présent ?

— Je comptais rendre une petite visite aux prêteurs sur gages des environs, au cas où notre homme aurait tenté de monnayer une partie de son butin. Mais je crains que ce ne soit une perte de temps. Il est trop rusé pour commettre une telle erreur. Il ne prendrait pas le risque que quelqu'un du pays reconnaisse telle ou telle pièce, et le dénonce.

— Avez-vous besoin que je vous accompagne ?

Un sourire éclaira le visage de Peter.

— Merci de le proposer, mais je vais devoir me rendre dans des lieux que les dames ne sont pas censées fréquenter.

— Oh… bien sûr.

Bouleversée par le sourire de Peter, Emily baissa la tête et repoussa une mèche égarée.

Une main calleuse se referma autour de son poignet.

— Que… qu'y a-t-il ? balbutia-t-elle.

Le sourire du jeune homme avait cédé la place à une expression soucieuse.

— Qu'est-ce que c'est ? s'enquit-il en lui tournant le bras afin qu'elle aussi voie ce qui avait retenu son attention.

Emily réprima un petit cri. Une longue estafilade lui zébrait l'intérieur du bras, conséquence, sans doute, de sa chute dans les buissons chez lord Brimley.

— Je ne sais pas, répondit-elle en se dégageant. Je me suis arrêtée pour sentir les roses tout à l'heure. J'ai dû m'écorcher sans m'en rendre compte.

— Vous devriez montrer ça à un médecin. C'est une vilaine égratignure, et ne pas la soigner serait une mauvaise idée.

Il fit une pause, puis, surprenant de nouveau Emily, il lui souleva le menton et l'étudia attentivement.

— Vous êtes bien pâlotte et vos yeux sont cernés. Vous avez dormi la nuit dernière ?

Elle chercha quoi répondre, mais le regard insistant de Peter l'empêchait d'aligner deux pensées cohérentes.

— J'admets que j'ai eu un peu de mal à trouver le sommeil.

Pour un euphémisme, c'en était un.

Il lui caressa la lèvre inférieure du pouce.

— Vous devriez prendre un peu plus soin de votre santé, dit-il d'une voix douce sans la quitter des yeux. Que deviendraient les enfants de Willow Park sans leur ange gardien et leur conteuse ?

Son timbre rauque était si sensuel… Chavirée, Emily se sentit inexorablement attirée par le visage qui s'inclinait vers le sien. Elle ferma les yeux, entrouvrit les lèvres…

— Ah, vous voilà !

Le fil magique qui les reliait se rompit brutalement, et ils s'écartèrent précipitamment, tels deux enfants pris les doigts dans le pot de confiture.

Rougissante, Emily tourna la tête, et aperçut Vanessa qui descendait l'allée.

Seigneur, avait-elle vu quelque chose ?

— Quels lève-tôt vous faites, tous les deux, commenta la comtesse dont le visage ne trahissait ni inquiétude ni ironie. Peter, Tristan est dans l'entrée, il te cherche. J'ai promis de te prévenir si je te rencontrais.

— Merci, milady. Excusez-moi, je vous prie.

Il adressa à Emily un regard indéchiffrable, et s'en retourna vers la maison.

Emily inspira à fond, se préparant à un interrogatoire en règle.

— Quelle belle journée ! s'écria Vanessa. J'ai rarement eu l'occasion de mettre le nez dehors ces derniers temps. Tristan est une véritable mère poule. Il ne supporte pas que je sois hors de sa vue.

Elle s'interrompit, jeta à Emily un regard implorant.

— Ça t'ennuierait de m'accompagner pour une courte promenade dans le jardin, ma chérie ? Si je suis avec toi, mon mari ne se précipitera peut-être pas à mes trousses en déclarant que je suis beaucoup trop délicate pour m'adonner à une activité aussi épuisante que la marche.

L'évocation de son géant de frère s'agitant autour de sa femme telle une gigantesque nounou fit sourire Emily. Sans hésiter, elle se leva et offrit le bras à sa belle-sœur.

— Il t'aime, Vanessa. Il ne songe qu'à vous protéger, le bébé et toi.

— Je sais. Mais il serait temps qu'il comprenne que je suis beaucoup plus robuste qu'il ne le pense. Je l'ai prouvé par le passé, il me semble.

Comme elles commençaient à marcher, Emily jeta un regard soucieux au ventre de la comtesse. Était-ce un effet de son imagination, ou bien était-il réellement deux fois plus gros que la veille ?

— Comment va le futur comte d'Ellington ? s'enquit-elle.

— Aussi bien que possible. Selon le médecin, il peut faire son apparition à tout moment.

— Tu es sûre que c'est un garçon ?

Vanessa eut un petit rire espiègle.

— Il n'aurait pas l'audace d'être autre chose, fit-elle en se caressant tendrement le ventre. Ces derniers jours, il a été particulièrement agité. Comme s'il savait que l'heure approchait.

Les paroles de sa belle-sœur ranimèrent la détermination d'Emily. Mettre un terme au chantage de Jack devenait plus qu'urgent. Il fallait à tout prix que cet ignoble individu soit hors d'état de nuire lorsque le bébé viendrait au monde. D'où l'importance de l'expédition de la nuit prochaine…

Elles s'étaient arrêtées près de la fontaine. L'air soudain grave, Vanessa se tourna vers Emily.

— Il y a une autre raison pour laquelle je t'ai demandé de marcher un peu avec moi. Je voulais te remercier d'avoir réussi à surmonter ton différend avec Peter afin de l'aider dans son enquête. Cela nous a énormément touchés, ton frère et moi.

— J'ai été contente de pouvoir me rendre utile. Tu sais que je ferais tout pour Tristan et toi.

— Et qu'en est-il de Peter ? fit la comtesse avec un regard pénétrant.

Au souvenir du baiser manqué de peu quelques instants plus tôt, Emily se troubla.

— Comment cela qu'en est-il de Peter ? fit-elle, feignant l'indifférence.

— Oh, ma chérie, je ne suis pas aveugle. Autrefois, tu te serais fait hacher menu pour lui. C'était la personne la plus importante dans ta vie. Je sais que son brusque départ pour Londres t'a blessée, mais après avoir passé un peu de temps avec lui cette semaine, tu t'es peut-être rendu compte que les apparences pouvaient être trompeuses.

Emily s'apprêta à protester, mais elle découvrit qu'elle était incapable de jouer la comédie. À quoi bon nier l'évidence ?

— Il se croit... indigne de moi, murmura-t-elle finalement.

Vanessa lui étreignit le bras, et levant les yeux, Emily croisa son regard empli de sympathie.

— Je vais te confier un secret, ma chérie. Contrairement à ce qu'on enseigne aux filles dès l'enfance, les hommes ne sont pas infaillibles. Loin de là. En fait, ils se trompent plus souvent qu'à leur tour. Pour rien au monde ils ne l'admettraient, bien sûr. Quoi qu'il en soit, lorsque nous constatons qu'ils battent la campagne, c'est à nous, les femmes, de prendre les choses en main.

Sur ce, Vanessa reprit la direction de la maison.

— À propos, dit-elle avec un sourire entendu, cela t'intéressera peut-être d'apprendre que Cullen et Lilah nous ont invités à dîner ce soir, invitation que ton frère a fini par accepter après force supplications de ma part. Nous serons absents *presque toute la soirée.* Du coup, j'ai donné leur soirée aux domestiques et la maison sera... *déserte*.

Emily s'arrêta net.

— Vanessa, qu'essaies-tu de me dire ? s'écria-t-elle, abasourdie.

La comtesse lâcha le bras de la jeune fille et, plantant les poings sur les hanches, émit un reniflement exaspéré.

— Emily Knight, si tu ne vois pas ce que je veux dire, ce n'est certainement pas moi qui te l'expliquerai. Mais tu n'as jamais été du genre à renoncer à ce que tu voulais vraiment. Aussi, si tu aimes cet homme, tu as intérêt à comprendre. Et vite, conclut-elle avant de tourner les talons.

Emily la suivit des yeux en serrant convulsivement son livre contre sa poitrine. Eût-elle été en possession de tous ses moyens que la permission octroyée par sa belle-sœur de séduire Peter Quick sous son toit lui aurait paru encore plus stupéfiante. Mais elle était encore sous le choc des propos de Vanessa.

Si tu aimes cet homme, tu as intérêt à comprendre.

Aimer Peter ? Elle ? Bien sûr que non ! Autrefois, oui, elle ne le niait pas. Et elle admettait qu'il restait entre eux une certaine attirance physique. Mais de l'amour ? Non. Elle ne pouvait pas… elle ne…

Ô Seigneur, bien sûr que si !

Le visage souriant de Peter s'imposa brusquement à elle, et elle se remémora la semaine qui venait de s'écouler. Elle se rappela combien il s'était montré doux et patient avec les enfants de Willow Park, comment ils avaient discuté et plaisanté dans les écuries. De toute évidence, le lien tissé dans leur enfance demeurait très fort. Elle se souvint aussi de la façon dont il l'avait caressée et embrassée dans la maison abandonnée, avec une passion mêlée de respect…

Ses jambes menaçant de se dérober sous elle, elle dut chercher appui sur le socle d'une statue. Elle avait eu beau multiplier les obstacles entre eux, il avait retrouvé le chemin de son cœur.

Elle l'aimait à nouveau. Peut-être même n'avait-elle jamais cessé de l'aimer.

Dans un état second, elle regagna la maison. Jamais elle ne s'était sentie à ce point perdue. Connaître la nature exacte de ses sentiments n'était pas un avantage. Son chagrin n'en serait que plus profond lorsque Peter repartirait. Car il s'en irait, c'était certain. Il avait déjà décidé qu'il ne la valait pas, qu'aucune relation sérieuse ne pouvait exister entre eux. Et, lorsqu'il apprendrait ce qu'elle avait fait, comme elle l'avait dupé…

Mon Dieu, que faire ?

Emily pénétra dans le salon par l'une des portes-fenêtres du salon, et gagna le vestibule comme une somnambule. Elle posait le pied sur la première marche de l'escalier lorsque la porte du bureau de Tristan s'ouvrit sur Peter.

Le revoir alors qu'elle venait tout juste de découvrir qu'elle l'aimait lui fit l'effet d'un direct à l'estomac. Leurs regards se soudèrent, et Emily cessa de respirer.

« Dis quelque chose, s'exhorta-t-elle. Ne reste pas ainsi, à le dévorer des yeux comme une idiote ! »

Elle ouvrait la bouche pour débiter quelque banalité quand on frappa à la porte.

Langley jaillit de l'office et courut ouvrir. Emily accueillit cette interruption avec gratitude car elle doutait d'être capable de tenir des propos intelligibles. Mais, lorsqu'elle vit qui se tenait sur le seuil, le soulagement céda la place à l'inquiétude.

— Jenkins, fit Peter en allant à la rencontre du chef de la police. Y aurait-il du nouveau ?

— Je le crains, oui ! répondit l'homme qui semblait tout aussi morose que lors de sa première visite. Il y a eu un autre cambriolage la nuit dernière. À Brimley Hall. Une broche de grande valeur a été volée.

— C'est notre homme ?

— Il semblerait. Mais cette fois, quelqu'un l'a vu. Lord Brimley en personne a surpris le voleur en pleine action.

Emily sentit son estomac se soulever. Elle recula de quelques pas, heureuse que Peter lui tournât le dos. Le vieil homme l'aurait-il reconnue, après tout ?

— Malheureusement, le comte qui n'était déjà pas très vaillant a eu une sorte d'attaque, poursuivit le constable. Le cœur, pense le médecin. Il n'est pas très lucide et tient des propos plutôt incohérents. Lord Moreland a suggéré que vous pourriez nous être utile.

Son ton condescendant disait sans équivoque qu'il ne partageait pas cette opinion.

Emily sentit son cœur s'affoler. Elle allait devoir se rendre à Brimley Hall en compagnie de Peter, et affronter celui qui l'avait quasiment prise la main dans le sac quelques heures auparavant. Se souviendrait-il d'elle ? La dénoncerait-il devant Adam et Jenkins ?

Et Peter ?

Les remords lui vrillèrent le cœur. Le pire était qu'elle était responsable de l'état du pauvre homme ! Une attaque ? Mon Dieu, quelle criminelle elle était devenue !

— Voilà peut-être le fait nouveau que nous attendions, déclara Peter en se tournant vers elle. Êtes-vous prête pour une visite à Brimley Hall, milady ?

Luttant pour ne pas laisser voir son angoisse, Emily acquiesça d'un hochement de tête. C'était risqué, mais comment se dérober ? Personne ne comprendrait. On savait l'amitié qui la liait à Adam, et celle qui avait toujours existé entre leurs deux familles. Elle avait accompagné Peter chez les victimes précédentes, refuser d'aller à Brimley Hall paraîtrait étrange, voire suspect. En outre, elle ne trouverait pas le repos tant qu'elle ne saurait pas ce que lord Brimley se rappelait exactement.

Que ferait-elle s'il pointait un doigt accusateur sur elle ?

Elle préférait ne pas y penser.

19

Assis en face d'Emily dans la voiture des Ellington, Peter observait son délicat profil. La jeune fille, qui semblait plongée dans la contemplation du paysage, n'avait pas ouvert la bouche depuis leur départ de Knighthaven.

Elle avait beau affecter l'indifférence, visage lisse et yeux mi-clos, sa posture rigide trahissait une profonde anxiété.

Quelle pouvait en être la cause ?

Le baiser manqué de peu dans le jardin ? Bon sang ! Il n'avait pas eu l'intention de la toucher, mais sa pâleur et son regard las lui avaient serré le cœur, et il avait voulu la réconforter. Mais ses bonnes intentions s'étaient volatilisées dès qu'elle avait tendu le visage vers lui, lèvres entrouvertes. Il aurait dû être reconnaissant à Vanessa de les avoir interrompus, et cependant, il ne parvenait pas à voir en quoi goûter une fois encore à cette bouche délicieuse aurait été une erreur.

Il ne pouvait s'empêcher de se demander si l'incident avait laissé Emily aussi agitée et troublée que lui.

Conscient de s'égarer sur un terrain glissant, il écarta résolument ces pensées, et, s'efforçant d'arborer une expression neutre, demanda d'une voix posée :

— Tout va bien ? Vous n'avez pas dit un mot depuis que nous avons quitté la maison.

Les mains d'Emily se crispèrent sur ses genoux. Elle se détourna de la fenêtre et lui jeta un regard en coin.

— Je vais très bien, merci. Je suis juste un peu inquiète au sujet de lord Brimley. Sa santé n'était déjà pas florissante, et je crains que son état ne s'aggrave… Est-il nécessaire de l'interroger dès maintenant ? risqua-t-elle en se tournant de nouveau vers la fenêtre. Je ne voudrais pas ajouter à sa détresse.

— Cette idée me déplaît autant qu'à vous, mais c'est notre seule piste, et mieux vaut l'interroger pendant que l'incident est encore frais dans sa mémoire. Croyez-moi, je ne veux causer aucun mal supplémentaire au marquis. Je l'interrogerai aussi brièvement que possible, et après m'être entretenu avec son médecin.

Elle lui adressa un sourire dont la douceur le bouleversa. De plus en plus fréquemment, ces derniers temps, la jeune fille qu'il avait connue autrefois réapparaissait sous la façade guindée ; garder ses distances devenait alors une véritable épreuve.

— Je comprends, murmura-t-elle. Mais le pauvre homme a déjà tellement souffert.

Sa sollicitude émut Peter, qui couvrit spontanément sa main de la sienne dans un geste de réconfort.

Une décharge les parcourut.

Emily poussa un petit cri, et leurs regards se verrouillèrent. Le temps parut se suspendre.

Puis l'attelage s'immobilisa brusquement.

Partagé entre soulagement et déception, Peter lui lâcha la main.

— Nous sommes arrivés, on dirait.

La portière de la voiture s'ouvrit, et lord Moreland passa la tête.

— Vous voilà !

Ignorant Peter, le vicomte tendit la main à Emily qui l'accepta.

— Jenkins vous a précédés de peu. Il m'a dit que vous étiez en route, c'est pourquoi je vous attendais.

— Adam, je suis sincèrement désolée de ce qui est arrivé. Votre père… Comment va-t-il ?

Elle étreignit brièvement le vicomte qui lui rendit son étreinte. Peter, qui sortait de la voiture, sentit son sang bouillonner dans ses veines. La façon dont Moreland avait glissé les bras autour de la taille de la jeune fille lui semblait beaucoup trop familière, et son expression avait quelque chose de… calculateur.

— Il va aussi bien qu'on peut l'espérer, répondit Moreland en prenant Emily par le coude pour l'entraîner vers le perron.

Les nerfs à vif, Peter suivit. *Comme d'habitude*, songea-t-il sombrement.

— Le médecin pense qu'il devrait se remettre, reprit le vicomte comme ils entraient dans la maison.

Un maître d'hôtel s'approcha pour débarrasser les nouveaux venus de leurs chapeaux et de leurs gants.

— À condition qu'il accepte de garder le lit, poursuivit Moreland. Mais vous connaissez père. Il n'aurait jamais dû tenter d'arrêter tout seul le voleur, seulement voilà, c'est un vieil entêté.

Peter ne put demeurer en retrait plus longtemps.

— Qu'est-ce qui a été volé, lord Moreland ?

Le vicomte lui adressa un regard hautain, mais Peter ne se laissa pas impressionner. Il avait une enquête à mener, et tant pis si cela ne plaisait pas à ce godelureau.

Moreland perçut-il sa détermination ? Quoi qu'il en soit, il haussa les épaules et répondit :

— Une broche qui appartenait à ma mère. Je me demande comment ce bandit a réussi à mettre la main dessus. Père tenait à ce que la chambre de ma mère demeure telle qu'elle était à sa mort, c'est pourquoi ce bijou se trouvait dans une petite boîte rangée dans une armoire. Père l'en sortait rarement.

— Qui d'autre était au courant ?

— Uniquement les proches, et peut-être quelques domestiques.

Peter fronça les sourcils. Ses soupçons se confirmaient.

— Rien d'autre n'a été dérobé ? intervint Emily, qui était demeurée silencieuse jusque-là.

— Apparemment, non. Le voleur a crocheté la porte de la bibliothèque, mais il n'a même pas tenté de forcer le coffre qui s'y trouve.

Peter jeta un coup d'œil à l'escalier qui menait aux étages.

— Puis-je m'entretenir avec monsieur votre père ?

— Vous pouvez toujours essayer. Jenkins s'est efforcé de lui faire dire ce qu'il avait vu, mais chaque fois, père dérive dans son propre monde... Il avait tendance à radoter un peu ces derniers temps, et cela n'a fait qu'empirer.

— Oh, Adam, je suis vraiment navrée ! s'écria Emily en posant la main sur le bras de Moreland.

Ses yeux s'étaient emplis de larmes. La réaction parut excessive à Peter. Il ne s'agissait pas seulement de compassion, mais d'un chagrin sincère et profond. Était-elle à ce point proche du comte de

Brimley ? Ou bien éprouvait-elle pour lord Moreland plus que de l'amitié ?

— Vous pouvez y aller, dit le vicomte en indiquant l'escalier. Jenkins est là-haut, et j'imagine qu'il a hâte que vous le rejoigniez.

— Vous ne venez pas ? s'étonna Peter.

— Cela m'est pénible de le voir ainsi. Le médecin a suggéré que j'engage une garde-malade. Père a toujours refusé, mais maintenant...

Il s'interrompit. Emily lui adressa un sourire compatissant, et se rapprocha de lui. Peter serra les poings pour s'empêcher de la retenir.

— Je comprends votre désarroi, assura-t-elle d'un ton apaisant.

— Je vous remercie, fit lord Moreland en lui tapotant la main. Allez-y. Je monterai dans un petit moment.

— Bien, dit Emily qui se tourna vers Peter. Monsieur Quick ?

— Après vous, milady.

Elle passa devant lui, et commença à gravir l'escalier. Peter lui emboîta le pas, non sans avoir jeté un dernier regard à lord Moreland.

Celui-ci les observait, le visage dépourvu d'expression.

Peut-être était-ce simplement de la jalousie, mais il ne pouvait se défaire de l'impression que l'homme dissimulait quelque chose.

Le couloir du premier étage était sombre et silencieux. Jenkins et un homme au crâne dégarni, qui devait être le médecin, discutaient devant la chambre.

Comme Peter et Emily approchaient, ils se turent, et le chef de la police s'inclina.

— Milady. Monsieur Quick.

Il leur présenta le Dr Billings, et Peter alla droit au but.

— Comment se porte lord Brimley, docteur ? Est-il en état d'être interrogé ?

— Cela devrait aller, je pense, répondit le médecin sans enthousiasme. À condition que vous ne vous attardiez pas et que vous ne le fatiguiez pas. Cela dit, M. Jenkins a eu beau essayer, il n'a obtenu aucune information intéressante. Aussi je doute que vous y arriviez.

Agacé par le sourire satisfait de Jenkins, Peter inspira à fond, et lâcha d'un air volontairement ironique :

— Vous pourriez être surpris, docteur Billings.

— Possible. Milady, vous tenez vraiment à entrer ? ajouta-t-il à l'adresse d'Emily. Il me semble que ce n'est pas très convenable.

Si le Dr Billings croyait convaincre Emily de rester dans le couloir, il s'y était fort mal pris. Carrant les épaules, elle lui décocha un regard glacial.

— C'est absurde, riposta-t-elle avec hauteur. Lord Brimley est un ami de la famille, et la question de ce qui est convenable ou pas ne se pose pas. En outre, je suis persuadée qu'une visite ne peut que lui faire du bien.

Vexé, le Dr Billings esquissa une grimace, mais ne put que s'incliner devant la détermination de la jeune fille.

— Bien sûr, milady. Si vous le dites.

Mais Emily poussait déjà la porte, suivie de Peter qui se retenait de sourire. Il reconnaissait bien là son Emily, songea-t-il avec fierté et – quoi qu'il en dise – une certaine possessivité.

Une fois dans la chambre, porte refermée, la jeune fille perdit de sa superbe. Elle s'immobilisa au pied du lit à baldaquin, le visage soudain très pâle.

Bien qu'il en eût envie, Peter s'interdit de la réconforter en lui entourant les épaules du bras. Il se contenta de lui effleurer la main.

— Pourriez-vous lui parler en premier ? murmura-t-il. De façon à le préparer à mes questions.

Elle hocha la tête, et s'approcha du chevet du vieil homme.

Les rideaux étant tirés, la pièce était plongée dans la pénombre. Seule une lampe posée sur une table dispensait un peu de lumière. Le bruit rauque d'une respiration laborieuse montait de la frêle silhouette qui gisait au milieu du lit.

— Lord Brimley, chuchota Emily en se penchant sur le vieillard. Lord Brimley, pouvez-vous ouvrir les yeux ?

Un marmonnement lui répondit, puis les paupières se soulevèrent sur des yeux chassieux.

— Quoi… ? Qui… ? souffla-t-il en levant les mains comme pour repousser un agresseur.

— Lord Brimley, tout va bien. Vous ne risquez rien, reprit-elle d'une voix douce en s'emparant des mains tremblantes qui s'agitaient vainement.

Peter se rapprocha discrètement.

Lord Brimley lâcha un soupir, et sembla se calmer un peu tandis qu'il étudiait la nouvelle venue.

— Ah, Victoria, c'est vous ? Cela fait une éternité que vous n'êtes pas venue à la maison. Lavinia sera enchantée de vous voir.

Peter sentit Emily se crisper.

— Non, milord. C'est Emily, la fille de Victoria.

— Emily ? répéta le marquis en écarquillant les yeux. Eh bien, Emily, que vous avez grandi ! Vous êtes le portrait craché de votre mère.

—Merci, milord.

Elle lança un coup d'œil à Peter, et enchaîna :

— Adam m'a dit que vous avez surpris le Cambrioleur de l'Oxfordshire cette nuit, et il y a quelqu'un ici qui aimerait vous en parler.

— Quelqu'un, ici ?

Apercevant Peter, le comte de Brimley fronça les sourcils.

— Qui êtes-vous ? Si vous êtes l'un des créanciers de mon fils, je vous le dis carrément : vous n'aurez pas un sou de moi ! Rien !

Des créanciers ?

Comme Emily s'employait à rassurer le vieil homme, Peter en profita pour examiner la pièce. Curieusement, il n'y avait ni tableaux ni bibelots de valeur. Dans une telle demeure, cet extrême dépouillement était surprenant.

Était-il possible que lord Brimley et son fils aient des problèmes financiers ? Les ragots attribuaient au vicomte un penchant pour le jeu. Aurait-il dilapidé la fortune familiale pour régler ses dettes, avant de brader les tableaux ?

— M. Quick n'est pas un créancier, lord Brimley, expliquait Emily. C'est un policier de Londres, et il voudrait vous interroger sur le voleur que vous avez surpris cette nuit.

— Ah ! Le voleur. J'ai pris cet imbécile en flagrant délit, et je l'aurais attrapé si ma pauvre carcasse ne m'avait abandonné.

Peter ne put résister.

— Avez-vous réussi à le voir, milord ?

— Oui, fit Brimley en secouant la tête avec tristesse. Il a volé la broche de ma chère Lavinia, vous savez.

— Nous le savons, et nous compatissons sincèrement, dit Peter en s'efforçant de ne pas montrer son impatience. Mais ce voleur, milord, à quoi ressemble-t-il ?

— Il faisait trop sombre pour que je le distingue bien. Il m'a paru plutôt jeune. Et mince. Il avait une casquette enfoncée jusqu'aux yeux, mais j'ai tout de même vu des mèches qui en sortaient... Des cheveux blonds comme les vôtres, ma chère, ajouta-t-il en regardant Emily.

Des cheveux blonds ?

Quoique Peter en eût honte, un horrible soupçon lui traversa l'esprit.

Se pouvait-il que Benji soit l'individu qu'il traquait ?

L'étrange comportement du garçon, la description de lord Brimley... ces coïncidences exigeaient des vérifications.

— Oui, poursuivit lord Brimley dont les yeux bleus restaient fixés sur Emily. Des cheveux blonds comme les vôtres, Victoria. Vous savez, depuis qu'Ellington et vous avez décidé de résider toute l'année à Londres, Lavinia est très triste. Vous lui manquez beaucoup.

Ses paupières se fermèrent tandis qu'il continuait d'une voix de plus en plus faible :

— Elle a gardé... toutes les... que vous lui avez envoyées...

Peter fronça les sourcils. Manifestement, le vieil homme radotait de nouveau, et croyait s'adresser à la mère d'Emily.

— Toutes les quoi, milord ? demanda Emily.

— Les... lettres, marmonna le marquis.

— J'ai bien peur de ne pas savoir de quelles lettres vous parlez.

Le malade se contentant de bredouiller, Emily lui agrippa la main avec un empressement qui surprit Peter.

— Cela suffit ! aboya une voix.

Peter pivota, stupéfait. Bras croisés, lord Moreland se tenait sur le seuil de la chambre en compagnie du Dr Billings.

Sa posture était indubitablement agressive.

— Il y a un problème, milord ? rétorqua Peter en lui décochant un regard de défi.

Un nerf palpita sur la joue du vicomte, et Peter constata avec satisfaction qu'il était capable de piquer son ennemi au vif.

— Je suis désolée, Adam, intervint Emily en rejoignant le vicomte. Je ne voulais pas être indiscrète.

L'excuse fit son effet. Le vicomte se radoucit, et concentra son attention sur la jeune fille sans plus se soucier de Peter.

— Je vous en prie, ne vous excusez pas. J'ai eu tort de réagir ainsi. Mais cet interrogatoire a assez duré. Après la nuit qu'il vient de passer, père a besoin de se reposer. Vous le comprenez sûrement. Du reste, il ne vous a pas échappé qu'il n'est plus lui-même. Je ne vois pas en quoi il pourrait vous être utile.

Peter ne put résister à la tentation de lui river son clou.

— Il se trouve, milord, que votre père vient de nous fournir une assez bonne description du voleur.

— Vraiment ? fit le vicomte en le dévisageant curieusement avant de se tourner de nouveau vers Emily. Eh bien, tant mieux s'il a pu vous aider. Je crois cependant qu'il est temps de le laisser dormir.

— Bien sûr, fit Emily en glissant le bras sous celui de Peter pour l'entraîner vers la porte. Venez, monsieur Quick, je suis sûre que nous avons quantité d'autres choses à faire.

Tandis que le Dr Billings se ruait sur son patient, Adam suivit les visiteurs dans le couloir et referma la porte.

— Emily, pourriez-vous m'accompagner dans mon bureau un instant ? demanda-t-il. J'aimerais discuter avec vous d'un sujet d'ordre personnel.

— Je... je ne sais pas... M. Quick peut avoir besoin de moi.

Le vicomte eut un sourire forcé.

— Allons donc, M. Quick est un Runner. Je suis certain qu'il peut se débrouiller tout seul. N'est-ce pas, monsieur Quick ?

La question prit Peter au dépourvu. Ce jeune snob découvrait enfin sa présence ?

— Bien sûr, milord, répondit-il. D'ailleurs, il ne me reste pas grand-chose à faire, à part examiner la chambre de lady Brimley et interroger les domestiques. C'est possible ?

— Tout à fait. La chambre de ma mère est à côté de celle de mon père, fit Moreland en désignant une porte. Sentez-vous libre d'étudier les lieux à votre aise, quoique Jenkins les ait déjà passés au peigne fin. De mon côté, je vais demander au majordome de rassembler les domestiques pour votre... interrogatoire.

— Merci, milord.

Emily n'avait pas l'air ravi de devoir accompagner Moreland. Elle regardait Peter avec une expression qu'il avait du mal à déchiffrer. Une sorte de supplique.

— Je ne sais... commença-t-elle.

Le vicomte l'interrompit en posant la main sur son bras.

— Je vous en prie, Emily, c'est important. Cela ne durera pas longtemps, et vous pourrez rejoindre M. Quick aussitôt après.

Le regard de la jeune fille passait de l'un à l'autre, mi-inquiet, mi-consterné. Elle finit par acquiescer à contrecœur.

— Très bien. Si M. Quick pense qu'il n'a pas besoin de moi…

Que répondre à cela ?

— Je le pense, répondit-il.

Emily n'eut d'autre choix que de suivre le vicomte.

Le cœur de Peter se serra brutalement lorsqu'il les vit descendre l'escalier côte à côte. L'idée qu'ils allaient se retrouver seuls lui était odieuse, mais qu'y faire ?

Il n'avait aucun droit sur Emily. Pas même celui de la protéger.

Il le savait, mais s'en convaincre était une autre histoire.

20

— Je vous demande pardon ? s'écria Emily, interloquée.

— Voyons, Emily, ma requête ne peut pas vous surprendre à ce point.

Le vicomte émit un petit rire qui n'atteignit pas ses yeux. Ceux-ci scrutaient le visage de la jeune fille dont il retenait toujours les mains prisonnières.

— Vous n'ignorez pas quels sentiments vous m'inspirez, j'en suis sûr. Cela fait des semaines que j'essaie en vain de faire cette demande.

Ainsi donc, elle ne s'était pas trompée. Adam lui avait *bel et bien* demandé de l'épouser. Évidemment, il avait raison : elle n'aurait pas dû en être surprise. Tout dans son attitude laissait supposer qu'il avait des vues sur elle, mais jamais elle n'aurait imaginé qu'il choisirait un moment pareil pour faire sa proposition. Le lendemain d'un cambriolage, alors que son père était souffrant, et que toute la maisonnée était en plein désarroi ! Quel manque de sensibilité !

Après l'avoir introduite dans son bureau, Adam était allé trouver le majordome. À son retour, il l'avait fait asseoir dans un fauteuil, s'était emparé de ses mains, et l'avait demandée en mariage de manière fort abrupte.

Devinant qu'il l'avait choquée, il prit un air grave.

— J'ai sans doute été un peu brutal, et je vous prie de m'en excuser. Mais j'ai décidé d'en finir avec les subtilités. Chaque fois que j'ai essayé d'aborder le sujet avec vous, j'en ai été empêché d'une manière ou d'une autre. C'est pourquoi il m'a paru préférable de vous en parler carrément, sans préambule. Me pardonnez-vous ?

— Bien sûr. Mais...

Elle s'interrompit pour s'humecter les lèvres, avant d'avouer :

— Je ne sais que dire.

— Dites oui.

Évitant son regard, elle parcourut la pièce des yeux. C'est alors qu'elle remarqua quelque chose qui lui avait échappé en entrant. Des meubles avaient disparu, de même qu'un certain nombre de tableaux.

Les commentaires de lord Brimley au sujet des créanciers de son fils lui revinrent à l'esprit. Le penchant d'Adam pour le jeu était-il un problème au point qu'il ait été contraint de vendre des meubles et des tableaux ?

Aborder ce sujet sans offenser le vicomte étant impossible, elle revint à la question en suspens.

— Je regrette, Adam, mais il m'est impossible de dire oui d'emblée. Il me faut réfléchir, et je ne peux m'empêcher de penser que le moment est mal choisi.

Le visage de lord Moreland vira à l'écarlate tandis qu'il croisait les bras, sur la défensive.

— Réfléchir à quoi ? Et pourquoi n'est-ce pas le bon moment ?

— Adam, votre père est alité. Il a eu une attaque après avoir surpris un voleur qui emportait le bijou préféré de votre mère ! Vous devriez avoir des soucis plus importants en tête.

Le vicomte pivota sur ses talons, et gagna la fenêtre d'un pas raide. Il demeura ainsi un long moment, les yeux rivés sur le parc, silencieux, puis exhala un long soupir et adressa un regard à Emily par-dessus son épaule.

— Vous avez raison, bien sûr. Mais vous devez comprendre mon anxiété. Je ne pense qu'à ça depuis des semaines et, père étant en si mauvaise santé... eh bien, pour être franc, je me sens seul et j'aimerais avoir quelqu'un sur qui m'appuyer.

Un élan de sympathie poussa Emily à le rejoindre.

— Adam, vous savez que je serai toujours là pour vous. Nous sommes amis, et c'est à cela que servent les amis. Je serai heureuse de vous aider, votre père et vous, de toutes les manières possibles.

Il tendit la main, et lui caressa la joue. Surprise, Emily se retint de reculer.

— J'apprécie, Emily. Vraiment. Et mon père aussi, je le sais. Il vous aime beaucoup, et serait enchanté de nous voir mariés.

Au souvenir du visage livide de lord Brimley et de sa respiration laborieuse, la culpabilité transperça la jeune fille. Que le vieil homme l'ait prise pour sa mère et ait évoqué l'amitié entre celle-ci et son épouse n'avait fait qu'ajouter à sa honte, et elle n'en revenait pas d'avoir eu le culot de continuer à l'interroger. Mais l'allusion à une correspondance lui avait fait espérer quelque explication quant au passé de sa mère. Ainsi peut-être que la possibilité de découvrir si Jack Barlow disait vrai.

Elle avait eu tort. Harceler un grand malade n'était pas excusable. D'ailleurs, cela n'avait servi qu'à éveiller la curiosité de Peter.

Après cela, le moins qu'elle pût faire était de décliner l'offre d'Adam en douceur.

— Je vous en prie, Emily, poursuivit celui-ci. Vous devez savoir combien ceci est important pour moi. J'ai retardé mon départ pour Londres, car je ne voulais pas partir sans avoir obtenu votre accord. En fait, enchaîna-t-il en prenant la main de la jeune fille, j'espérais vous persuader, votre frère, votre belle-sœur et vous, de m'accompagner là-bas pour annoncer nos fiançailles. Je vous aime beaucoup, et notre longue amitié prouve que nous sommes bien assortis. N'est-ce pas ?

Cette longue amitié incita Emily à peser ses mots.

— Je ne sais pas, répondit-elle. Se marier est une décision lourde de conséquences et...

— On dirait que j'interromps de nouveau quelque chose d'important.

Emily sursauta et tourna la tête. Peter se tenait sur le seuil du bureau, bras croisés, l'air impénétrable. Jamais elle n'avait été aussi heureuse de voir quelqu'un.

Sentiment que lord Moreland ne partageait visiblement pas. Il jeta un regard noir à Peter.

— Vous avez déjà fini d'interroger le personnel, monsieur Quick ? Je ne pensais pas que ce serait aussi rapide.

Peter haussa les épaules. À sa grande confusion, Emily sentit son regard pénétrant la sonder jusqu'à l'âme.

— Vos domestiques n'avaient pas grand-chose à dire, expliqua-t-il. Personne n'a vu le voleur. Le temps qu'ils accourent auprès de lord Brimley, le malandrin avait filé.

Emily dégagea sa main de celle d'Adam, et s'écarta.

— Vous avez examiné la chambre de lady Brimley ? s'enquit-elle avec un intérêt non feint.

De ce qu'il avait pu découvrir dépendait le secret de sa double identité.

— À fond. La poussière a été dérangée à certains endroits, comme lorsqu'on cherche quelque chose fébrilement. Et la fenêtre était ouverte. Il n'y a pas de treillis ni d'arbre par lesquels grimper, en revanche, les buissons à l'aplomb de la fenêtre ont été visiblement écrasés. Notre voleur a dû sauter dans le vide, tout simplement.

— Cela signifie que notre travail ici est fini, je suppose, déclara Emily en se dirigeant vers la porte. Allons-y. Je sais que d'autres tâches vous attendent, monsieur Quick, et je…

— Emily, attendez !

Zut ! Elle aurait dû deviner qu'Adam ne la laisserait pas filer aussi facilement.

Elle se retourna à contrecœur vers le vicomte qui se hâtait de la rejoindre. Peter dut sentir son appréhension, car il vint se planter à côté d'elle. Étrangement, sa présence la rassura.

Ce n'était qu'Adam. Elle n'aurait pas dû se sentir menacée. Pourtant…

Le vicomte lui prit le coude fermement et plongea son regard dans le sien.

— Promettez-moi au moins de réfléchir à ma proposition. Nous ferions un couple très bien assorti, j'en suis convaincu. Et si vous prenez le temps de la réflexion, je suis sûr que vous vous rallierez à mon opinion.

Peter se tendit visiblement, ce qui ne surprit guère Emily. Il n'aimait pas lord Moreland, et ce dernier le lui rendait bien.

Si elle ne se hâtait pas de mettre un terme à cet entretien, ces deux idiots risquaient d'en venir aux mains.

— Très bien. Je vous promets d'y réfléchir.

Elle se dégagea, et quitta la pièce, Peter sur les talons.

Pauvre Adam ! songea-t-elle, honteuse. Que dirait-il s'il savait qu'il avait demandé en mariage la personne qui avait volé la broche de sa mère et était responsable de l'attaque de son père ?

Peter fulminait. Moreland l'avait demandée en mariage ! Assis dans la voiture, il tentait vainement de déchiffrer l'expression d'Emily.

L'imaginer mariée à ce salonard arrogant lui était insupportable. Elle ne serait jamais sienne, certes, mais il souhaitait sincèrement son bonheur, et il doutait que Moreland soit capable de la rendre heureuse.

Sans parler du fait que la simple pensée de cet homme touchant, embrassant, caressant la jeune fille comme lui-même l'avait fait suffisait à le rendre fou.

— Eh bien, monsieur Quick, avez-vous une ou plusieurs théories ?

Absorbé par la vision dérangeante d'Emily dans les bras de lord Moreland, Peter sursauta.

— Je vous demande pardon ?

— Des théories, monsieur Quick. Je voulais savoir si cette visite vous avait permis d'en élaborer au sujet du Cambrioleur de l'Oxfordshire.

— J'en ai une, en effet. Mais, dites-moi, lord Brimley a-t-il soutenu financièrement Willow Park ?

— Je crois, oui. Du moins, il l'a fait par le passé. Pourquoi ?

— Cette hypothèse m'est venue pendant que j'examinais la chambre de lady Brimley. Chaque victime a donné de l'argent pour la fondation ou l'entretien du foyer à un moment ou à un autre. C'est le seul point commun entre elles.

Emily pâlit.

— Ô mon Dieu, c'est vrai ! Je n'avais pas fait le rapprochement, mais vous avez raison.

— On peut se risquer à en déduire que le coupable est lié d'une façon ou d'une autre à Willow Park ou à votre famille, et qu'il est animé par la haine et un désir de vengeance. Connaissez-vous quelqu'un qui correspondrait à cette description ?

Elle fronça les sourcils en évitant soigneusement le regard de Peter.

— Ce n'est un secret pour personne que les trois quarts des habitants de Little Haverton aimeraient que Willow Park ferme. Mais je ne vois pas qui nous haïrait au point d'en arriver à de telles extrémités.

Elle soupira, et ajouta sans le regarder :

— Vous avez toujours l'intention de faire le tour des prêteurs sur gages de la région ?

Il hocha la tête. Quelque chose dans l'attitude d'Emily le troublait, mais il ne parvenait pas à mettre le doigt dessus.

— Pendant que je sillonne la région, vous pourriez interroger votre frère sur une possible vendetta contre la famille Ellington ou l'orphelinat.

— Bien sûr. Vous pouvez compter sur moi.

Son ton manquait singulièrement d'enthousiasme. Il scruta son visage. Était-ce ce lien éventuel entre le voleur et Willow Park qui la tracassait ? Ou bien pensait-elle à lord Moreland ?

Cette dernière hypothèse le piqua au vif, et il ne put s'empêcher de lâcher :

— Vous méritez mieux que Moreland, vous savez.

Surprise par le coq-à-l'âne, Emily tressaillit, et lui jeta un regard inquisiteur.

— Pardon ?

Au point où il en était, autant aller jusqu'au bout. Il inspira un bon coup, et se jeta à l'eau.

— Lord Moreland. Il vous a demandée en mariage si je ne m'abuse.

— Cela ne vous regarde pas, mais, oui, il l'a fait.

— Eh bien, je maintiens qu'il ne vous convient pas. Emily, vous méritez un homme qui vous aimera et auprès de qui vous pourrez vous épanouir librement. Moreland vous étouffera en moins d'une semaine.

— Vous voilà bien soucieux de mon bonheur et de l'homme que je mérite ! Je ne vois pas en quoi cela vous concerne.

Le ton hautain signifiait clairement qu'elle n'appréciait pas ses commentaires.

— Je me soucierai toujours de votre bonheur, Emily. Toujours.

À ces mots, la jeune fille se radoucit.

— Je vous remercie. Mais je n'ai pas dit oui. J'ai seulement promis d'y réfléchir.

Ce n'était donc pas un non catégorique. Enfer et damnation !

Peter se pencha et la prit par le coude pour l'attirer à quelques centimètres de lui.

— L'aimez-vous ?

Les yeux d'Emily se soudèrent aux siens, tandis que ses mains se plaquaient sur le torse musclé du jeune homme. Il sentit la chaleur de ses paumes à travers ses vêtements.

— Quoi ? souffla-t-elle.

— La question est simple. L'aimez-vous ? répéta-t-il en détachant bien chaque syllabe.

Elle leva le menton en un geste de rébellion et pinça les lèvres, refusant de répondre.

Cette attitude provocatrice suffit à mettre le feu aux poudres. Réprimant un juron, Peter l'empoignant à bras-le-corps, la tira sur ses genoux et l'embrassa avec une passion dévorante.

Le goût de ses lèvres, son parfum enivrant, le poids de son corps lui montèrent à la tête.

Elle ne tenta pas de se dégager, et lorsqu'un soupir lui échappa, il en profita pour envahir sa bouche et l'explorer tout son soûl. Elle hésita une fraction de seconde, puis noua les bras autour de son cou et lui rendit son baiser avec ardeur.

Le désir qui le submergea avait la violence d'un raz-de-marée. Sa main se referma sur la rondeur d'un sein, son pouce en caressa l'extrémité tandis que son autre main retroussait la robe d'Emily.

— Mon Dieu, souffla-t-il en embrassant la gorge offerte, j'ai tellement envie de vous...

Un gémissement lui répondit.

Encouragé, il glissa les doigts entre les cuisses de la jeune fille, frôla le triangle bouclé qui gardait l'entrée de son intimité. Geste audacieux qui eut le même effet qu'un seau d'eau froide. Les mains qui l'étreignaient se plaquèrent sur sa poitrine pour le repousser.

— Arrêtez, Peter ! Arrêtez, je vous en prie !

La supplique affolée perça le brouillard de passion qui enveloppait Peter. Il releva la tête à contrecœur et desserra son étreinte.

Emily se dégagea brutalement, et alla se rencogner contre la fenêtre. Le plus loin possible de lui. Les pupilles dilatées par l'émotion, elle croisa les bras comme pour se protéger, et inspira profondément.

— Il faut qu'on arrête, dit-elle d'une voix tremblante. C'est vous qui avez décidé, il y a quatre ans, que nous devions nous séparer. Avez-vous changé d'avis ?

Oui ! aurait voulu crier Peter. Oui, il préférait mourir plutôt que de céder la place à ce fat de Moreland ! Mais il ne le pouvait pas.

Son passé se dressait entre eux tel un mur infranchissable.

Comme il ne répondait pas, une insondable tristesse assombrit le visage d'Emily.

— Je... je crois qu'il vaudrait mieux que vous gardiez vraiment vos distances. Ne me touchez plus. Ne m'embrassez plus. Ne... ne faites rien.

Le cœur de Peter se serra. Il battit en retraite dans l'angle opposé de la voiture et s'efforça de se ressaisir. Elle avait raison. Il le savait. Mais cela ne signifiait pas qu'il allait cesser de veiller sur elle, décréta-t-il tandis que l'attelage s'arrêtait devant Knighthaven.

Il ferait tout pour l'empêcher d'épouser le vicomte. Bon sang, s'il avait renoncé à elle ce n'était pas pour qu'elle se lie à un imbécile qui ne l'aimerait ni ne la traiterait comme elle le méritait ! Pas question qu'il la laisse gâcher sa vie en épousant cet abruti de Moreland !

21

Champion trottait sur l'allée sinueuse qui menait à Willow Park. Le soleil couchant auréolait les arbres d'une lueur rose et éclairait la demeure d'une lumière irréelle.

Peter avait terminé ses visites aux prêteurs sur gages. Ils étaient peu nombreux, et ne lui avaient rien appris de nouveau. Comme prévu, personne n'avait tenté de leur fourguer des bijoux. Il se doutait bien que le voleur n'était pas à ce point stupide, mais cela valait tout de même la peine d'essayer.

Néanmoins, il était contrarié. L'enquête ne progressait pas. Et le criminel risquait de frapper de nouveau.

Constatant qu'il était encore tôt, il avait décidé de passer à Willow Park. Cela lui changerait les idées tout en lui donnant l'occasion d'interroger de nouveau Benji. La description que lord Brimley avait faite du coupable le tourmentait.

Même s'il refusait de croire qu'il s'agissait de Benji.

Comme il arrivait à proximité de la vaste demeure, Peter laissa son regard errer alentour. Dieu que tout ceci lui avait manqué, songea-t-il avec un sourire attendri. Là-bas, près de l'étang bordé de saules pleureurs, Emily et lui avaient jadis marché main dans la main, rayonnant de l'éclat que confère le premier amour. De là où il était, il apercevait la fenêtre de la chambre qui avait été la sienne. Une fenêtre qui avait servi d'issue de secours chaque fois qu'il avait éprouvé le besoin de respirer un peu.

À cet instant précis, cette même fenêtre s'ouvrit et une jambe apparut par-dessus le rebord.

Nom d'un chien !

Peter tira sur les rênes de sa monture, sauta à terre et se planta au milieu de l'allée. Au bout de la jambe, un pied cherchait à tâtons un appui.

C'était ce qui s'appelait arriver à temps !

Laissant son cheval à l'écart, Peter se rapprocha sans bruit de la silhouette qui descendait maladroitement le long du mur.

— Bonsoir, Benji, lança-t-il lorsque le garçon eut atteint le sol.

Celui-ci fit un bond en laissant échapper un cri.

— Il n'est pas un peu tard pour aller se promener ? reprit Peter. À mon avis, les McLean et tes camarades doivent terminer de dîner.

Benji s'adossa au mur et croisa les bras, s'efforçant vainement d'arborer une attitude désinvolte.

— Je leur ai dit que je n'avais pas faim.

— Il me semble que ça t'arrive souvent, ces derniers temps, remarqua Peter en allant récupérer Champion. Et où allais-tu ?

— Nulle part. Dehors, c'est tout.

— Écoute, Benji, commença Peter en veillant à garder un ton calme, je ne voudrais pas insister lourdement, mais tu n'es pas toi-même en ce moment, et tout le monde s'inquiète à ton sujet. Moi le premier. Fuir les autres, faire le mur, jeûner, cela ne te ressemble pas, et tous ceux qui te connaissent le savent. J'aimerais que tu m'expliques ce qui ne va pas.

Mâchoire serrée, le garçon détourna les yeux.

Peter sentit la colère monter. Bon sang, il ne partirait pas sans avoir eu l'explication qu'il était venu chercher !

— Tu sais que je ne suis pas du genre à faire des sermons, commença-t-il. Moi aussi, j'ai traîné dehors la nuit, à ton âge. Mais la situation est différente. Plusieurs châteaux du voisinage ont été cambriolés, et il ne t'a sûrement pas échappé que Jenkins vous soupçonnait, certains de tes camarades et toi. Or, il se trouve que la nuit passée, le voleur s'en est pris à Brimley Hall, et que le vieux lord l'a aperçu. La description qu'il nous en a faite est troublante : un jeune garçon, mince, les cheveux blonds. C'est ton portrait, non ?

Benji ouvrit des yeux ronds. Il était l'image même de la stupéfaction. De toute évidence, il n'avait rien à voir avec les vols.

— Tu ne penses quand même pas que... balbutia le garçon en lui adressant un regard implorant.

— Non, bien sûr. Mais ce que je pense ne pèsera pas lourd si Jenkins se fourre dans la tête que c'est toi le coupable. Il ne se donnera même pas la peine de vérifier ton alibi. Il reviendra t'interroger, et te traînera peut-être même directement en prison. Et là, les honorables habitants de Little Haverton auront un prétexte en or pour exiger la fermeture de ce foyer. Est-ce cela que tu veux ? Renvoyer tes camarades dans la rue ?

Benji secoua la tête, les yeux fixés sur le sol.

— Je n'ai jamais voulu causer de problèmes à Willow Park, souffla-t-il.

Peter lui pressa l'épaule.

— Alors dis-moi la vérité. Je t'en prie, Benji. Je suis ton ami, je veux t'aider.

Le dos du garçon se voûta, et il leva un regard résigné sur Peter.

— Jack est ici.

— Jack ?

— Jack Barlow.

Le nom ranima la colère de Peter qui serra les poings. Il s'était attendu à beaucoup de choses, mais pas à celle-là.

— Ici ? À Little Haverton ?

Benji acquiesça d'un hochement de tête.

Le maudit salopard ! Comment osait-il se montrer après toutes ces années ?

Jack Barlow avait été jadis membre des Rag-Tag. Il avait été aussi l'un des pires ennemis de Peter. Sa présence dans la région ne pouvait être que synonyme d'ennuis, et pas des moindres.

Se rappelant que la colère était mauvaise conseillère, Peter inspira à fond plusieurs fois avant de demander :

— Depuis combien de temps es-tu au courant ?

— Environ un mois.

— Et tu as attendu tout ce temps pour en parler ?

— Je ne savais pas quoi faire.

Le remords assombrit brièvement le regard du garçon qui pivota, fit quelques pas, et reprit, le dos tourné :

— Il m'est tombé dessus un jour où je lisais près de l'étang.

— Et qu'a-t-il dit ?

— Pas grand-chose. Des menaces. Qu'il lui serait facile de s'en prendre aux gens que j'aime si je ne lui obéissais pas au doigt et à l'œil.

Benji s'interrompit une seconde avant de poursuivre d'une voix tremblante :

— Il a dit... qu'il savait des choses sur mes origines... que si je faisais quelques courses pour lui, les enfants de Willow Park ne risqueraient rien et qu'il... il me dirait d'où je viens.

— D'où tu viens ? Benji...

— Tu ne comprends pas ? s'écria le garçon en faisant volte-face. Je me suis toujours demandé... Bon sang, Peter, quand tu m'as trouvé errant dans une venelle, je n'avais que trois ans ! J'ignore d'où je viens, qui étaient mes parents, pourquoi ils m'ont abandonné dans les rues de Londres. Au moins, toi et les autres Rag-Tag, vous avez des souvenirs, vous connaissez vos origines, même si elles ne sont pas reluisantes... Moi, je ne sais même pas qui je suis, acheva-t-il sombrement.

Peter avait effectivement trouvé Benji, tout petit, recroquevillé derrière une pile de cageots, et l'avait pris sous son aile. Mais il n'avait pas imaginé que le garçon souffrait de ne rien savoir de ses origines. C'était la première fois qu'il le lui avouait.

Et on pouvait compter sur Jack pour taper là où cela faisait mal.

— Tu es Benji, déclara Peter. C'est tout ce qui compte.

— Facile à dire, pour toi.

Peter se passa la main sur la figure. Il bouillonnait de rage et craignait que la fureur ne l'empêche de tenir les propos mesurés qui s'imposaient.

— Ainsi, reprit-il, tu as obéi à Jack dans l'espoir d'en savoir plus sur tes origines.

— Non. Je lui ai répondu que j'avais besoin de réfléchir. Il m'a dit qu'il reviendrait. Deux semaines se sont écoulées sans que je le revoie. Je commençais à croire qu'il avait renoncé à ses projets et quitté Little Haverton lorsqu'il a refait surface.

— Ici, à Willow Park ?

— Oui. Il a annoncé que c'était le moment, et que je devais me décider.

— Et ?

— J'ai pensé que je ne pouvais pas prendre le risque qu'il fasse du mal à quelqu'un. Et puis, j'étais curieux d'en savoir plus. J'ai donc accepté de lui obéir.

— En faisant quoi ?

— Je ne sais toujours pas. Il m'a prévenu qu'il reprendrait contact et, hier, un garçon m'a apporté un message dans lequel il me fixait rendez-vous pour ce soir.

La réapparition de Jack coïncidait précisément avec le premier cambriolage. Ce ne pouvait être une coïncidence…

Peter sentit les battements de son cœur s'accélérer.

Était-il possible que Jack Barlow soit l'individu qu'il traquait ? Il ne correspondait pas à la description de lord Brimley, mais il avait pu se déguiser ou, mieux, avoir un complice. À moins que le vieil homme ne se soit trompé. Vu son état de santé, il ne faisait pas un témoin vraiment fiable.

Quoi qu'il en soit, cette nouvelle pièce s'adaptait trop parfaitement au puzzle.

— Tu te rends compte que Jack ne sait probablement rien de tes origines, n'est-ce pas ? Il s'en est vanté uniquement pour te mener par le bout du nez. Et quoi qu'il te raconte, je doute que ce soit vrai.

Benji haussa les épaules.

— C'est possible. Mais si je ne lui obéis pas, je ne le saurai jamais. Je n'ai pas le choix.

— Tu pourrais me laisser régler cette histoire... Tu as confiance en moi, non ? ajouta vivement Peter comme le garçon s'apprêtait à protester.

Ce dernier ne lui répondit pas.

Il soupira. Difficile de lui reprocher d'être dubitatif.

— Benji, je sais que mes visites ont été rares, ces derniers temps. Des... raisons personnelles m'ont empêché de venir aussi souvent que je l'aurais souhaité. J'imagine que tu en as déduit que je ne m'intéressais plus à toi ni à Willow Park, mais je t'assure que ce n'est pas le cas. Je vous aime tous beaucoup, et je ferai tout ce qui est en mon pouvoir pour assurer votre sécurité.

Benji leva sur lui un regard hésitant.

— Tu... pourrais faire parler Jack ? Lui arracher ce qu'il sait à mon sujet ?

— Dès que je lui aurai mis la main dessus, je le cuisinerai sérieusement. Mais il y a de fortes chances pour qu'il t'ait menti. Il faut t'y préparer.

Le garçon acquiesça, mais derrière les lunettes, le regard bleu demeurait anxieux. Barlow le payerait cher, se jura Peter.

— Bon. Où et quand dois-tu retrouver Jack ?

— Dans l'ancienne maison du garde-chasse du domaine Ellington, au coucher du soleil.

Autrement dit, maintenant. Eh bien, Jack Barlow allait avoir droit à une belle surprise.

— Très bien. Je veux que tu rentres – par la porte, cette fois-ci. Je me charge de Jack, et dès que j'en sais plus, je te préviens.

— Tu raconteras tout aux McLean, et à lord et lady Ellington ?

— Pas tout de suite. Plus tard, sûrement. Ils se sont inquiétés pour toi. Ils méritent de savoir ce qui s'est passé.

Le garçon avala sa salive puis, redressant les épaules, se dirigea vers la porte sans un mot.

— Benji ? appela Peter. Rappelle-toi que le passé est derrière toi. C'est ce que tu es aujourd'hui et ce que tu seras plus tard qui importe.

Pas vraiment convaincu, Benji leva toutefois la main en signe d'accord, et afficha un sourire tremblant.

Dès qu'il eut disparu, Peter rejoignit son cheval, oscillant entre fureur et détermination. Apparemment, l'affaire semblait sur le point d'être résolue. Sauf erreur de sa part, Barlow était le principal coupable, et lui faire payer ses crimes, passés et présents, lui apparaissait comme un privilège.

22

Accroupis derrière des buissons, Emily, Miles et Jenna regardaient Jack Barlow marcher de long en large devant la masure.

Ce qu'il faisait déjà lorsqu'ils étaient arrivés, un quart d'heure plus tôt. Son énervement semblait croître à mesure que le temps passait.

Attendait-il quelqu'un ?

— Je croyais qu'il allait à la taverne tous les soirs, chuchota Emily à l'oreille de Miles.

Elle aussi s'impatientait. Tant de choses dépendaient de cette soirée, et si Jack renonçait à sortir, c'était fichu.

Le garçon d'écurie eut un haussement d'épaules impuissant.

— D'habitude, à cette heure-ci, il est déjà parti. Peut-être que, ce soir, on lui apporte le message ici.

Seigneur, non ! Emily faillit hurler de désespoir. C'était ce soir ou jamais !

S'échapper de Knighthaven avait été particulièrement facile. Dans son désir de l'aider à séduire Peter, Vanessa avait donné congé aux domestiques, y compris Langley. Et, juste avant de partir avec Tristan, elle l'avait gratifiée d'un sourire entendu.

Si la jeune fille avait eu l'intention de suivre les conseils de sa belle-sœur, elle aurait été déçue. Le soleil se couchait, et Peter n'était toujours pas rentré. Tandis qu'elle traversait les bois de Knighthaven, Jenna l'avait aperçu se dirigeant vers Willow Park.

Penser à Peter lui rappela sa réaction à la demande en mariage d'Adam. Si elle avait honte de s'être laissé embrasser dans la voiture, la jalousie qu'il avait manifestée lui avait fait plaisir, elle devait l'avouer.

Vous méritez mieux que Moreland, Emily.

Mais pas question pour cet idiot d'admettre que c'était peut-être *lui* qui lui convenait. Il ne voyait pas au-delà de ses origines misérables, et ne se souciait pas de savoir ce qu'en pensait Emily.

De toute façon, même si elle ne pouvait pas vivre avec Peter, elle n'épouserait pas Adam. Elle avait pris cette décision lorsqu'elle était entrée dans la grange où elle avait surpris Miles et Jenna en train de s'embrasser avec passion.

Ils s'étaient aussitôt écartés l'un de l'autre, rouges de confusion. Elle avait mis fin à leurs excuses d'un sourire compréhensif. Elle se réjouissait pour eux, et était ravie que Jenna ait enfin compris à quel point Miles était un garçon bien. Le cœur serré, elle avait réalisé qu'elle-même ne pourrait jamais épouser un homme qu'elle n'aimait pas.

Et que le seul qu'elle aimerait jamais s'appelait Peter Quick.

Elle s'ébroua. Le moment était mal choisi pour songer à tout cela. Une tâche l'attendait qui, si tout se passait bien, mettrait un terme à sa vie de criminelle. Après quoi, il lui resterait à convaincre Peter de lui pardonner.

Elle pensa à la théorie de celui-ci selon laquelle le voleur avait choisi à dessein ses victimes parmi les généreux donateurs de Willow Park.

Il lui apparaissait maintenant qu'il s'agissait d'une ultime vengeance de la part de Jack. En effet, lorsque la coupable serait démasquée, il était évident que la famille Ellington ne recevrait plus aucun soutien financier pour le foyer.

Elle ne pouvait permettre qu'une machination aussi odieuse réussisse !

À cet instant, Jack poussa un grognement d'exaspération et disparut derrière la masure.

— On dirait qu'il s'est enfin décidé à ficher le camp, murmura Jenna.

Il revint une minute plus tard, juché sur un cheval. Il jeta un dernier regard alentour, puis s'élança sur le chemin qui menait à la route.

— Allons-y ! lança Emily dès qu'il fut hors de vue.

Avec un peu de chance, elle récupérerait les bijoux volés en même temps que les mystérieuses lettres que Jack se vantait de détenir, et regagnerait Knighthaven avant le retour de Peter.

Ils émergèrent des buissons et traversèrent la clairière en courant. La porte était entrouverte ; Emily la poussa et s'arrêta un instant sur le seuil pour examiner la pièce presque vide.

La lumière tremblotante d'une bougie qui brûlait sur le manteau de la cheminée révélait une table bancale et une unique chaise. Une couverture était étalée sur le sol devant l'âtre dans lequel les restes d'un lièvre étaient accrochés à une broche.

— Eh bien, si ce qu'on cherche est ici, on ne devrait pas avoir de mal à le trouver, commenta Jenna derrière elle.

— On ferait bien de s'y mettre, tout de suite, suggéra Miles en entrant dans la pièce. Il peut revenir à tout moment.

Il avait raison.

— Jenna, prends cette chandelle et tiens-la bien haut, ordonna Emily. Miles, nous allons regarder s'il n'y a pas de trou ou de cache dissimulés dans les murs.

Jenna alla chercher la chandelle, et Emily et Miles se mirent au travail, palpant les murs, examinant avec soin chaque fissure, chaque recoin. Ce fut long, et d'autant plus laborieux que la chandelle éclairait à peine. Lorsqu'ils eurent achevé leur examen, ils étaient sales et découragés.

Mais Emily n'avait pas l'intention de renoncer.

Les poings sur les hanches, elle se campa au centre de la pièce et la balaya lentement du regard.

— C'est forcément ici, déclara-t-elle d'un ton résolu.

— Il a pu les enterrer à l'extérieur, risqua Miles, le front soucieux.

— C'est possible. Va faire un tour dans la clairière, à proximité de la maison, et vois si la terre a été retournée à un endroit ou à un autre. Et ouvre l'œil, au cas où Jack reviendrait. Jenna et moi, nous allons continuer nos recherches ici.

Miles hocha la tête, puis sortit tandis que les deux jeunes filles se remettaient à explorer la pièce. Accroupie devant la cheminée, Jenna tenait la chandelle d'une main et tâtonnait les briques disjointes de l'autre. Emily s'assit sur la couverture et fouilla la musette que Jack utilisait en guise d'oreiller.

Il ne contenait qu'un couteau à la lame émoussée.

— C'est horripilant, grommela-t-elle. C'est forcément quelque part dans cette maison.

S'appuyant sur la couverture, elle allait se relever lorsqu'elle sentit une dépression dans le sol. Le cœur battant, elle écarta le carré de laine grossière, et découvrit, creusé dans la terre battue, un trou un peu plus large qu'un poing.

— Jenna ! Je crois que j'ai trouvé !

Se ruant vers elle la jeune fille approcha la chandelle du trou. Emily y plongea la main, en ressortit un petit sac fermé par une lanière. Priant silencieusement, elle l'ouvrit et le vida sur la couverture.

Tout y était. Le collier de lady Tuttleston, les boutons de manchette de lord Caulfield, les bijoux des Fulberry et la broche de lady Brimley étincelaient dans la pénombre.

— Et les lettres ? s'enquit Jenna anxieusement en se penchant au-dessus de la crevasse.

Emily y replongea la main et palpa les parois. Tout d'abord, elle ne sentit rien. Puis ses doigts frôlèrent quelque chose qui émit un bruissement caractéristique, et elle sortit deux feuilles de papier pliées.

Elle les fixa d'un œil consterné. Était-ce là la fameuse preuve dont Jack lui avait parlé ? Allait-elle découvrir que sa mère n'était pas la personne que tout le monde avait aimée et respectée ?

Percevant sa détresse, Jenna lui pressa doucement l'épaule.

— Je vais prévenir Miles, murmura-t-elle en posant la chandelle sur le sol.

Son tact toucha Emily. Lire ces lettres l'effrayait. Elle devait cependant s'y résigner, mais elle préférait être seule. Les doigts tremblants, elle déplia l'une des feuilles jaunies et l'inclina vers la chandelle.

Elle reconnut aussitôt l'écriture élégante de sa mère.

Très chère Lavinia,

Lavinia ? Grands dieux, cette lettre était adressée à lady Brimley !

Elle reprit sa lecture.

Vous avez toujours été une si bonne amie au fil des années. Aussi, bien qu'il me soit odieux de vous ennuyer davantage avec mes soucis, je cède au besoin de me confier.

J'ai mis fin à ma liaison avec Nick. C'était préférable, je le sais, mais cela m'a coûté énormément. Je n'oublierai jamais son expression torturée lorsque je lui ai annoncé que nous ne pouvions plus nous voir. Je l'aime, mais je sais qu'aucune relation sérieuse n'est possible entre nous. Vous aviez raison. La bonne société ne l'aurait jamais accepté. Je suis la fille d'un vicomte, et il travaille pour mon père comme garçon d'écurie. C'est un fait que rien ne peut modifier. Je n'aurais jamais dû permettre à notre amour d'être autre que platonique, mais cela a été plus fort que moi. J'ai honte, bien sûr, mais je ne regrette pas les moments que nous avons passés ensemble.

Il est temps pour moi de tourner la page et d'aller de l'avant. J'ai accepté la demande en mariage de lord Ellington. Je ne pourrai jamais l'aimer comme j'ai aimé mon cher Nick, mais Sinclair est un homme bon, et j'éprouve une sincère affection pour lui. Néanmoins, je ne pouvais l'épouser sans lui révéler la vérité sur cette liaison. Il s'est montré très compréhensif. Il affirme qu'il m'aime. J'ose espérer que tout se terminera pour le mieux.

La lettre suivante était datée de trois mois plus tard.

J'attends un enfant.

À ces mots, le cœur d'Emily se serra.

Je le soupçonnais depuis notre installation à Londres, et maintenant j'en ai la confirmation. Ce serait pour moi une joie immense, si seulement je savais qui est le père. Non pas que je regretterais de donner le jour à un enfant de mon Nick chéri, mais depuis que j'ai annoncé la nouvelle à mon mari, il a changé. Il est silencieux, renfermé, sombre presque, et je l'ai surpris plusieurs fois à fixer mon ventre d'un étrange regard. Lui aussi se demande de qui est le bébé, et je crains qu'il ne soit incapable de l'aimer.

Si seulement j'étais certaine que Sinclair passe outre ce problème et apprenne à traiter mon enfant comme le sien en dépit de ses soupçons... Je suppose que je n'en saurai rien tant que le bébé ne sera pas né. Jusque-là, je me cramponnerai à l'espoir. Je vous en supplie, priez pour moi.

Votre chère amie, Victoria.

Où diable Jack avait-il déniché une preuve aussi accablante ?

Les lettres glissèrent des mains d'Emily dont les yeux s'emplirent de larmes. Sa pauvre mère. Et son pauvre père ! Dès le début, il avait su que Tristan n'était peut-être pas son enfant. Sa froideur envers son unique fils trouvait là son explication. De même que son amertume. Il avait passé sa vie auprès d'une femme qui ne partageait pas ses sentiments. Une femme qui en avait aimé un autre.

Fermant les yeux, elle s'efforça d'évoquer le visage de son père et le compara à celui de son frère. Lord Ellington était un grand brun solide. Comme Tristan, mais cela ne prouvait rien. Le dénommé Nick l'était peut-être tout autant...

— Alors ?

L'air inquiet, Jenna et Miles l'observaient du seuil de la maison.

— C'est vrai, dit-elle avec effort. Tout.

— Oh, Emily ! Je suis désolée.

Refoulant ses larmes, Emily replia les feuillets et les glissa dans la poche de sa culotte. Ce n'était pas le moment de se laisser aller au chagrin.

— Peu importe, c'est ainsi. En tout cas, Jack ne pourra plus se servir de ces lettres pour me faire chanter... Et nous avons récupéré les bijoux. Nous allons les rendre à leurs propriétaires, et tout raconter aux autorités. Si tout se passe bien, Jack sera en prison avant demain soir.

— Et Peter ? hasarda Miles.

— Il mérite de connaître la vérité. Dès que j'aurai vu le chef de la police et rendu ces objets, je lui parlerai.

Ce qu'elle aurait dû faire dès le début. Elle avait eu tort de le laisser dans l'ignorance. Le passé, sa colère, ses rancœurs et son chagrin l'avaient aveuglée, mais c'était terminé.

Elle rassembla les bijoux et les glissa dans le petit sac qu'elle tendit à Miles.

— Tiens. Partez. Je remets tout en ordre, et je vous rejoins.

Le garçon prit les bijoux, et entraîna Jenna dehors.

Emily se hâta d'effacer tout signe de leur passage, tira la couverture sur le trou et remit la chandelle sur la cheminée. Ce faisant, elle réfléchissait activement. Comment Jack était-il entré en possession de ces lettres ? Avait-il lui aussi cambriolé Brimley Hall et découvert la correspondance des deux amies ? Ces lettres étaient-elles celles dont lord Brimley avait parlé ?

Elle repoussa ces pensées. Le temps pressait. Jack pouvait revenir d'une minute à l'autre.

Après avoir jeté un dernier regard derrière elle, elle sortit de la maison et fonça tête baissée à travers la clairière.

Pour se heurter à un mur de muscles.

Ses pensées s'éparpillèrent telles des feuilles au vent tandis que son cœur s'envolait jusque dans sa gorge. Son regard remonta le long d'une paire de cuisses que moulait une culotte de cheval, franchit des bras croisés, parcourut une large poitrine et rencontra un regard furieux.

Peter !

Elle recula en chancelant. Il tendit la main pour l'empêcher de tomber. Bouche ouverte, elle ne put qu'émettre un hoquet de surprise.

— On peut savoir ce que vous faites ici ? articula Peter d'une voix vibrante de colère.

Et lui donc ! Savait-il que Jack était dans les parages ?

Savait-il ce qu'elle avait fait ?

Non, sans doute pas. Il paraissait furibond, certes, mais pas indigné comme s'il avait su qu'il se tenait face au fameux cambrioleur.

— Emily ?

Le ton exigeait une réponse rapide. Que dire pour le calmer et gagner du temps ? Oui, elle avait prévu de lui avouer la vérité, mais après avoir tout arrangé. Zut, zut, et rezut !

Son regard accrocha une tête qui dépassait des buissons, au-delà de Peter. Pourvu que Jenna et Miles aient la bonne idée de rester cachés !

— Je… euh… je vous ai suivi, finit-elle par balbutier.

Peter fronça les sourcils. L'explication ne lui convenait visiblement pas, mais elle n'avait rien trouvé d'autre.

— Vous m'avez suivi ? répéta-t-il.

— Ne vous voyant pas revenir de votre visite chez les prêteurs sur gages, je me suis inquiétée.

Mensonges. Encore et toujours. « Demain matin, il saurait tout », se jura-t-elle.

— Jenna m'a dit qu'elle vous avait vu sur la route de Willow Parc. J'ai eu l'idée de vous y retrouver, mais alors que j'approchais, je vous en ai vu repartir. Alors je vous ai suivi.

Elle accompagna ce brillant mensonge d'un haussement d'épaules qui se voulait désinvolte.

Peter ferma les yeux brièvement. Lorsqu'il les rouvrit, elle vit qu'il livrait une rude bataille pour garder son calme. Et son expression disait plus que des mots qu'il n'avait pas avalé son histoire.

— Habillée ainsi ? gronda-t-il en désignant sa chemise et sa culotte de cheval. Avez-vous une idée des ennuis que vous vous attireriez si vous croisiez un vagabond dans cette tenue ? Du reste, je croyais vous avoir demandé de ne plus traîner dehors la nuit !

Le rappel de cet ultimatum piqua Emily au vif.

— Je ne vois pas ce qui ne va pas dans ma tenue, rétorqua-t-elle. Du reste, je croyais vous avoir dit que vous n'aviez pas d'ordre à me donner.

Peter pinça les lèvres et ses yeux brillèrent d'exaspération tandis qu'il jetait un coup d'œil à la masure. Puis, marmonnant un juron, il agrippa le bras d'Emily, tourna les talons et se dirigea à grands pas vers le fond de la clairière.

Tout en trottinant pour se maintenir à sa hauteur, Emily s'autorisa un soupir de soulagement. Elle ne couperait pas à un sermon, mais du moins l'avait-elle empêché d'examiner le repaire de Jack. Miles et Jenna sauraient quoi faire, elle n'en doutait pas. Ils mettraient les bijoux à l'abri le temps qu'elle les rejoigne.

Il ne lui restait plus qu'à imaginer des réponses plausibles aux questions que Peter ne manquerait pas de lui poser dès qu'ils seraient de retour à Knighthaven.

Il l'entraîna jusqu'à l'endroit où il avait attaché son cheval.

— Montez, fit-il en indiquant ce dernier du menton.

— Vous croyez que je vais monter avec vous ?

— Peu m'importe. Si vous préférez, je monte et vous courez à côté de Champion. Une chose est certaine, nous rentrerons *ensemble* à Knighthaven. Je ne vous perdrai pas de vue tant que je n'aurai pas obtenu une explication satisfaisante à votre présence ici cette nuit.

Comprenant qu'elle n'avait pas le choix, Emily laissa Peter l'aider à grimper en selle. Puis il se hissa derrière elle et pressa les flancs de sa monture.

À présent, il lui restait à trouver le moyen de repousser encore un peu l'aveu qu'elle devait à Peter.

Ce qui risquait d'être plus facile à dire qu'à faire.

23

À la vue des tourelles de Knighthaven, Peter éprouva un immense soulagement. Le trajet lui avait paru durer une éternité. La faute à l'excessive proximité du corps ô combien féminin assis devant lui.

Emily.

Entre le délicat parfum floral qui assaillait ses narines et le postérieur délicieusement arrondi niché contre sa virilité, il lui avait fallu faire appel à toutes ses réserves de bienséance pour ne pas céder aux désirs lubriques qui le taraudaient. Quant à ses mains, elles avaient eu toutes les peines du monde à ne pas se refermer sur cette gorge crémeuse pour l'étrangler.

Qu'est-ce qu'elle fabriquait dans cette clairière, nom de nom ?

Jamais il n'avait été en proie à un tel déferlement d'émotions contradictoires. Colère, inquiétude, frayeur. Cette innocente se promenait dans la forêt à la tombée de la nuit ! Seigneur, il aurait pu lui arriver n'importe quoi ! Et il ne croyait pas une seconde qu'elle ait pu le suivre, à pied qui plus est. Vu son expérience, il s'en serait aperçu sur-le-champ. Non. C'était lord Moreland qu'elle était sans doute venue retrouver. Après tout, ce cottage abandonné offrait un refuge idéal pour des rendez-vous galants.

Cela dit, il n'était pas totalement convaincu d'être dans le vrai.

Mais alors, quelle autre explication ?

Quoi qu'il en soit, cette irruption l'avait contraint à reporter sa confrontation avec Jack Barlow. L'idée que ce sale type rôdait dans le coin, à proximité de la jeune fille, lui mettait le sang en ébullition.

Il immobilisa son cheval dans la cour de l'écurie. Sans attendre, Emily se laissa glisser à terre et fonça vers la maison.

Oh, non, elle ne s'en tirerait pas aussi aisément !

Peter sauta à terre, tendit les rênes au palefrenier, et rattrapa la jeune fille au coin de la maison. Celle-ci lui décocha un regard hautain.

Qu'il lui rendit. Pas question qu'il se sente coupable. C'était elle qui était en faute, et il était persuadé que son frère serait du même avis.

Lui saisissant le coude, il la guida jusqu'au perron, puis tous deux franchirent le seuil. Le majordome ne surgissant pas immédiatement, il haussa les sourcils.

— Où est Langley ?

Elle se dégagea, et s'écarta de plusieurs pas en le foudroyant du regard.

— Vanessa a donné leur soirée aux domestiques.

Parfait ! songea-t-il. Personne ne l'entendrait infliger à Emily le sermon qu'elle méritait pour s'être conduite aussi stupidement. Il désigna la porte du salon.

— Après vous.

Avec un reniflement de mépris, elle pivota et le précéda dans la pièce. Elle se laissa tomber dans un fauteuil et croisa les bras. Peter l'observa un instant du seuil. Elle n'avait, de toute évidence, pas l'intention de lui faciliter la tâche.

Que devait-il lui dire exactement ? se demanda-t-il tout en s'efforçant de conserver une expression imperturbable. Elle ignorait qu'elle avait bien failli se trouver nez à nez avec Jack Barlow.

Après avoir quitté Willow Park, alors qu'il se dirigeait vers la maison du garde-chasse, il avait entendu un martèlement de sabots. Il s'était enfoncé dans le sous-bois juste avant que Jack Barlow déboule au détour du chemin, galopant en direction de Little Haverton.

Peter avait fait demi-tour et l'avait suivi. Au village, il l'avait vu entrer dans une taverne. Il s'était faufilé par une porte de côté, et l'avait espionné tandis qu'il commandait une pinte de bière et s'attablait dans un coin de la salle.

Trois minutes plus tard, Jack avait attiré une serveuse sur ses genoux. Il avait, semblait-il, l'intention de passer la soirée là, mais le moment était mal choisi pour l'affronter. Trop d'individus louches et avinés n'attendaient qu'une occasion pour s'offrir une bonne rixe. Quant à aller chercher Jenkins, ce serait tout aussi stupide. Cet imbécile n'écouterait pas un mot de ce que pourrait lui dire Peter.

Seule solution : attendre Jack près de son repaire. Il aurait ainsi l'avantage de la surprise et, dans l'intervalle, il pourrait examiner les lieux, et essayer de comprendre à quels méfaits l'homme se livrait. Si, comme il le soupçonnait, Barlow était le Cambrioleur de l'Oxfordshire, peut-être tomberait-il sur une preuve susceptible de l'impliquer.

Peter avait donc repris le chemin de la clairière, prêt à réduire la maisonnette en miettes pour trouver les réponses à ses questions. Et c'est en la contournant qu'il avait eu le choc de sa vie en se heurtant à Emily.

La colère l'avait submergé. Et la frayeur.

— Si vous avez l'intention de faire la leçon, cessez de monter la garde sur le seuil et allez-y carrément. Autant en finir.

Il fit un pas, referma la porte derrière lui et s'approcha de la jeune fille.

— Parce qu'à votre avis, vous ne méritez pas qu'on vous fasse la leçon ?

— Vous n'êtes pas mon tuteur, et vous n'avez pas le droit de me sermonner comme vous le faites constamment.

Cette fois, Peter explosa :

— Bon sang de bois, Emily ! Il faut bien que quelqu'un vous empêche de commettre des imprudences ! Vous ne pensez jamais à votre sécurité ?

— Je peux vous assurer que ma sécurité n'a jamais été en danger. Je sais prendre soin de moi, et personne à Little Haverton n'oserait m'accoster. Hormis vous, en fait.

— J'oserai faire beaucoup plus que ça si vous ne me dites pas ce que vous fabriquiez, de nuit, dans cette maison abandonnée !

Emily ouvrit la bouche, mais Peter leva la main.

— Et ne me racontez pas que vous me suiviez, ajouta-t-il. Je n'en crois rien. Je veux la vérité.

Elle garda le silence un long moment, puis secoua la tête et détourna le regard.

— Je ne peux pas vous la dire, murmura-t-elle finalement.

— Vous ne pouvez pas, ou vous ne voulez pas ?

Emily se leva, fit quelques pas et se planta devant la porte-fenêtre, tournant le dos à Peter.

— Quelle importance ? Le résultat est le même.

La lumière d'une lampe posée sur une table voisine projetait son ombre sur le mur et soulignait ses formes. Sa culotte d'homme moulait son postérieur charmant et ses longues jambes fuselées, et le tissu léger de sa chemise ne cachait en rien ce que sa silhouette avait de féminin.

Peter eut du mal à respirer, soudain.

Inconsciente de l'effet qu'elle produisait sur lui, Emily lui fit face et, poing sur la hanche, lui décocha un regard inquisiteur.

— Et, vous, qu'est-ce que vous faisiez là ?

Se concentrer sur ses paroles tenait de l'exploit, sans parler de lui répondre. Son incapacité à ignorer les émotions qu'elle éveillait en lui ne fit qu'accroître la colère de Peter.

— N'éludez pas ma question, riposta-t-il. Je suis sur une enquête, et ce que je faisais là ne vous regarde en rien. C'est moi qui pose les questions. Et j'attends des réponses.

Elle croisa les bras, et le fixa en silence.

C'en fut trop ! Il se rua sur elle, l'empoigna par les coudes et la secoua énergiquement.

— Enfer et damnation, pourquoi faut-il que vous soyez aussi obstinée ? Qu'y a-t-il donc de si important pour que vous parcouriez la campagne en pleine nuit, dans une tenue que tout homme normal considérerait comme une pure provocation ?

— Une pure provocation ? répéta-t-elle, stupéfaite, en baissant les yeux sur ses vêtements. C'est ridicule !

— Vous ne trouveriez pas ça ridicule si vous étiez tombée dans les bois sur un homme pour qui un refus n'est pas une réponse.

Comme Emily levait les yeux au ciel, ce fut la goutte qui fit déborder le vase.

Lâchant un juron, Peter la saisit par la taille, l'attira contre lui et s'empara de sa bouche.

Dès que les lèvres de Peter entrèrent en contact avec les siennes, Emily comprit qu'elle avait un problème.

Son indignation, pourtant justifiée, prit la poudre d'escampette, et elle ne fut plus consciente que de ces bras qui l'enveloppaient et de l'odeur de ce corps pressé contre le sien. Un flot de désir fusa dans ses veines et, au lieu de repousser Peter, elle agrippa sa chemise.

Sa réaction ne se fit pas attendre. Elle le sentit durcir instantanément contre son ventre, et se colla à lui dans un mouvement sinueux qui lui arracha un gémissement.

Il approfondit leur baiser, explorant sa bouche avec ardeur.

Dieu qu'elle était lasse de lutter contre ses désirs ! De garder ses distances. De feindre une indifférence qu'elle était loin d'éprouver.

Elle aimait Peter Quick, et ne voulait plus le nier. Peu importaient les obstacles qui se dressaient entre eux, parmi lesquels figurait sans doute le dégoût qu'elle lui inspirerait lorsqu'il apprendrait de quels méfaits elle s'était rendue coupable. C'était peut-être égoïste de sa part, mais si elle ne devait partager que cette unique nuit avec lui, eh bien, qu'elle en tire tout le plaisir possible !

Sa décision prise, elle s'attaqua au premier bouton de la chemise de Peter. Puis passa au suivant. Il se figea, interrompit leur baiser et s'empara de ses poignets.

— Emily, arrêtez ! supplia-t-il d'une voix rauque, le regard fiévreux.

— Pourquoi ? Vous ne voulez pas de moi ?

— Bien sûr que si ! J'ai besoin de vous plus encore que de respirer. Mais je n'aurais pas dû commencer. Nous ne pouvons pas faire ça.

— Et pourquoi pas ? Vous pensez que nous ne pourrons jamais vivre ensemble, et peut-être avez-vous raison. La bonne société nous tournerait probablement le dos, nous traiterait en parias, et nous serions malheureux. Mais je ne vous demande pas de m'épouser.

Elle se hissa sur la pointe des pieds et frôla des lèvres l'espace de peau bronzée qu'elle avait mis à nu. Peter frémit de tout son corps.

— Faites-moi l'amour, c'est tout ce que je vous demande. Donnez-moi une nuit. Une seule.

— Je ne peux pas faire une telle chose. Ce serait vous déshonorer, Emily. Votre futur époux…

— Il n'y aura pas de futur époux. Ma vie me plaît telle qu'elle est. Pourquoi sacrifierais-je mon indépendance en me liant à un homme pour qui je n'éprouve rien ?

Un muscle palpita sur la mâchoire de Peter dont les yeux sondaient ceux d'Emily, et ses doigts se crispèrent sur les poignets de la jeune fille.

— Que faites-vous de Moreland ? demanda-t-il.

Elle soutint son regard.

— Je vous l'ai déjà dit mais, apparemment, vous ne m'avez pas crue. Alors, écoutez bien, et croyez-moi, cette fois-ci. Je n'aime pas Adam. C'est un ami, j'apprécie sa conversation et sa compagnie le temps d'une promenade, et j'avoue avoir accordé deux secondes de réflexion à sa demande en mariage.

Pour en venir à la conclusion qu'il m'est impossible d'épouser un homme que je n'aime pas.

Elle inspira profondément, tentant vainement de ralentir les battements frénétiques de son cœur, puis prononça les paroles qu'elle brûlait de lui dire depuis le matin :

— C'est *vous* que j'aime.

Peter se raidit, et, durant un interminable instant, demeura silencieux. Emily commençait à regretter son aveu lorsqu'il prit son visage entre ses mains et captura de nouveau ses lèvres.

Il était perdu. Perdu dans le parfum, la saveur, l'essence même d'Emily. Il n'en revenait pas qu'elle veuille faire l'amour avec lui. Sa raison lui soufflait que ce serait une erreur, mais son cœur refusait de s'en laisser convaincre. Serrer ce corps charmant dans ses bras était un tel délice qu'il semblait bien que là était sa place.

Et peut-être était-ce le cas.

Hélas, il devait regagner la maison du garde-chasse et affronter Jack. Et puis, il devait songer à Tristan et à Vanessa. S'ils rentraient et les surprenaient en train de…

Dans un vaillant sursaut de courage, il s'écarta et plongea son regard dans le sien.

— Vous êtes sûre, Emily ?

— Je n'ai jamais été plus sûre de quoi que ce soit de ma vie, murmura-t-elle en nouant les mains sur la nuque de Peter.

Ses lèvres étaient humides et gonflées, et le désir assombrissait ses grands yeux violets.

— J'ai envie de toi, Peter. Je t'en supplie.

Il ne pouvait pas. Il avait une tâche à accomplir. Il devait…

Emily promena les lèvres le long de sa mâchoire, puis sa langue frôla la veine au creux de son cou où son pouls battait follement. Et il perdit tout contrôle. Enfer et damnation, il ne pouvait pas lutter simultanément contre les sentiments d'Emily et les siens ! Il la voulait, il avait besoin d'elle. Et depuis trop longtemps.

Jack Barlow attendrait.

La soulevant dans ses bras, il alla la déposer sur le tapis épais disposé devant la cheminée, s'allongea près d'elle et reprit ses lèvres avec fougue. Un gouffre les séparait, mille bonnes raisons auraient dû le retenir, mais il oublia tout sauf le désir qui le consumait.

Il déboutonna la chemise d'Emily d'une main fébrile, dégagea ses épaules et ses bras. À sa grande surprise, il découvrit qu'elle ne portait rien dessous. La vue de ses seins ronds aux pointes dressées suffit à lui mettre l'eau à la bouche.

De son côté, la jeune fille n'était pas restée inactive. Fasciné par le spectacle enchanteur qu'elle lui offrait, il ne s'était pas rendu compte qu'elle avait achevé de déboutonner sa chemise. Il s'en aperçut lorsqu'il sentit ses lèvres douces, puis sa langue explorer ses pectoraux. Il ne put retenir un gémissement sourd.

— Bon sang, tu vas me faire mourir, sûr ! balbutia-t-il, retrouvant l'accent cockney de son enfance.

Il enfouit le visage dans les cheveux d'Emily. Elle émit un ronronnement félin et enfonça les ongles dans son dos.

— Caresse-moi, Peter, souffla-t-elle.

— Où veux-tu que je te caresse ? Là ?

Avec un sourire coquin, il laissa sa main planer au-dessus de son sein droit.

— Oh, oui ! S'il te plaît !

Impatiente, Emily se cambra à sa rencontre. Lorsque ses doigts entrèrent en contact avec la peau tendre, toute pensée rationnelle déserta le cerveau de Peter. Moulant de la paume le globe ferme, il en caressait du pouce l'extrémité durcie, arrachant à Emily un gémissement qui le combla d'aise. Puis il s'inclina sur elle, prit dans sa bouche la pointe de l'autre sein, l'aspira et la mordilla, avant de l'apaiser de la langue.

Rejetant la tête en arrière, Emily laissa échapper un cri de pur plaisir qui fit bondir le cœur de Peter. Elle enfouit la main dans ses cheveux, et le retint contre elle tandis qu'il accordait à ses seins toute l'attention qu'ils méritaient. Elle le voulait. Cette femme qui lui était toujours apparue comme un ange le voulait, *lui* !

Incapable d'attendre une seconde de plus, Peter la lâcha et se redressa pour se débarrasser de son pantalon qu'il jeta sur un fauteuil. Il s'immobilisa, le temps de savourer le spectacle qui s'offrait à lui dans la lumière chaude de la lampe. Le corps à demi dévêtu, les cheveux dorés qui formaient comme un halo autour du ravissant visage, les yeux rêveurs, et la peau de soie.

Un ange, se rappela-t-il. Il en demeura pétrifié. Peu importait ce qu'elle avait dit, il n'avait pas le droit de la toucher, de la faire sienne. Il n'était pas trop tard pour tout arrêter.

Emily dut deviner son hésitation, car elle lui tendit les bras dans un geste suppliant. Invite bouleversante qui signa sa perte.

Revenir en arrière n'était plus possible.

Il la couvrit de son corps, nu et très excité. Son sexe vint se blottir entre les cuisses d'Emily. Sans le quitter des yeux, elle referma les bras autour de lui et ondula contre lui. Ils s'embrassèrent, et leurs langues se joignirent en une danse intime, préfigurant l'acte ultime.

Ils étaient tous deux trop impatients pour procéder lentement. Emily ne parvenant pas à délacer sa culotte de cheval, Peter s'en chargea à sa place. Après quoi, il fit glisser le vêtement le long des jambes et le poussa de côté. Doucement, il effleura le triangle de boucles blondes, puis, petit à petit, introduisit l'extrémité de l'index dans l'étroit orifice de sa féminité.

Elle retint son souffle, et le contempla avec de grands yeux anxieux.

— Tout va bien, mon ange, murmura-t-il d'une voix apaisante. Je dois juste vérifier que tu es prête à me recevoir.

Il ne doutait pas qu'elle fût vierge, et désirait que cette initiation se fasse en douceur, et si possible qu'elle soit accompagnée d'un peu de plaisir.

Prête, elle l'était tout à fait. Peter glissa un autre doigt afin de la préparer à son intrusion et frôla du pouce le bourgeon durci entre les pétales de son sexe. Un cri répondit à cette audacieuse caresse, et le corps d'Emily se cambra vers lui tandis que ses jambes se resserraient spasmodiquement pour presser la main indiscrète.

— Chuut.

Ôtant ses doigts, il se positionna à l'orée de son intimité. Refrénant son désir, il s'obligea à faire une pause et la regarda au fond des yeux.

— Tu es sûre, Emily ? Après cela, il n'y aura pas de retour en arrière possible, et je ne voudrais pas que tu le regrettes.

Elle lui prit la main, mêla ses doigts au sien et, soutenant son regard, répondit avec une gravité qui le bouleversa :

— Jamais je ne regretterai ce qui pourra se passer entre nous, et certainement pas ceci. Je te veux.

— Alors, prends-moi, mon ange. Et emmène-moi au paradis, souffla-t-il en s'enfonçant en elle.

Son corps entier frémit de joie. Emily était enfin sienne, et l'accord était parfait. Passé l'inconfort du début, la jeune fille commença à réagir à ses douces poussées. Elle lui empoigna les hanches et arqua les reins à sa rencontre. Bientôt sa tête roula de gauche à droite, de droite à gauche, tandis que des petits cris de plaisir sortaient de ses lèvres entrouvertes.

Peter sentit approcher la jouissance. Trop vite, hélas, mais il aurait été bien en peine de la retarder. Il attendait cet instant depuis trop longtemps. La caresse des seins d'Emily contre son torse était une véritable torture tandis qu'il martelait son corps tendre. Il aurait tellement voulu prendre son temps, procéder avec douceur et même nonchalance… Mais c'était au-dessus de ses forces. La passion emportait tout sur son passage, et ni l'un ni l'autre n'étaient capables de mettre un frein à cette chevauchée frénétique.

Il serra les dents. Il aurait tant aimé ne pas laisser Emily derrière lui…

— Emily, mon ange…

Il n'avait pas fini sa phrase qu'il sentit l'orgasme soulever Emily avec la violence d'une déferlante. Le visage transfiguré par l'extase, elle laissa échapper un cri en tremblant de tout son corps.

Cela suffit à Peter qui explosa en elle avec un râle sourd.

Il s'effondra sur elle, épuisé, en nage, convaincu d'avoir vraiment atteint le paradis. Et d'en être revenu.

24

La tête sur la poitrine de Peter, Emily écoutait les battements réconfortants de son cœur.

Elle ne parvenait pas à croire que c'était enfin arrivé ; Peter et elle avaient fait l'amour. Et ç'avait été parfait, comme dans ses rêves les plus fous. Ils avaient atteint la jouissance ensemble, et cela lui avait procuré un plaisir indicible. Certes, elle avait eu un peu mal, au début, mais elle s'y attendait, et cela n'avait pas duré. Il lui avait révélé un monde de joie pure dont elle ne soupçonnait pas l'existence, puis l'avait propulsée au paroxysme de l'extase.

Combien de temps s'était écoulé depuis cet instant magique ? Elle l'ignorait. Ils étaient toujours allongés sur le sol, nus comme au jour de leur naissance, et elle avait l'impression de nager dans un océan de béatitude. Elle se souvenait que Peter s'était retiré d'elle, puis l'avait attirée contre son flanc. Ils avaient dû somnoler un peu, mais elle n'en était pas sûre. Le monde semblait tourner au ralenti, et elle fit le vœu que cela continue.

Son cœur se serra désagréablement. Elle avait beau retarder l'échéance, elle savait bien que, tôt ou tard, ce moment merveilleux prendrait fin. Lorsqu'elle aurait rendu les bijoux volés et dénoncé Jack aux autorités, il lui faudrait bien avouer son rôle dans cette affaire à Peter. Ce serait un miracle qu'elle ne finisse pas derrière les barreaux. Quoi qu'il en soit, plus jamais il ne condescendrait à lui adresser la parole.

Mais au moins, il lui resterait le souvenir de cette nuit à chérir.

Dieu qu'elle l'avait trouvé beau lorsqu'il s'était tenu debout devant elle, splendidement nu ! Son corps aux proportions parfaites était musclé sans excès, tel celui d'une divinité antique, et la lampe jetait des éclats fauves dans ses cheveux en bataille.

Comme elle lui caressait paresseusement le torse, ses doigts rencontrèrent une petite boursouflure, elle leva la tête pour l'examiner. Une ligne pâle qui avait échappé à son examen lui traversait l'abdomen.

— Qu'est-ce que c'est ? s'enquit-elle.

— Une cicatrice.

— Je le vois bien. Mais que s'est-il passé ? On dirait un coup de couteau.

— C'en est un.

Visiblement embarrassé par le sujet, il s'agita un peu, délogeant la main d'Emily.

— Tu te rappelles ce fugitif à l'arrestation duquel j'ai contribué, peu après mon arrivée à Londres ?

Elle hocha la tête.

— Eh bien, il s'apprêtait à poignarder le Runner qui le pourchassait. C'est là que j'ai déboulé entre eux.

Ainsi, il s'était intercalé entre le couteau et le policier ! Rien d'étonnant qu'on l'ait embauché à Bow Street ensuite ! C'était typique de Peter de sauver la vie d'un inconnu sans songer une seconde à la sienne.

Seigneur, il aurait pu mourir !

— Ne t'avise pas de refaire une chose aussi folle, l'avertit-elle en le fusillant du regard. Tu m'entends ?

Il haussa les sourcils, et un sourire ironique lui retroussa les lèvres. L'ignorant, Emily posa de nouveau la tête sur sa poitrine. Cet homme avait vraiment besoin d'avoir un gardien, ange ou non, auprès de lui !

Le silence se prolongea, et Emily sentit le sommeil la gagner.

— Je suis désolé, fit soudain Peter.

Sa voix lui parut venir de très loin. Il lui fallut quelques secondes pour réagir.

— Pardon ? fit-elle en se tordant le cou pour le regarder.

— Je disais, je suis dé...

Elle lui pinça le bras.

— Tais-toi !

Elle s'assit, repoussa ses cheveux emmêlés en arrière et darda sur lui un regard noir.

— Je t'interdis de dire une chose pareille.

L'air offensé, il se frotta le bras là où elle l'avait pincé.

— Comment pourrais-je ne pas être désolé, Emily ? Seigneur, je t'ai prise sur le sol !

— Et j'ai aimé cela, du début à la fin. Aussi ne gâche pas tout en me disant que tu regrettes !

S'inclinant sur lui, elle le regarda au fond des yeux, et articula lentement :

— Cela a été l'expérience la plus merveilleuse de ma vie, et je ne la regretterai jamais.

Il lui caressa la joue, dessina du pouce le contour de ses lèvres dans un geste empli de tendresse.

— Tu es sûre ? Je ne t'ai pas fait mal ? J'ai été plus brutal que je ne le voulais, mais j'avais tellement envie de toi...

Il semblait si authentiquement inquiet qu'Emily en fut émue. Elle s'empara de sa main, déposa un baiser sur ses doigts.

— Je suis sûre, murmura-t-elle. En fait…

Un sourire malicieux sur les lèvres, elle l'enfourcha si prestement qu'il en eut un hoquet de surprise. En ce qui la concernait, elle était résolue à profiter de chacune des secondes qui leur étaient accordées.

—… je recommencerais bien !

Il lui empoigna les hanches et la passion embrasa de nouveau son regard. Elle sentit son sexe s'émouvoir. Cependant, il semblait hésitant.

— Encore ? Tu es sûre ? C'était la première fois pour toi, recommencer tout de suite risque d'être douloureux.

Elle s'inclina sur lui, ses seins lui frôlant la poitrine, et lui mordilla le lobe d'une oreille.

— Sûre et certaine, souffla-t-elle.

— Quelqu'un peut rentrer à n'importe quel moment, hasarda-t-il.

— Dans ce cas dépêchons-nous.

Joignant le geste à la parole, elle se redressa, souleva le bassin et se laissa glisser sur sa virilité, l'engloutissant jusqu'à la garde.

Ils demeurèrent immobiles un long moment, le temps qu'Emily s'accoutume à cette intrusion intime, puis elle commença à onduler sur lui, à quoi il répondit par des coups de reins lents et réguliers. Les yeux fermés, il referma les mains sur les seins ronds qui oscillaient au-dessus de lui, et caressa des pouces les pointes durcies.

Emily gémit, toute douleur oubliée, et, s'agrippant aux épaules de Peter, accéléra l'allure. Il l'emplissait entièrement, et s'enfonçait un peu plus à chacun de ses assauts. De le sentir ainsi en elle, palpitant et brûlant, la bouleversait. Plaisir du corps et plaisir de l'âme, elle ne distinguait plus l'un de l'autre. Son corps rugit et, sans avertissement, elle bascula dans le précipice de la jouissance au fond duquel elle explosa en mille minuscules morceaux de volupté.

— Peter ! cria-t-elle.

L'extase le balaya à son tour. Son grand corps frémit une fois, deux fois, puis s'immobilisa.

Elle se laissa aller sur lui, hors d'haleine, si faible, tout à coup, qu'elle ne désirait plus qu'une chose : s'abandonner au sommeil. Mais, auparavant, elle voulait lui faire le plus doux des aveux.

— Je t'aime, Peter, murmura-t-elle, les yeux mi-clos, les lèvres contre son cou.

Elle ignorait s'il l'avait entendue, et n'avait pas la force de relever la tête pour s'en assurer.

— Je t'ai toujours aimé, souffla-t-elle.

Puis elle roula sur le côté, et sombra dans le sommeil.

Peter ouvrit un œil et regarda la pièce autour de lui, perplexe. Il en était à se demander ce qu'il faisait là, allongé sur le sol, lorsqu'un corps tiède remua contre son flanc. Tout lui revint d'un coup.

Il avait fait l'amour avec Emily !

Deux fois.

Il inspira à fond, et se pinça l'arête du nez. Seigneur, tout s'était passé comme il l'avait imaginé. Et Emily avait été une révélation.

Il sourit malgré lui en se rappelant comme elle l'avait chevauché la deuxième fois, son corps souple en suspens, la tête rejetée en arrière, et il entendit de nouveau l'écho de ses gémissements passionnés.

Son ange innocent était devenu une femme délurée qui l'avait ravi et entraîné au septième ciel comme aucune autre ne l'avait fait avant elle.

Mais pour une première fois, elle aurait mérité mieux qu'un accouplement clandestin sur le sol dur d'une pièce dans laquelle n'importe qui pouvait entrer. Sa découverte du plaisir aurait dû être une lente et langoureuse initiation, dans une chambre close, sur un matelas moelleux et entre des draps en satin, et ne s'achever qu'à l'aube.

Et l'initiateur aurait dû être son mari, statut auquel il ne pouvait aspirer.

Elle avait dit qu'elle l'aimait.

Dégageant son bras de dessous la tête d'Emily, il s'appuya sur le coude pour contempler son beau visage si serein dans le sommeil. Hélas, ce qu'ils ressentaient l'un pour l'autre ne comptait pas. Ils appartenaient à des milieux trop différents, ce que la bonne société ne manquerait aucune occasion de leur rappeler. Ils ne pouvaient rien construire de durable. Pour son bien, il devait renoncer à elle.

Oui, ils avaient eu tort de faire l'amour, mais c'était une erreur qu'il ne parvenait pas à regretter. Emily lui avait offert une nuit inoubliable.

Ce fut plus fort que lui, il se pencha et déposa un baiser sur les lèvres de la jeune femme. Elle sentait le miel chaud si bien qu'il eut envie d'approfondir son baiser. Non, se tança-t-il. L'heure n'était plus au plaisir, mais au travail.

À regret, il se leva et alla ramasser sa culotte et sa chemise. Le temps filait, et le devoir l'appelait.

En l'occurrence, l'arrestation d'un voleur.

Un coup d'œil à l'horloge le rassura. Il était beaucoup moins tard qu'il ne l'avait craint. À peine plus de 10 heures. Avec un peu de chance, il aurait suffisamment de temps pour examiner la maison du garde-chasse et ses environs avant le retour Jack.

Il enfila sa chemise qu'il boutonna rapidement, tout en regardant Emily avec attendrissement. Puis il songea qu'il ferait bien de la réveiller avant de partir. Elle n'apprécierait pas qu'un domestique – ou, grands dieux non ! son frère et sa belle-sœur – la découvre endormie et nue sur le parquet du salon.

Il se pencha pour ramasser ses vêtements qui gisaient sur le sol. Où diable avait-elle déniché de tels oripeaux ? se demanda-t-il en secouant la tête. Si son frère apprenait qu'elle possédait une culotte d'homme, et, pire encore, qu'elle la portait en public...

À cet instant, quelque chose dans le tissu lui parut familier. Il approcha le vêtement de ses yeux, l'étudia attentivement. Un déclic se fit dans sa tête. Il en resta bouche bée.

Non ! Ce n'était pas possible !

Il fouilla dans sa poche et en sortit le petit morceau de tissu qu'il avait trouvé, accroché à un arbre, devant la fenêtre de lady Tuttleston. La couleur était identique, l'étoffe aussi, mais cela ne signifiait pas forcément qu'il s'agissait du même vêtement. Ce tissu très ordinaire avait dû servir à la confection de quantité de culottes masculines, non ?

Sauf que celle-ci avait un accroc en haut de la cuisse gauche.

Déchirure à laquelle correspondait exactement la forme du morceau de tissu.

Le cerveau de Peter commença par refuser d'admettre ce que ses yeux constataient. Lorsqu'il y parvint enfin, une douleur atroce lui comprima la poitrine, lui coupant le souffle.

Pour quelle raison un morceau de tissu arraché à la culotte d'Emily s'était-t-il retrouvé accroché à une branche, devant la fenêtre de lady Tuttleston ?

Se pouvait-il que le Cambrioleur de l'Oxfordshire et son ange audacieux ne soient qu'une seule et même personne ?

Emily ouvrit les yeux pour découvrir Peter assis sur le sol près d'elle, le dos appuyé à un fauteuil, les bras reposant sur ses genoux pliés. Il était habillé et la regardait avec une expression indéchiffrable.

Elle bâilla, s'étira. Son corps protesta, et quelques points douloureux, ici ou là, lui arrachèrent un tressaillement. Un parquet n'était pas l'idéal comme matelas. Elle se redressa et, sans se soucier de sa nudité, gratifia Peter d'un sourire lumineux tandis que leurs ébats de la nuit lui revenaient en mémoire.

Sourire qu'il ne lui rendit pas.

Intriguée, elle repoussa une mèche de son visage et scruta le jeune homme. Que diable se passait-il ? Avait-elle fait quelque chose de mal ? L'avait-elle déçu d'une façon ou d'une autre ?

À cette pensée, elle s'empourpra. Ce n'était sûrement pas cela ! Elle était certes complètement dépourvue d'expérience, mais il n'en avait pas moins paru plus que satisfait. Son expression lors de leur dernière étreinte avait été très éloquente. Une pure félicité !

Peut-être éprouvait-il des remords. Si c'était le cas, à elle de lui prouver qu'il avait tort. Elle-même ne regrettait rien. Pas une seconde. Si deux personnes s'aimaient, il n'y avait rien de mal à exprimer cet amour. Ils...

Elle ferma les yeux un instant. Il n'avait jamais dit qu'il l'aimait. Alors qu'elle-même le lui avait déclaré à plusieurs reprises, lui s'était abstenu. Et voilà ! songea-t-elle le cœur lourd. Il la désirait peut-être, mais jamais plus il ne s'autoriserait à l'aimer. La raison l'avait emporté sur les sentiments. En ce qui le concernait, cette nuit avait eu pour seul objectif d'assouvir le désir qu'ils ressentaient l'un pour l'autre, et l'amour n'avait rien à voir dans l'affaire. Elle ne devait pas l'oublier. Jamais.

Soudain consciente de sa nudité, elle plia les jambes et enserra ses genoux de ses bras.

— Peter ? risqua-t-elle d'une voix timide. Qu'y a-t-il ?

Laissant la question sans réponse, il lui jeta sa chemise.

— Tenez. Enfilez ça.

Il se leva, et s'éloigna de quelques pas en lui tournant le dos tandis qu'elle revêtait la chemise qui la couvrait jusqu'à mi-cuisse. Cela lui rendit un peu d'assurance. Elle se redressa à son tour et s'approcha de Peter.

— Peter ? murmura-t-elle en posant la main sur son épaule.

Il pivota pour lui faire face. Son expression n'était plus du tout indéchiffrable, hélas ! La colère, qu'il avait peine à contenir, lui déformait les traits. Son grand corps en tremblait, et dans son regard étincelant, la rage, la confusion, l'incrédulité le disputaient au désespoir. Et au chagrin. Ce dernier était si tangible qu'il semblait vibrer entre eux.

Épouvantée, Emily lui agrippa le bras.

— Peter, je vous en prie, dites-moi ce qui ne va pas.

— Expliquez-moi ceci, articula-t-il d'une voix sourde en dardant sur elle un regard d'une intensité effrayante.

Elle baissa les yeux, et un grand froid l'envahit de la tête aux pieds.

Dans une main, il tenait sa culotte de cheval dont l'accroc était bien visible. Dans l'autre se trouvait le morceau de tissu qu'il avait décroché d'une branche chez les Tuttleston.

Ô Dieu, il savait !

Au bord de la nausée, Emily recula en titubant, ne sachant que dire ni que faire. Quelques heures de plus, et tout aurait été fini, et bien fini. Pourquoi avait-il fallu qu'il découvre sa trahison *maintenant* ?

— Je vous en supplie, dites-moi que ceci ne signifie pas ce à quoi je pense avec horreur, Emily. Dites-moi, s'il vous plaît, qu'il y a une autre explication, que vous ne m'avez pas menti et trompé depuis le début.

Il s'interrompit un instant, la mâchoire crispée.

— Dites-moi que vous n'êtes pas le Cambrioleur de l'Oxfordshire.

Comme elle aurait aimé lui faire ce plaisir et nier avec aplomb ! Mais ce n'était pas possible. Après ce qu'ils venaient de partager, la franchise était de règle.

— Non, je ne peux pas, souffla-t-elle. Parce que je *suis* le Cambrioleur de l'Oxfordshire.

Refoulant ses larmes, elle le vit fermer brièvement les yeux et déglutir convulsivement. Lorsqu'il reprit la parole, ce fut d'une voix étranglée.

— Seigneur, Emily, pourquoi ? Ça n'a aucun sens.

— Je suis tellement désolée.

— Désolée ? répéta-t-il d'un ton incrédule. Vous croyez que des regrets suffisent à vous absoudre de tels méfaits ? Vous avez dépouillé des amis, de braves gens qui avaient confiance en vous, qui vous aiment depuis votre plus tendre enfance ! Vous croyez qu'ils se contenteront d'excuses ?

Les mots de Peter étaient autant de flèches qui frappaient Emily là où elle était le plus vulnérable.

— Je ne sais pas, balbutia-t-elle. J'espère que oui, une fois que je leur aurai expliqué pourquoi j'ai agi ainsi.

— Et, moi, vous ne me l'avez pas encore dit !

— Je vais le faire… C'est difficile.

— Difficile ?

— Oui.

En dépit de ses efforts pour les retenir, les larmes roulèrent sur ses joues. Elle détourna le regard en se mordant la lèvre.

— C'est que vous êtes tellement furieux…

— À quoi vous attendiez-vous, Emily ? À des félicitations ? Vous n'avez fait que me mentir depuis mon arrivée. Vous prétendiez m'aider, faciliter mon enquête, alors que vous étiez l'unique coupable.

— Je n'ai jamais voulu nuire à qui que ce soit, et j'avais des raisons…

— Eh bien, dites-moi lesquelles ! Que je comprenne !

Il criait, à présent, et Emily se recroquevilla. Elle avait beau savoir que ce serait douloureux, elle n'imaginait pas à quel point…

— C'est une longue histoire, commença-t-elle.

Elle jeta à Peter un regard implorant.

—Je vais tout vous raconter, mais nous devrions peut-être nous asseoir, risqua-t-elle en désignant le canapé.

Peter acquiesça d'un hochement de tête, mais tandis qu'elle prenait place sur le canapé, il se campa devant la cheminée et croisa les bras. Comme elle haussait les sourcils, étonnée qu'il ne s'asseye pas près d'elle, il secoua la tête.

— Allez-y, je vous écoute. Encore que j'aie peine à voir ce qui pourrait justifier de tels crimes.

L'expression distante et le ton froid consternèrent Emily. Il ne comprendrait jamais, c'était évident.

— Je ne cherche pas à me justifier. J'ai eu tort et je l'admets volontiers. Mais je veux vous expliquer comment je me suis retrouvée dans un tel pétrin. J'avais prévu de tout vous raconter demain matin, mais...

Elle s'interrompit.

Peter ne dit rien. Il n'avait pas l'air de la croire, ce qu'elle ne pouvait certes lui reprocher. Il était plus que probable qu'il ne croirait désormais plus un mot de ce qu'elle pourrait lui dire.

Croisant les mains sur ses genoux, elle implora le Seigneur de lui inspirer les paroles adéquates.

— Tout a commencé avec l'arrivée de Jack Barlow...

Elle lui raconta comment ce dernier l'avait approchée, puis l'avait fait chanter en menaçant de révéler la liaison de sa mère.

— Je sais maintenant que j'aurais dû aller trouver les autorités sans attendre, reconnut-elle. Mais j'avais tellement peur, j'étais tellement bouleversée que je n'étais plus en état de réfléchir correctement. Je ne savais qu'une chose : il ne fallait à aucun prix que ce que Jack avait découvert sur ma mère soit rendu public.

Elle fit une pause, et jeta un coup d'œil à Peter avant de reprendre, le menton tremblant :

— Après avoir grandi dans la solitude, l'idée que ma famille allait être anéantie me terrifiait. L'histoire que Jack menaçait de révéler déclencherait un tel scandale que c'est ce qui se serait passé. En outre, il menaçait Vanessa et le bébé.

Elle se tordit les mains convulsivement, inspira à fond, avant de continuer :

— Je n'ai compris mon erreur qu'après avoir commis le premier cambriolage, chez les Tuttleston, mais il était trop tard. J'étais impliquée dans un crime. Après quoi, j'ai eu le sentiment d'avoir posé les pieds dans des sables mouvants. Je m'enfonçais de plus en plus. J'ai essayé de trouver un moyen de tout arrêter, de déjouer le plan de Jack sans trahir le secret de ma mère, en vain.

— Et vous dites que Barlow avait la preuve de la supposée liaison de votre mère ? demanda Peter d'un ton sec.

— Oui. Des lettres écrites par ma mère à son amie lady Lavinia, dans lesquelles elle évoquait cette liaison et sa grossesse. J'ignore comment Jack les a obtenues, mais c'est bien l'écriture de ma mère.

Peter gardant le silence, Emily reprit, bien qu'elle doutât de le convaincre :

— Voilà pourquoi je suis allée dans la maison du garde-chasse ce soir. Je voulais mettre la main sur cette correspondance et récupérer les bijoux. Sans ces lettres, Jack n'avait plus de preuve, et donc plus aucun moyen de pression sur moi. Je pouvais ensuite le dénoncer aux autorités, et rendre les objets volés à leurs propriétaires sans craindre que ces affreux ragots sur ma mère se répandent dans le pays.

— Même si vous étiez parvenue au bout de votre plan, vous devez vous douter que ni la police ni les juges n'auraient tenu compte de vos motifs, objecta Peter avec une pointe d'impatience. On vous aurait très probablement incarcérée.

— Je savais depuis le début que cela pouvait arriver. Mais peu m'importait ! Mon souci était de protéger mon frère, ma belle-sœur et mon futur neveu. C'est ma famille, et vous, plus que quiconque, savez ce que ce mot signifie pour moi. Je ne m'imaginais pas regarder le malheur s'abattre sur eux sans rien tenter. Tristan aurait été anéanti d'apprendre cette histoire sur notre mère. Il l'aimait tant. En outre, il risquait de perdre son titre, ses terres, tout. Peut-être même Willow Park. Tout cela à cause de ces horribles lettres. Je ne pouvais prendre un pareil risque.

S'écartant de la cheminée, Peter se mit à arpenter le salon.

— Votre témérité me stupéfie. Forcer des demeures privées ? Crocheter des serrures ? Je sais que je vous ai donné quelques leçons, mais nous en étions restés au stade de l'initiation, et je les ai interrompues peu après notre arrivée à Little Haverton.

— Eh bien, j'étais restée sur ma faim, et j'ai demandé à Miles de compléter ma formation. C'est lui qui m'a appris à crocheter les serrures… Je ne suis pas mauvaise, acheva-t-elle en rougissant.

— De toute évidence. Rappelez-moi de tordre le cou de Miles lorsque nous aurons fini cette conversation.

Il s'interrompit, se frotta le visage avant de se retourner vers Emily, les sourcils froncés.

— Je suppose que vous connaissiez les combinaisons des coffres des Fulberry et de Caulfied ?

Elle acquiesça sans le quitter des yeux. Il se tenait le dos raide, comme s'il portait le poids du monde sur les épaules. Elle s'en voulut affreusement de ce qu'elle lui infligeait.

— Pénélope, qui est très bavarde, a glissé un jour dans la conversation que son mari avait choisi sa date de naissance pour ouvrir le coffre. Et lord Caulfield m'a avoué qu'il oubliait constamment la combinaison de son coffre, et qu'il avait dû l'inscrire sur un papier qu'il conservait dans le tiroir de son bureau. Je n'ai pas eu de mal à le dénicher.

Le silence tomba entre eux, se prolongea. Peter s'était remis à marcher de long en large lorsque soudain, il explosa :

— Bon sang, Emily !

Elle sursauta et leva les yeux. Il se tenait debout devant elle, menaçant, le regard sombre, l'expression dure.

— Pourquoi n'êtes-vous pas venue me voir ? J'aurais trouvé un moyen de désamorcer ce complot *sans* révéler le secret de votre mère.

Ne sachant que répondre, elle haussa les épaules d'un air impuissant.

— Je... je ne savais pas ce que vous feriez.

L'espace d'un instant, le regard de Peter exprima un profond chagrin, puis, de nouveau, il afficha un visage de marbre.

— Je vois. J'aurais dû deviner. Vous n'aviez pas confiance en moi.

— Ce n'est pas cela ! protesta-t-elle. Mais, après être venu vivre à Willow Park, vous avez tellement lutté pour vous montrer intègre, quelles qu'en soient les conséquences. Pour compenser votre passé de pickpocket, je suppose. Et maintenant, vous êtes un Runner ! Je craignais que vous ne vous sentiez obligé de me dénoncer !

— Vous n'avez pas eu confiance en moi, répéta Peter d'un ton froid, dépourvu d'émotion.

Il s'écarta d'elle, et se détourna. Emily bondit sur ses pieds. Elle se reprochait amèrement son erreur de jugement. Elle *aurait dû* lui faire confiance, elle aurait dû se douter qu'il ne ferait rien qui puisse nuire aux Ellington. Elle le savait désormais. Mais c'était trop tard.

— Peter, je vous en prie, écoutez-moi. Je vous le jure, je comptais tout vous avouer demain matin. Tout. Mais je voulais d'abord rendre les objets volés, et faire en sorte que Jack se retrouve derrière les barreaux.

Elle croisa les mains pour en calmer le tremblement.

— Je voulais être en mesure de vous dire qu'à la fin j'avais fait ce qu'il fallait et repris le droit chemin.

Il s'arrêta devant la cheminée, fourragea dans ses cheveux fébrilement.

— Vous avez trouvé les lettres ?

— Oui. Elles sont dans la poche de mon pantalon, répondit Emily, les yeux rivés sur le dos du jeune homme.

— Et les bijoux ?

— Miles et Jenna les ont emportés pour les cacher.

— Ils étaient aussi dans le coup ?

— Ne leur en voulez pas. Ils essayaient seulement de m'aider. Dès le début, Miles m'a conseillé de me confier à vous.

— Un garçon intelligent.

Nouveau silence.

Finalement, Peter se tourna vers Emily et lâcha :

— Jack Barlow ne s'est pas contenté de vous tourmenter, il s'en est pris aussi à Benji.

— Quoi ? s'écria-t-elle, horrifiée.

— Il est venu le trouver il y a quelques semaines déjà, et il lui a dit qu'il avait des informations sur ses origines, informations qu'il ne lui révélerait que s'il acceptait de faire quelques petites choses pour lui.

Les jambes flageolantes, Emily se laissa choir dans le fauteuil le plus proche dont elle agrippa les accoudoirs.

— Vous pensez qu'il sait réellement quelque chose ? Au sujet du passé de Benji, je veux dire ?

— J'en doute, mais le pauvre gamin le croit, ou du moins l'espère. Apparemment ne rien connaître de ses origines l'a tracassé plus que nous ne le supposions.

— D'où son comportement étrange de ces derniers temps, murmura-t-elle.

— En effet. Mais j'ai bien l'intention de faire regretter à Jack Barlow d'avoir osé poser le pied à Little Haverton. Et cette nuit même !

Sur ces mots, Peter se dirigea vers la porte. Emily bondit et l'attrapa par le bras.

— Où allez-vous ?

— Arrêter Jack, bien sûr. Il est temps de mettre un terme à sa carrière criminelle, et c'est moi qui vais m'en charger.

— Peter, vous ne pouvez pas l'arrêter tout seul ! C'est trop dangereux. Il est peut-être armé ! Il faut aller chercher Jenkins…

— Il n'est plus temps de faire appel aux représentants de l'ordre, Emily, et je vous assure que je suis parfaitement capable de me débrouiller. Je tiens à veiller sur la sécurité de mes proches… Même si tout le monde n'en est pas convaincu, acheva-t-il en lui décochant un regard noir.

Il se dégagea, et quitta la pièce au pas de charge.

Emily s'apprêtait à le suivre lorsqu'elle s'aperçut qu'elle ne portait qu'une chemise. Elle courut jusqu'au canapé sur lequel traînait sa culotte de cheval qu'elle enfila en hâte. Puis elle gagna l'entrée tout en nouant les lacets.

— Peter, attendez !

Des coups frappés à la porte l'interrompirent. Peter ouvrit le battant. Jenna et Miles se tenaient sur le seuil, l'air anxieux.

La jeune fille se rua sur Emily.

— On a caché les bijoux. On ne savait pas quoi en faire, et on s'inquiétait pour vous. Vous allez bien ? Est-ce que Peter est au courant ? Est-ce qu'il...

Suivant le regard d'Emily, elle découvrit la présence de Peter.

— Oh, bon sang de bonsoir...

— Je ne te le fais pas dire, commenta Peter, sarcastique. Et, pour répondre à ta question, oui, je sais tout.

— Il était temps, fit remarquer Miles.

— Je m'apprêtais à me lancer à la poursuite de Jack Barlow. Tu veux m'accompagner ? lui demanda Peter.

— Coincer ce salaud, je risque pas de refuser ! D'habitude, il passe environ deux heures à *L'Œil d'aigle*. Si on se dépêche, on devrait arriver à la maison du garde-chasse en même temps que lui.

— Allons-y.

Emily fit un pas en avant, et agrippa la manche de Peter.

— Je viens aussi.

Le visage de jeune homme s'assombrit. L'empoignant par les épaules, il la secoua énergiquement.

— Oh, non, pas question ! Vous allez rester bien sagement ici avec Jenna.

Il s'interrompit, ferma les yeux et respira profondément avant de reprendre d'un ton plus calme :

— Vous avez fait suffisamment de bêtises comme ça. Vous avoir dans les pattes ne ferait que me compliquer la tâche. Juste pour une fois, faites-moi confiance.

Sur quoi, il sortit, Miles sur les talons.

La porte claqua derrière eux et, durant un long moment, aucune des deux jeunes filles ne dit un mot. Puis Jenna planta les poings sur les hanches et adressa à Emily un regard entendu.

— Je vous connais, vous allez pas rester sagement ici, pas vrai ?

— Ça me semble évident !

Emily regagna le salon et enfila ses bottes de cheval.

— Peter ne comprend pas. Ce n'est pas que je me méfie de lui, mais, puisque c'est moi la coupable, c'est à moi de régler le problème, pas à lui.

— J'ai pas l'impression qu'il voit les choses comme ça.

— Eh bien, tant pis. Jack est dangereux, et je refuse d'attendre les bras croisés pendant que Peter prend tous les risques… Tu n'es pas obligée de m'accompagner, tu sais.

— Je suis pas obligée, mais je viens. Quelle sorte d'amie je serais, sinon ?

Jenna se tut, et examina d'un œil curieux la tenue débraillée d'Emily.

— Qu'est-ce qui s'est passé entre Peter et vous ? s'enquit-elle, les sourcils froncés.

Emily rougit visiblement à cette question.

— Ne t'inquiète pas de cela.

Les deux femmes retraversèrent le hall en hâte. Emily ouvrit la porte à la volée, et buta sur lord

Moreland. Elle en resta abasourdie. Cette visite tombait au pire moment.

Le vicomte parut aussi choqué qu'elle. Ses yeux s'arrêtèrent sur la tenue de la jeune fille, et il secoua la tête, ouvertement consterné.

— Emily, que diable… ?

Zut, zut, zut, elle n'avait pas de temps à perdre ! Chaque seconde qui s'écoulait était une seconde perdue.

— Adam, il est 11 heures passées. Que faites-vous ici à une heure pareille ? demanda-t-elle abruptement.

— Je suis désolé, fit-il d'un air contrit. J'étais anxieux, je n'en pouvais plus d'attendre votre réponse à ma demande en mariage. J'espérais arriver avant que vous ne soyez couchée, mais… vous sortiez ?

Sans attendre d'y être invité, il entra carrément et ôta son chapeau.

— Où allez-vous à une heure aussi tardive ? reprit-il. Et vêtue de cette façon ? On dirait un garçon d'écurie.

Emily échangea un regard avec Jenna qui répondit par un haussement d'épaules. Que devait-elle faire ? Se confier à Adam ? C'était son ami, après tout, et s'il les accompagnait, il pourrait donner un coup de main à Peter.

Mais que lui raconter exactement ? Le moment était-il bien choisi pour lui avouer que c'était elle qui avait volé la broche de sa mère et causé l'attaque de son père ? Elle en doutait. Mieux valait repousser cette délicate confession à plus tard.

Elle se décida en un quart de seconde.

— Adam, il faut que vous veniez avec nous ! M. Quick est en route pour arrêter le Cambrioleur de l'Oxfordshire, et nous devons le rejoindre au plus vite !

Lord Moreland se pétrifia.

— Il a découvert l'identité du coupable ?

— Oui.

Emily prit le temps de réfléchir. Elle ne souhaitait pas mentir, mais dire l'entière vérité était impossible. Elle choisit une solution intermédiaire.

— Le responsable est un dénommé Jack Barlow. Il se cache dans une maison abandonnée sur le domaine de mon frère, et M. Quick est allé là-bas avec Miles.

Le vicomte pâlit, au grand étonnement d'Emily qui déjà franchissait la porte.

— Dépêchons-nous ! le pressa-t-elle.

— Je suis désolé, Emily.

Quelque chose dans la voix d'Adam la fit se retourner. Il avait plongé la main dans la poche intérieure de sa redingote, et en sortit un petit pistolet qu'il braqua sur les deux jeunes filles, le regard soudain glacial.

— Je regrette, mais je ne peux vous laisser faire une telle chose.

25

Jack Barlow allait payer pour ses forfaits. À cette perspective, un flot d'adrénaline fusa dans les veines de Peter tandis qu'il se rapprochait silencieusement de la maisonnette.

Miles et lui avaient attaché leurs montures dans les bois, à quelque distance de là, et se faufilaient entre les arbres. Arrivés au bord de la clairière, ils aperçurent le cheval de Jack qui paissait tranquillement à proximité de la porte entrouverte. Une lueur tremblotante allait et venait derrière la fenêtre, confirmant que ce fumier se trouvait à l'intérieur.

Emily avait raison. Jack était sans doute armé, et il n'hésiterait pas à faire feu. Peter l'était aussi, mais il ne tirerait que s'il y était obligé. Barlow méritait de moisir en prison.

Lorsqu'il songeait aux tourments dans lesquels Jack avait plongé Benji, il voyait rouge. Quant à ce qu'il avait infligé à Emily…

Certes, découvrir la perfidie de la jeune fille l'avait mis hors de lui. Et sa colère n'était pas totalement dissipée. Mais il comprenait en partie les raisons qui l'avaient poussée à agir comme elle l'avait fait. Elle était bouleversée et effrayée, et n'avait su vers qui se tourner. Sa famille était tout pour elle il le savait. Lorsqu'elle aimait, c'était de tout son cœur et de toute son âme. Ignorant les demi-mesures, elle était prête à tous les sacrifices pour protéger ses proches.

Comment continuer à lui en vouloir alors que l'une des qualités qu'il admirait chez elle depuis toujours, c'était justement cette générosité sans borne ?

En réalité, ce qu'il éprouvait, c'était du chagrin. Non seulement elle ne l'avait pas jugé digne de sa confiance, mais elle avait joué la comédie, elle avait feint de vouloir l'aider dans son enquête, elle l'avait abreuvé de mensonges ! Qu'il comprenne ses motivations ne rendait pas les choses moins douloureuses pour autant.

Mais ce n'était pas le moment de ressasser ainsi son amertume. Il réfléchirait à tout ceci plus tard. Dans l'immédiat, il devait se concentrer sur la tâche en cours.

Mettre Jack hors d'état de nuire.

— On y va ? murmura Miles dans son dos.

Peter se retourna. Le garçon d'écurie était accroupi derrière un arbre, à deux mètres de lui, l'air très concentré.

— Oui, mais j'y vais seul.

Il leva aussitôt la main pour empêcher Miles de protester.

— Nous ignorons ce qui nous attend. Jack est imprévisible, c'est le moins qu'on puisse dire. Tu me rendras service en restant près de la porte sans qu'il le sache. Ainsi, tu pourras nous épier discrètement, intervenir en cas de besoin, et l'intercepter s'il tente de s'échapper.

Ces propos ne parurent guère enchanter le garçon, qui hocha néanmoins la tête.

Peter s'élança, et parvint en quelques enjambées à la porte de la maison. Il passa la tête dans l'entrebâillement. La pièce était peu éclairée. Assise devant une table, une silhouette sombre enfournait fébrilement des objets dans une musette usée.

Apparemment, Peter arrivait à temps. Barlow avait découvert que son butin avait disparu et s'apprêtait soit à rechercher Emily, soit à quitter la région.

Mais il ne ferait ni l'un ni l'autre.

Peter franchit le seuil et, croisant les bras sur la poitrine, lâcha d'une voix sonore :

— Tu pars en balade, Jack ?

L'homme se figea une fraction de seconde avant de bondir sur ses pieds en faisant volte-face. La flamme de l'unique chandelle éclaira son visage ahuri.

Peter se retrouvait face à face avec son pire ennemi pour la première fois depuis huit ans.

Jack n'avait guère changé. Il était un peu plus grand et plus costaud, ses cheveux bruns étaient plus longs, mais il avait toujours le même regard froid et la même bouche cruelle. Peter l'aurait reconnu au milieu d'une foule.

Enfin revenu de sa surprise, Jack afficha un sourire mauvais.

— Tiens, tiens, ricana-t-il. Ce ne serait pas mon cher ami Peter Quick !

— Salut, Jack.

L'air faussement désinvolte, ce dernier recula afin de s'appuyer contre la table. Peter ne fut pas dupe. La tension et la vigilance étaient palpables sous l'attitude nonchalante, et il devinait que l'autre était prêt à lui sauter dessus à la première occasion.

— Tu saurais pas où se trouvent mes bijoux, par hasard ?

— À l'abri. Là où tu ne pourras pas les trouver.

Une lueur furtive traversa les yeux gris, quelque chose qui ressemblait à de la peur. Puis Jack leva le menton en riant.

— J'aurais dû me douter que la petite princesse finirait par cracher le morceau.

— Ce n'est pas Emily qui m'a prévenu. C'est Benji.

— Ah, le môme ! Bien sûr, fit Barlow en haussant une épaule. J'ai eu tort de l'approcher, lui aussi, mais l'occasion était trop tentante.

— L'occasion de quoi ? demanda Peter en avançant dans la pièce, les yeux rivés sur sa proie. Qu'espérais-tu avec toutes tes manigances ? Si tu avais envie de ces bijoux, pourquoi n'as-tu pas commis les cambriolages toi-même ? Tu en es plus que capable. Pourquoi forcer Emily à faire le sale boulot à ta place ? Pourquoi essayer d'impliquer Benji ?

Les yeux de Jack se rétrécirent.

— C'étaient pas les bijoux qui m'intéressaient, pauvre crétin, mais la vengeance !

— Et de qui croyais-tu te venger ? D'Emily ? De Benji ?

— Tu devines pas ? s'esclaffa Barlow, mais son rire n'avait rien d'enjoué. Bien sûr, faire souffrir la petite princesse et le gosse était un bénéfice supplémentaire, mais c'était pas eux ma cible principale. C'était toi que je cherchais à atteindre, et uniquement toi. Depuis le début.

Il inclina la tête et décocha un regard haineux à Peter. Une mèche grasse retomba sur ses yeux.

— Peter Quick le Sauveur. T'imagines pas à quel point je te déteste. Tous les Rag-Tag te considéraient comme Dieu le Père. J'étais le plus âgé. C'est moi qui aurais dû être le chef. Mais il a fallu que ce soit toi. Et, en plus, tu as eu le culot de me virer du groupe !

— Tu avais agressé Emily, Jack.

— Et alors ? Je lui demandais rien de plus que ce qu'elle te donnait déjà, pas vrai ? Mais les types dans mon genre sont pas assez bien pour cette petite garce de la haute !

Peter eut du mal à se contenir. Pourtant il le fallait. Se laisser aller à la colère risquait de compromettre l'issue de cette affaire. Il inspira à fond, affichant un calme qu'il était loin d'éprouver.

— Tu as raison, Jack. Emily est beaucoup trop bien pour un type dans ton genre.

Jack gronda et serra les poings.

— L'honorable Peter Quick. J'aurais dû deviner que tu nous trahirais en te mettant du côté de la loi. Un Runner de Bow Street ! cracha-t-il. Combien de tes vieux copains t'as arrêtés, Peter ? Combien de tes frères de misère et de rapines t'as enfermés à Newgate ?

L'autre le fixait en arborant un rictus méprisant, et Peter eut toutes les peines du monde à ne pas lui envoyer son poing dans la figure.

— Je savais que dès que tu serais au courant des cambriolages, tu pourrais pas t'empêcher de venir fourrer ton nez dans le coin. Et quelle meilleure vengeance que d'attirer dans un crime ta poule de luxe et le môme que tu as toujours traité comme un frère ? Bien sûr, en ce qui concerne Benji, c'est raté, le temps m'a manqué. Mais lady Emily m'a obéi très gentiment. Tss, tss. Te voilà devant un sacré choix ! L'amour ou le devoir. Tu comptes faire quoi, monsieur le Runner de Bow Street ? L'arrêter ? La jeter en prison et la laisser pourrir dans une cellule puante ?

— La seule personne que j'ai l'intention d'envoyer en prison, pour l'heure, c'est toi.

Jack émit un gloussement sardonique et, d'un geste preste, sortit un couteau de sa musette posée sur la table.

— Eh bien, vas-y, essaye !

C'était l'invitation qu'attendait Peter. Plongeant en avant, il ceintura Jack. Celui-ci perdit l'équilibre, et son couteau vola dans les airs juste avant que Peter et lui roulent à terre.

Les deux hommes luttèrent pied à pied. Jack était plus lourd, mais Peter était plus grand, et il avait pour lui quatre années d'expérience dans l'art d'appréhender de dangereux criminels. C'est pourquoi il ne lui fallut pas longtemps pour maîtriser son adversaire.

La colère, qu'il avait à peu près réussi à contrôler jusque-là, l'assaillit de nouveau. L'idée de ce que ce fumier avait fait subir à Emily et à Benji lui donna envie de lui taper dessus comme un sourd. Mais il avait des questions à poser, auxquelles Jack ne pourrait répondre s'il était inconscient. Il le remit debout sans ménagement.

— Dis-moi, Jack, y a-t-il quelque chose de vrai dans ce que tu leur as raconté ?

— Va au diable.

— Après toi.

L'avant-bras de Peter appuya sur la trachée de Jack.

— Tu sais, je pourrais fort bien te briser le cou. Ici. Maintenant. Et personne n'en saurait rien.

— Tu le feras pas. Tu as trop le sens de l'honneur.

Barlow avait raison, mais il n'allait pas le lui confirmer.

— Ne me pousse pas à bout. Tu as eu de la chance que je ne te tire pas dessus en entrant. En te liquidant, je rendrai service au monde.

Peter resserra son étreinte.

— Quelle triste petite vie tu as dû mener ces huit dernières années, Jack ! Courir sans cesse d'une ville à l'autre, surveiller tes arrières, te demander quand la police allait te coincer, et tout ceci avec l'idée fixe de me faire payer mes prétendues fautes envers toi.

Le visage de Jack avait viré à l'écarlate et son regard trahissait une authentique panique. Un hoquet étranglé lui échappa, et il tenta vainement de se libérer.

— Allons, Jack, un petit effort. Tu ne préférerais pas rejoindre ton Créateur la conscience pure ? Réponds-moi : tu sais quelque chose sur les origines de Benji ?

L'autre garda un silence obstiné.

— Oui ou non ? insista Peter en élevant la voix.

— Non, admit enfin Jack dans un murmure rauque. Je sais rien !

Desserrant son étreinte, Peter le laissa respirer.

— Et les lettres ? Les lettres que, selon toi, la mère d'Emily a écrites. Elles sont authentiques ou l'œuvre d'un faussaire quelconque ?

— Oh, elles sont authentiques, pas de doute là-dessus ! C'est drôle comme parfois des choses vous arrivent pile au bon moment. C'était tout ce qu'il me fallait pour obliger lady Emily à m'obéir.

Avec un grondement rageur, Peter libéra Barlow.

— Où les as-tu trouvées ?

Jack pinça les lèvres et défia Peter du regard. Celui-ci l'attrapa par le col et le souleva jusqu'à ce qu'il se retrouve sur la pointe des pieds.

— Où les as-tu trouvées ? siffla-t-il, menaçant.

— Voyons, si je te le disais, y aurait plus de surprise.

Peter comprit que, cette fois, Jack tiendrait bon et ne lui répondrait pas.

— Comme tu voudras, fit-il en le poussant vers la porte. Une nuit derrière les barreaux t'aidera peut-être à réfléchir.

Jack fit mine d'obéir mais, juste avant d'atteindre la porte, il plongea au sol, ramassa son couteau et se tourna vers Peter, le visage déformé par la haine.

— J'irai nulle part. C'est pas pour pourrir dans une geôle puante que j'ai fait tout ça. Je te tuerai d'abord !

Jack était acculé, aussi Peter avait-il prévu qu'il ferait quelque tentative désespérée. Il aurait pu sortir son pistolet, mais il se contenta de faire un écart et de tendre la jambe lorsque Jack se rua sur lui en brandissant son couteau.

Quand celui-ci s'en aperçut, il était trop tard. Emporté par son élan, il bascula par-dessus l'obstacle et s'écroula sur le sol avec un bruit sourd.

Il ne se releva pas.

Le sang de Peter se figea dans ses veines. Non !

Il s'accroupit, et retourna Jack dont le regard était déjà voilé. Il vivait encore, mais à peine.

Et il n'en avait plus pour longtemps.

Le manche du couteau sortait de sa poitrine, sur laquelle une tache écarlate allait s'élargissant. La respiration était sifflante et de la mousse rose apparut au coin de ses lèvres. Peter devina que la lame avait atteint les poumons et que Jack était mortellement touché.

Enfer et damnation, c'était terminé ! Il ne traînerait pas cet homme devant un tribunal pour qu'il soit jugé et châtié.

— Je suis foutu, non ? balbutia Jack d'une voix à peine audible.

Mentir ne servirait à rien. Peter hocha la tête.

Jack émit un gloussement peu convaincant, puis toussa. Un jet de sang jaillit de sa bouche.

— Toujours su... que tu causerais ma mort... maudit salopard.

— Il est encore temps de soulager ta conscience, suggéra Peter, radouci. Dis-moi comment tu as obtenu ces lettres. Tu as cambriolé Brimley Hall ?

— Bien sûr que non. Quelqu'un... me les a données.

Le regard surpris de Peter déclencha une autre quinte de toux sanglante.

— Tu pensais quand même pas... que j'étais tout seul sur ce coup-là... si ? J'ai eu de l'aide presque depuis le début.

Peter eut un pressentiment, et un frisson glacé lui parcourut l'échine.

— Qui ? demanda-t-il en enfonçant les doigts dans les épaules de Jack. Bon sang, ne crève pas avant de m'avoir donné son nom !

— Eh bien, c'est le chéri... de ta chérie. Le vicomte Moreland, tiens donc.

Lord Moreland ? Mais sa propre demeure avait été cambriolée. C'était absurde !

— Il croule sous les dettes et il veut désespérément... que lady Emily l'épouse. Il fera... tout pour qu'elle dise oui.

Un sourire railleur retroussa ses lèvres.

— Il m'a fait parvenir un message... à *L'Œil de l'aigle*. Il disait qu'il allait à... Knighthaven, ce soir. Il en pouvait plus d'attendre la réponse de la petite princesse... Il devrait y être... maintenant.

Dieu du ciel ! D'instinct, Peter avait senti que le vicomte n'était pas un homme bien, mais il avait mis sa réaction sur le compte de la jalousie. Et à présent, parce qu'il avait ignoré ce signal d'alarme, Emily était en danger.

— Pour un… embrouillamini, c'en est un, pas vrai ?

Le regard de Jack devenait vitreux à chaque seconde qui passait, mais la satisfaction s'entendait encore dans sa voix.

— Le… valeureux prince Peter… arrivera-t-il à temps… pour sauver la princesse ?

— Tu ne seras plus là pour le savoir, riposta Peter en se redressant.

L'autre s'apprêtait à répliquer lorsqu'un hideux gargouillis monta de sa gorge précédant un flot de sang. Ses yeux se révulsèrent, et le sifflement de sa respiration vacilla – avant de cesser définitivement.

Jack Barlow n'était plus.

Peter tourna les talons et se dirigea vers la porte. Il s'occuperait du corps plus tard. Pour l'instant, une tâche plus urgente l'attendait. Sauver la vie de la femme qu'il aimait.

— Miles ! appela-t-il.

Le garçon d'écurie se matérialisa dans l'encadrement. Il embrassa la scène d'un coup d'œil, nota l'expression sombre de Peter.

— L'affaire est réglée ?

— Non, pas vraiment. Nous n'avons pas de temps à perdre. Lord Moreland est dans le coup depuis le début et, si Jack n'a pas menti, il est fort possible que Jenna et Emily soient dans ses griffes à cet instant même.

Miles laissa échapper un cri étouffé. Sa peur était presque palpable.

Peter, quant à lui, se prit à espérer que le vicomte aimait sincèrement Emily, et que leur longue amitié l'empêcherait de lui faire du mal. Mais rien n'était moins sûr. Comment savoir de quoi il serait capable lorsqu'il se verrait percé à jour ?

Le cœur serré, Peter ne put que prier pour qu'ils arrivent à temps.

26

Emily achevait d'attacher les poignets de Jenna aux accoudoirs du fauteuil à l'aide des embrasses des rideaux. Debout derrière elle, Moreland braquait son pistolet sur sa nuque.

— Serrez bien, ordonna-t-il d'une voix dénuée d'émotion. Si elle s'échappe, je me verrai obligé de l'abattre, ce que nous ne désirons aucunement, ni vous ni moi, n'est-ce pas ?

Emily vérifia docilement les liens de son amie, laquelle dardait sur le vicomte un regard meurtrier.

— Espèce de salaud ! J'ai toujours pensé que vous ne valiez rien, lord ou pas ! Attendez un peu que…

Moreland fourra un mouchoir dans la main d'Emily.

— Faites-la taire. J'en ai assez d'écouter ses inepties.

La jeune fille adressa un regard d'excuse à son amie, et obéit tout en réfléchissant activement. Quel était le rôle d'Adam dans cette affaire ? Il était de toute évidence impliqué, mais elle ignorait comment et pourquoi.

Elle se retourna. L'absence d'émotion sur le visage du jeune homme la fit tressaillir. Dire qu'elle avait cru le connaître, et avait vu en lui un ami véritable ! Comment avait-elle pu se tromper à ce point ?

— Je ne comprends rien à tout ceci, Adam.

Il haussa les sourcils, l'air ouvertement condescendant.

— Oui, je sais. Et je regrette d'avoir dû jouer la comédie. Mais chacun doit veiller à ses intérêts, n'est-ce pas ? Après tout, c'est précisément ce que vous avez fait en vous glissant dans la peau du Cambrioleur de l'Oxfordshire.

— Vous le saviez dès le début ? Vous étiez de mèche avec Jack Barlow ?

— Je plaide coupable, hélas !

La lumière se fit soudain dans l'esprit d'Emily qui se sentit affreusement trahie.

— C'est *vous* qui avez donné à Jack les lettres de ma mère !

Il hocha la tête.

— Mais pourquoi ? Pourquoi faire une chose pareille ?

— Le jeu, ma chère. C'est mon talon d'Achille. Mes créanciers s'impatientent, et père ne veut plus régler mes dettes. J'ai eu beau faire, il ne veut pas entendre raison. C'est son obstination qui est à l'origine de tout cela.

Pour la première fois, une étincelle s'alluma dans son regard, trahissant un sentiment véritable. Il passa la main dans ses cheveux blonds qui demeurèrent dressés sur son crâne.

— J'ai eu l'idée de vendre quelques-unes des possessions de ma mère, reprit-il. C'est ainsi que je me suis glissé une nuit dans sa chambre et que j'ai fouillé dans sa boîte à souvenirs. Vous imaginez ma surprise lorsque j'ai découvert la correspondance de votre mère, mais à ce moment-là, je ne pensais pas qu'elle pourrait m'être d'une quelconque utilité. Je ne m'intéressais qu'à ce qui avait une valeur marchande.

— Comme la broche de votre mère ? suggéra Emily.

— Exactement. La malchance a voulu que mon père me surprenne. Il est entré dans une rage folle. Il était scandalisé que je songe à vendre des objets ayant appartenu à sa chère épouse. En revanche, que son fils unique risque de se retrouver en prison pour dettes ne le tracassait aucunement. C'est pourquoi j'ai dû trouver une autre solution.

— Me proposer le mariage ?

Moreland haussa les épaules.

— Je ne sais plus quand l'idée m'est venue, mais un beau jour, il m'est apparu que cette union réglerait tous mes problèmes. La dot confortable que votre frère ne manquerait pas de vous accorder suffirait à éponger mes dettes… Hélas, vous m'avez compliqué la tâche en refusant de coopérer, ajouta-t-il, l'air agacé. Vous avez commencé à m'éviter, ce qui, je l'admets, n'a fait qu'exacerber ma colère.

Emily réprima un haut-le-cœur. Elle n'avait jamais aimé Adam d'amour et n'avait pas eu l'intention d'accepter sa demande en mariage, mais apprendre qu'il avait voulu profiter d'elle aussi cyniquement était blessant.

— Sachez-le, je ne vous aurais jamais épousé, déclara-t-elle d'une voix rauque de colère contenue. Jamais.

Il eut un rire sans joie.

— Je l'avais compris, ma chère. C'est votre entêtement qui, un soir, m'a poussé à aller dans la taverne du coin pour noyer mes soucis dans une pinte ou deux de bière. D'autres ont suivi et, finalement, j'étais tellement ivre que j'ai raconté mon histoire au pochard assis à côté de moi… Il se trouve que cet homme était Jack Barlow, acheva-t-il avec une grimace ironique.

Emily serra les poings. Voilà donc comment s'était formée cette alliance impie.

— Et ?

— Il s'est épanché à son tour, et m'a raconté qu'il n'était venu à Little Haverton que pour trouver le moyen de se venger d'un proche de votre famille. Après quoi, il m'a fait une proposition : si je l'aidais à se venger, il se faisait fort de vous obliger à m'épouser.

— Et vous l'avez cru ?

— Que vous répondre ? J'étais ivre, et son plan semblait astucieux. Il ne lui manquait qu'une chose : un moyen de pression sur vous afin que vous lui obéissiez.

— C'est alors que vous avez pensé aux lettres.

— En effet. Je me suis de nouveau faufilé dans la chambre de ma mère, j'ai parcouru sa correspondance, et j'ai subtilisé les deux lettres qui me paraissaient les plus accablantes. Barlow a été enchanté.

Écœurée, Emily secoua la tête. Elle avait envie de s'asseoir et de pleurer tout son soûl, mais il était hors de question qu'elle donne cette satisfaction à Adam.

— Et dire que j'ai eu la sottise de croire à votre amitié !

— Comprenez-moi, Emily, plaida le vicomte, que le remords parut effleurer. Je ne voulais faire de mal à personne, mais j'étais acculé. Barlow affirmait que vous finiriez par m'appeler au secours. Et, alors, j'étais censé proposer de régler vos problèmes – en échange de quelque chose.

— Du mariage ?

— Quelle fille maligne ! Mais voilà que votre M. Quick a déboulé et a tout gâché. Je ne suis pas aveugle. J'ai vu comment vous le regardiez, et j'ai compris tout de suite qu'il ficherait en l'air tous nos plans.

Voilà pourquoi, dès l'arrivée de Peter, Adam avait changé de méthode et s'était montré plus empressé. Cet ignoble individu n'avait jamais éprouvé le moindre sentiment pour elle ! Ni amitié ni amour ! La cupidité seule l'avait poussé à lui faire la cour.

Frissonnant d'amertume autant que de froid, elle serra les bras autour d'elle et jeta un discret coup d'œil à l'horloge. Minuit passé. Vanessa et Tristan ne devraient pas tarder à rentrer. Si elle pouvait gagner du temps…

— Mais pourquoi ce cambriolage à Brimley Hall ? demanda-t-elle. Puisque vous étiez de mèche avec Jack, pourquoi l'avez-vous laissé s'en prendre à votre demeure ?

— Ah ! Un coup de génie de ma part, répondit Moreland avec un sourire fat. Le but était de détourner les soupçons, au cas où Quick aurait l'idée de s'intéresser à moi. Et, bien sûr, la broche de ma mère devait représenter ma part du butin… Hélas, reprit-il, le visage dur, je crains que Quick ne m'en ait privé. S'il n'a pas arrêté Barlow, il l'a probablement chassé de la ville, et celui-ci a emporté les bijoux. C'est pourquoi je vais devoir improviser.

Il agita le pistolet en direction d'Emily et poursuivit :

— Venez, ma chère. Cela ne m'enchante pas, mais je suis obligé de vous emmener avec moi.

— Je n'irai nulle part avec vous, décréta Emily en reculant.

— Oh que si ! gronda-t-il en lui attrapant le poignet. Vous allez m'accompagner à titre d'assurance, histoire de me permettre de quitter le pays en toute sécurité. Votre chevalier sans peur et sans reproche n'essayera pas de m'arrêter s'il sait que votre vie est entre mes mains.

— Mais... et Jenna...

Elle jeta un regard soucieux à son amie qui se tortillait dans son fauteuil en les observant avec inquiétude.

— Elle ne risque rien. Votre frère et votre belle-sœur la libéreront dès leur retour, et à ce moment-là, vous et moi serons loin. Dépêchez-vous. Je veux être parti avant que votre M. Quick n'arrive.

— Trop tard, Moreland, fit une voix grave qu'Emily reconnut avec soulagement.

Peter et Miles s'encadraient sur le seuil.

Aussitôt, Adam empoigna Emily et la tira devant lui en appuyant son pistolet contre sa tempe.

— On dirait que vous avez décidé de vous joindre à notre petite fête, Quick. Entrez, je vous en prie. Mais ne faites aucun mouvement brusque. Je détesterai que quelqu'un soit blessé.

Peter avança, mains levées, paumes en avant, pour montrer qu'il n'avait pas d'arme.

— Lâchez-la, Moreland. Vous n'arriverez à rien en prenant lady Emily en otage.

— Elle m'aidera à quitter les lieux sans recevoir une balle dans le dos.

Le vicomte se tut un instant. Emily sentait son souffle chaud et humide sur sa nuque.

— Qu'est devenu Barlow ? demanda-t-il.

— Il est mort. Nous nous sommes battus, et il est tombé sur son couteau. Mais, avant de mourir, il a eu le temps d'avouer ses crimes et le rôle que vous y avez tenu.

— Voilà qui ne me surprend pas. Ce petit sournois ne cherchait qu'à défendre ses intérêts, commenta Moreland en resserrant sa prise sur Emily. À présent, monsieur Quick, j'aimerais que vous ôtiez le pistolet que vous portez quelque part sur votre personne, et que vous le déposiez sur le sol devant vous. Lentement, si possible. Lady Emily serait beaucoup moins jolie avec un trou dans sa petite tête.

Peter tira de sa ceinture une arme qu'il posa sur le tapis devant lui.

— Bien. Maintenant, poussez-la vers moi d'un coup de pied.

Peter obtempéra sans broncher.

— Très chère, fit le vicomte à l'oreille de la jeune fille, auriez-vous la gentillesse de ramasser pour moi l'arme de notre policier préféré ?

Bien qu'elle mourût d'envie de lui cracher à la figure, Emily se pencha et s'empara du pistolet. Puis, tournant la tête pour regarder Moreland, elle attendit ses instructions. Lui ne quittait pas Peter des yeux.

— Ouvrez la fenêtre et jetez cet objet.

Le pistolet d'Adam rivé à sa tempe, elle fit les deux pas nécessaires, ouvrit la fenêtre et lança l'arme au loin.

Moreland lui reprit aussitôt le bras et la ramena à son côté.

— Voilà, je me sens mieux. Pas vous, Quick ? Et toi, là-bas, fit-il en désignant Miles qui était resté sur le seuil. Va te mettre contre le mur, que je t'aie à l'œil.

Détournant les yeux de Jenna, Miles fusilla le vicomte du regard, mais obéit.

— Quant à vous, Quick, reprit Moreland en poussant Emily devant lui, je vous prierai de dégager le chemin jusqu'à la porte pour nous laisser passer. Et, si vous tenez à ce que lady Emily reste en vie, je vous déconseille vivement de nous suivre.

Peter ne bougea pas d'un pouce. Il se contenta de croiser les bras sur la poitrine dans une attitude faussement désinvolte. Mais, bien qu'il ne la regardât pas, Emily le connaissait assez pour percevoir la fureur qui bouillonnait en lui.

— À votre place, je ne ferai pas ça, Moreland, remarqua-t-il d'un ton presque aimable. Vous souhaitez vraiment ajouter l'enlèvement à la liste de vos crimes ?

— Quelle importance ? Je finirai en prison de toute façon, encore que je ferai en sorte que ça n'arrive pas.

— Et si je vous dis que j'ai récupéré les objets volés, et que je suis prêt à faire un échange ? Les bijoux contre lady Emily.

Lord Moreland se figea, visiblement surpris.

— Je suis censé croire que vous, un Runner de Bow Street, allez enfreindre la loi en me laissant filer avec le butin de plusieurs cambriolages ?

Peter haussa les épaules en guise de réponse.

Emily entendait presque les rouages du cerveau d'Adam cliqueter tandis qu'il étudiait les possibilités qui s'offraient à lui.

— Où sont-ils ? Je veux les voir ?

Peter se tourna vers Miles qui sortit de sa poche le petit sac qu'Emily avait trouvé dans la cachette de Jack. Lentement, le garçon y plongea les doigts et en extirpa la broche de lady Brimley qu'il leva en l'air afin que le vicomte la voie bien.

— Réfléchissez, fit Peter d'un ton posé. Vous aurez les moyens de partir très loin, de recommencer une nouvelle vie ailleurs. Lady Emily vous encombrerait inutilement.

— Ahhh ! fit lord Moreland, manifestement enchanté de la tournure que prenaient les événements.

Emily lui aurait bien décoché un coup de pied dans le tibia tout en criant à Miles de s'enfuir avec les bijoux, mais elle s'en abstint. Elle devait avoir confiance en Peter. Il savait sûrement ce qu'il faisait.

— Eh bien, vu que c'est moi qui détiens l'arme, je vais me montrer plus gourmand, et garder les bijoux *et* lady Emily. C'était précisément ce que je désirais, je vous remercie de votre prévenance, Quick… Pose le sac sur le sol et recule, ajouta Moreland à l'adresse de Miles.

Peter acquiesçant d'un imperceptible hochement de tête, le garçon remit la broche dans le sac qu'il alla déposer sur le tapis avant de revenir s'adosser au mur.

— Parfait. À présent, nous allons prendre le butin et partir.

Ses doigts s'enfoncèrent dans le bras d'Emily qui ne put retenir un cri de douleur.

Le regard de Peter se fixa sur elle et elle put y lire la colère, la peur et l'inquiétude qu'il dissimulait depuis son entrée dans la pièce. Les poings serrés, il avait visiblement du mal à se contenir.

Le cœur d'Emily se gonfla d'amour. Quoi qu'il arrive, elle avait foi en lui. Il la sauverait. Elle n'en doutait pas.

Priant pour qu'il perçoive sa sincérité, elle lui adressa un sourire tremblant et articula silencieusement : « J'ai confiance en toi. »

Il la remercia d'un regard intense, et quelque chose vibra entre eux.

Une seconde plus tard, lord Moreland la poussait vers le sac de bijoux. Emily choisit cet instant pour lui enfoncer le coude dans l'estomac tout en assenant un coup sur le canon du pistolet.

Le vicomte lâcha un cri et plaqua la main sur son abdomen tandis que son arme heurtait le sol et glissait sous une console.

Peter passa à l'action, et bondit sur Moreland.

De son côté, Miles courut libérer Jenna. Quant à Emily, elle se jeta à terre pour récupérer le pistolet.

Elle glissa le bras sous le meuble, mais ses doigts ne rencontrèrent que le vide.

Où diable était passée cette arme ?

Elle jeta un coup d'œil par-dessus son épaule. Les deux hommes se battaient avec acharnement. Peter avait la lèvre fendue et la pommette gauche bleuie, et lord Moreland arborait un œil au beurre noir.

À cet instant, le vicomte décocha un coup particulièrement vicieux à Peter qui perdit l'équilibre et s'affala lourdement sur le sol. Emily laissa échapper un cri en voyant Moreland s'emparer du tisonnier appuyé contre la cheminée. Le regard fou, il le brandit au-dessus de sa tête en déclarant d'un ton suave :

— L'heure est venue de nous dire adieu, monsieur Quick.

Explorant frénétiquement le parquet sous la console, les doigts d'Emily entrèrent enfin en contact avec le métal froid du pistolet.

— Peter ! cria-t-elle en faisant glisser l'arme sur le parquet dans sa direction.

En un éclair, Peter s'en saisit, se redressa et tira.

Moreland sursauta sous l'impact, et lâcha le tisonnier qui tomba bruyamment sur le sol. Une tache rouge apparut sur sa chemise blanche, juste au-dessus du cœur. Il la regarda fixement, incrédule, durant un interminable moment, puis ses yeux se révulsèrent, et il s'écroula sur le sol.

Durant une seconde, personne ne bougea, puis Emily se releva et courut se jeter dans les bras de Peter.

Lâchant le pistolet fumant, il la serra contre lui et enfouit le visage dans ses cheveux. Elle sentit son cœur battre frénétiquement sous sa joue.

— Mon ange, balbutia-t-il. Quand je l'ai vu te menacer avec son arme, je... Ô Dieu, je ne veux plus jamais revivre un tel cauchemar, acheva-t-il en frémissant de tout son corps.

Miles s'était accroupi auprès de Moreland et, la main sur son cou, cherchait son pouls. Avant même qu'il ait secoué la tête, Emily sut que le jeune homme était mort.

Elle ne ressentit rien. Cet homme avait été son ami, autrefois, et cependant, elle n'éprouvait rien d'autre qu'une espèce d'engourdissement de tout son être. La tristesse viendrait peut-être plus tard, une fois le choc passé. Pour l'heure, elle désirait seulement rester dans les bras de Peter.

À jamais, s'il le voulait bien.

Mais, apparemment, cela ne serait pas pour tout de suite, car la porte d'entrée venait de s'ouvrir à grand bruit. Un instant plus tard, lord Ellington apparut sur le seuil du salon, Vanessa dans les bras, Lilah et Cullen, sur les talons.

Alarmé par la pâleur de sa belle-sœur, Emily s'écarta de Peter.

— Tristan, que se passe-t-il ?

— Que quelqu'un aille chercher le médecin ! croassa son frère, l'air affolé. Le bébé arrive !

27

Tard, le lendemain soir, Emily se rendit dans le bureau de son frère où ce dernier l'attendait avec Peter ; elle avait absolument l'impression d'aller affronter un peloton d'exécution.

Les dernières vingt-quatre heures avaient été chaotiques et éprouvantes. La comtesse avait été en travail toute la nuit et une grande partie de la matinée, et personne n'avait pu se reposer. Emily aurait du reste été bien incapable de dormir. Tandis qu'elle-même était restée auprès de Vanessa, en compagnie de Tristan, de Lilah, et de Jenna, Peter, Miles et Cullen s'étaient chargés de prévenir les autorités.

Emily ignorait ce que Peter avait dit à Tristan quant à son rôle dans les cambriolages. Elle les avait vus discuter brièvement peu avant l'arrivée du médecin. Tristan avait sûrement une petite idée de ce qu'elle avait fait, car elle avait senti son regard peser sur elle à de multiples reprises au cours de la longue nuit.

Elle avait dû se retenir pour ne pas se jeter dans ses bras et lui avouer tous ses péchés. Cela aurait été fort égoïste de sa part, vu les circonstances. Aussi s'était-elle tue, ce qui ne l'avait pas empêchée de se faire un sang d'encre…

Lorsque la comtesse avait enfin donné le jour à un superbe garçon, en parfaite santé, toute la maisonnée avait poussé un immense soupir de soulagement. Emily s'était traînée jusqu'à sa chambre, s'était effondrée sur son lit et avait sombré dans un sommeil sans rêve.

Elle avait émergé en fin d'après-midi, pour apprendre que Peter était revenu, puis reparti en compagnie de Tristan. De ne pas savoir ce qui allait advenir d'elle la rendait folle, elle était donc allée auprès de Vanessa et du bébé dans l'espoir de se changer les idées.

Et c'était là qu'elle était, assise au chevet de la comtesse, l'héritier du titre dans les bras, lorsque Langley était venu la prévenir que Tristan et Peter étaient rentrés et l'attendaient dans le bureau.

L'effroi lui fit battre le cœur. S'apprêtait-on à l'arrêter ? Tristan lui pardonnerait-il un jour ? Oh, elle était convaincue qu'il se battrait pour lui éviter la prison, ou le gibet, mais cela ne signifiait pas pour autant qu'il ne lui en voudrait pas.

Et Peter ?

À vrai dire, elle craignait sa réaction plus encore que celle de son frère. Certes, il s'était montré très attentionné après le drame, l'avait serrée dans ses bras comme s'il l'aimait vraiment, mais elle ne devait pas oublier sa colère lorsqu'il avait découvert sa duplicité. Ils ne s'étaient pas parlé depuis le retour en catastrophe de Tristan et de Vanessa, la nuit passée, et elle ignorait dans quel état d'esprit il se trouvait à présent.

Et ce qu'il éprouvait.

Remarquant son expression, Vanessa s'était méprise.

— Vas-y, chérie, avait-elle dit en tendant les bras pour reprendre l'enfant. Il est temps que je le nourrisse. Tu repasseras tout à l'heure. Jason aura tout le temps de faire la connaissance de sa tante.

Emily avait souri, mais n'avait pas détrompé sa belle-sœur. À quoi bon l'effrayer, ou même la dégoûter, en lui avouant ses fautes ?

À présent, les mains serrées sur les genoux, elle était assise face à son frère qui la fixait d'un regard imperturbable.

Il y eut un long silence durant lequel on n'entendit que le tic-tac de l'horloge. Emily n'était que trop consciente de la présence de Peter, adossé au mur derrière elle. Elle lui avait glissé un coup d'œil en entrant dans la pièce, après quoi, elle avait soigneusement évité de le regarder. Son air impassible lui mettait les nerfs à vif.

Finalement, Tristan prit la parole d'une voix dépourvue de colère.

— Je pense que tu seras contente d'apprendre que les objets volés ont été restitués à leurs propriétaires respectifs.

Un sentiment de soulagement envahit Emily, suivi d'une bouffée de désespoir. Les Tuttleston, les Fulberry et lord Caulfield savaient donc à présent ce qu'avait fait la jeune fille qu'ils aimaient et avaient accueillie chez eux.

Les paroles qui suivirent la surprirent.

— Ils ont été enchantés, bien sûr, de les récupérer. Pour l'heure, ils ne savent rien en dehors du fait que le voleur a été arrêté et les bijoux retrouvés.

Emily écarquilla les yeux.

— Mais, tôt ou tard, il faudra bien qu'on leur dise la vérité !

— Peter et moi en avons discuté, et nous sommes arrivés à la conclusion qu'il est inutile que notre nom soit mêlé à cette histoire.

— Mais… comment est-ce possible ?

— Pour les autorités locales et les habitants de Little Haverton, l'unique coupable est un dénommé Jack Barlow. Lorsqu'il a compris qu'il était sur le point d'être arrêté, il a tenté de s'enfuir, et été abattu lors de l'altercation qui s'est ensuivie. Ainsi que lord Moreland, hélas, qui accompagnait Peter afin de l'aider à interpeller le cambrioleur.

Perplexe, Emily secoua la tête. Rien de ce que disait son frère n'avait de sens. Elle n'osa se risquer à regarder Peter.

— Mais je ne comprends pas…

— Peter m'a confié les lettres que tu as réussi à… reprendre à Barlow, expliqua Tristan, et nous avons rendu visite à lord Brimley. Il a accepté de nous remettre le reste de la correspondance de notre mère en échange de notre silence concernant le rôle de son fils dans cette sordide affaire. Bien sûr, tout le monde verra un héros en ce vil personnage, mais tant pis. C'est un moindre mal. Et cela atténue le chagrin de son pauvre père qui va terminer ses jours seul dans son manoir à demi vide.

Tristan quitta son fauteuil et vint se camper devant sa sœur. Il lui prit les mains, la fit se lever. Il affichait à présent une expression chaleureuse et pleine de compassion.

— Je suis désolé, Emily, murmura-t-il en lui pressant les mains. Je sais que tu le croyais un véritable ami. Je n'en reviens pas qu'il ait réussi à leurrer tout le monde aussi parfaitement.

Emily, elle, n'en revenait pas de l'issue de cette affaire. Tout était donc pour le mieux ? Son frère ne criait pas, ne lui reprochait rien ?

— Mais, et moi ? Je ne mérite pas d'être punie d'une façon ou d'une autre ?

Tristan sourit.

— Je te connais, ma chérie. Je suis certain que tu t'es adressé des reproches beaucoup plus sévères que ceux que je t'aurais faits.

Il lâcha les mains de sa sœur pour la prendre par les épaules et la secouer légèrement.

— Tu ne pensais quand même pas que Peter et moi te laisserions aller en prison ? Oui, tu as eu tort, mais tu as agi avec les meilleures intentions du monde, dans l'unique désir de protéger les gens que tu aimes.

Le sourire fit place à un air grave.

— Ne crois pas une minute que je ne suis pas fâché contre toi, reprit-il. Ne t'amuse plus à me cacher de tels secrets. Tu as compris ? Nous pourrons surmonter n'importe quel drame et n'importe quel scandale tant que nous demeurerons une famille soudée.

Le cœur empli de joie, Emily étreignit son frère.

— Je t'aime, Tristan, murmura-t-elle d'une voix étranglée.

— Moi aussi, je t'aime, petite sœur, dit-il en lui rendant son étreinte.

Sur ce, il retourna derrière son bureau et s'empara d'une liasse de papiers jaunis maintenus par un ruban. Emily reconnut les lettres qu'elle avait vues dans la boîte de lady Brimley.

Tristan les lui tendit.

— Lis cela, lui conseilla-t-il. Tu découvriras que l'histoire n'est pas aussi dramatique que tu le craignais.

Emily jeta un regard méfiant aux lettres qui étaient la cause de tous ses tracas, puis, cédant à la requête de son frère, elle les prit et se rassit pour les lire.

La première était datée de deux ans après la naissance de Tristan.

Très chère Lavinia,

Je n'ai plus aucun doute : mon Tristan chéri est le fils de Sinclair. Et, bien que je sois légèrement déçue, je l'admets, me voilà soulagée pour le bien de mon mari. Mon Nick était mince et aussi blond que moi tandis que Tristan est un petit garçon brun et solidement bâti qui sera un jour aussi grand et fort que le comte. Hélas, Sinclair n'en est pas complètement convaincu ! Il ne voit pas à quel point son fils lui ressemble, ce qui me brise le cœur. Il a dressé un mur entre l'enfant et lui. J'espère qu'un jour il se rendra compte de son erreur, et j'espère que cela arrivera avant que Tristan soit assez grand pour sentir la distance créée par son père...

Emily reposa la feuille sur la liasse et leva les yeux sur son frère.

— Tu es donc vraiment le comte d'Ellington.

— C'est en tout cas ce que pensait mère, répondit-il avec un haussement d'épaules. Et je suis du même avis. Je ressemble trop à père pour en douter, même s'il semble que lui-même n'en ait jamais été totalement convaincu. C'est lui qui en a le plus souffert.

Il désigna les lettres du menton.

— Garde-les, si tu veux, et lis-les quand tu auras le temps. Je les ai déjà parcourues. Peut-être cela t'aidera-t-il à te sentir plus proche de mère. Tu étais si jeune lorsqu'elle est morte. Je sais que tu as toujours regretté de ne pas avoir gardé d'elle des souvenirs aussi nombreux et précis que les miens.

Les yeux d'Emily se brouillèrent. Elle se mordit la lèvre pour s'empêcher de fondre en larmes.

— Merci.

Il s'approcha d'elle, se pencha et l'embrassa sur le front.

— Je t'en prie. Maintenant, si tu veux bien m'excuser, je vais passer un moment avec ma femme et mon fils. La journée a été longue.

Il salua Peter d'un hochement de tête et quitta la pièce.

Les laissant tous deux seuls pour la première fois depuis la veille.

Le cœur battant la chamade, Emily inspira à fond et s'obligea à faire face à Peter. Toujours debout, les bras croisés, il l'observait.

Devait-elle s'excuser ? s'expliquer ? supplier ? Était-il toujours en colère ? Son expression ne trahissait aucun sentiment.

— Comment vous sentez-vous ? demanda-t-il d'un ton neutre très déconcertant.

S'il la haïssait vraiment, se dit-elle avec espoir, il n'aurait pas posé une telle question, ne se serait pas soucié de savoir comment elle allait.

Elle esquissa un sourire, sans oser cependant croiser franchement le regard de Peter.

— Je vais bien, quoique je sois un peu fatiguée, répondit-elle, les doigts crispés sur les accoudoirs de son fauteuil. Je tenais à vous remercier, ajouta-t-elle avec effort.

— De quoi ?

— De ne pas m'avoir dénoncée aux autorités, alors que c'est contraire à tout ce en quoi vous croyez en tant que policier.

Une émotion qu'elle ne sut identifier traversa brièvement le visage du jeune homme.

— On vous a manipulée, Emily. C'est aussi simple que cela.

Quelle froideur ! Où était l'homme qui l'étreignait si tendrement quelques heures plus tôt ? songea-t-elle tristement. Elle se leva, rangea les lettres de sa mère dans la poche de sa robe.

— Qu'allez-vous faire à présent ? demanda-t-elle en s'efforçant d'adopter un ton léger. Vous comptez rester un peu ici ? L'affaire étant close, vous pourriez en profiter pour prendre un peu de repos et passer du temps avec nos pensionnaires de Willow Park.

— En fait, je viens d'informer votre frère que je partirai demain dans la matinée.

Emily se sentit blêmir. Il s'en allait ? Après tout ce qu'ils avaient partagé ? Il ne pouvait pas lui infliger cela de nouveau !

— Vous partez ? répéta-t-elle, la gorge nouée. Mais pourquoi si tôt ?

Il s'écarta du mur et alla se camper devant la fenêtre.

— L'enquête est terminée, il est temps que je rentre à Londres. Cela fait presque deux semaines que je suis ici, et il y a sûrement des affaires importantes qui requièrent ma présence là-bas.

Une question tremblait sur les lèvres d'Emily. Elle la posa tout en sachant que la réponse lui briserait le cœur.

— Et nous ?

— Il n'y a pas de nous. Il ne peut y en avoir.

Il lui sembla qu'une main de glace lui arrachait le cœur, laissant un trou béant dans sa poitrine.

— Mais… nous avons fait l'amour cette nuit.

— C'était une erreur qui n'aurait jamais dû se produire. Rien n'a changé. Nous ne pouvons être ensemble, et vous savez pourquoi.

— Non, je ne sais pas pourquoi !

Serrant les poings, Emily se planta juste derrière lui. Elle refusait de passer à côté du bonheur qu'ils pouvaient connaître ensemble à cause de l'opinion d'autrui.

— Lorsqu'on s'aime, on devrait se battre pour cet amour, sans se soucier du reste.

Comme Peter ne répondait pas, elle posa la main sur son épaule. Il se raidit, mais elle n'ôta pas sa main.

— Je t'aime, Peter. Et je sais que tu éprouves la même chose.

Silence.

— Peter ?

Il restait obstinément face à la fenêtre.

Ce silence persistant signifiait-il qu'il ne partageait pas ses sentiments ? C'était la seule explication à ses réticences. Le chagrin et l'humiliation submergèrent Emily. Jamais il ne lui avait dit qu'il l'aimait, se souvint-elle.

— Je vois, souffla-t-elle en reculant. Excusez-moi d'avoir supposé que vous ressentiez des sentiments à mon endroit. De toute évidence, je me suis méprise, et j'ai accordé plus d'importance que je n'aurais dû à ce qui s'est passé entre nous.

Un sanglot lui échappa. Elle reprit néanmoins d'une voix tremblante :

— Je vous souhaite un bon voyage.

Puis elle pivota sur ses talons, et quitta la pièce en courant, des larmes brûlantes roulant sur ses joues.

28

Assis devant la fenêtre du cabinet de travail de lord Ellington, Peter fixait sans le voir le parc ensoleillé.

Il était épuisé. Il avait à peine dormi les deux dernières nuits et s'était levé de bonne heure afin de faire ses bagages. Tristan avait mis un attelage à sa disposition et, dès qu'il aurait salué tout le monde, plus rien ne le retiendrait. Mais, soudain, franchir la distance qui le séparait de la porte s'avérait impossible.

Emily.

Dès qu'il pensait à elle, une angoisse sans nom l'oppressait.

Il l'aimait. Il l'avait toujours aimée et l'aimerait toujours. Il l'avait compris à l'instant précis où, entrant dans le salon, il l'avait vue, un pistolet contre la tempe.

Une terreur comme jamais il n'en avait éprouvé l'avait alors submergé. Il n'avait plus pensé qu'à la sauver. Plus rien d'autre n'avait compté. Si les choses avaient mal tourné… Seigneur, il ne voulait même pas y songer !

Mais maintenant que tout était rentré dans l'ordre, il était temps qu'il s'éloigne de son ange.

Il tressaillit au souvenir de son expression blessée lorsqu'il lui avait annoncé qu'il partait. Après avoir enfin recouvré ce à quoi il tenait le plus, à savoir, la confiance d'Emily, il la trahissait à nouveau. Dieu du ciel, jamais rien ne lui avait autant coûté. La laisser croire qu'il ne se souciait pas d'elle avait été une torture, mais c'était mieux ainsi, il le savait. Rien n'avait changé. Il l'aimait de toute son âme, mais il n'en demeurait pas moins le fils d'une prostituée, et pour cette raison, il ne serait jamais digne d'elle.

Il n'aurait jamais dû lui faire l'amour.

Toute la nuit, il avait été hanté par des images d'Emily, nue dans ses bras, sa peau chatoyant à la lueur de la lampe, ses yeux violets emplis d'amour et de désir. Pour lui. Savoir qu'il avait été le premier à éveiller en elle de tels sentiments et de telles sensations lui procurait un bonheur intense et une fierté non dénuée de possessivité.

Mais cela avait été une erreur. Maintenant qu'il l'avait faite sienne, qu'il avait connu l'indicible plaisir d'être en elle, la quitter et prétendre qu'il ne l'aimait pas était insupportablement douloureux. Mais il n'avait pas le choix.

Il enfouit la tête entre ses mains en gémissant. Il avait l'impression qu'on lui arrachait les tripes. S'il avait cru pouvoir y trouver un soulagement quelconque, il aurait volontiers vidé une bouteille du meilleur cognac de la maison. Mais il savait que la stupeur dans laquelle l'alcool le plongerait serait sans effet sur le chagrin d'avoir à renoncer à Emily pour la seconde fois.

— Veuillez m'excuser, monsieur Peter.

Il sursauta et leva les yeux. Langley se tenait sur le seuil.

— Monsieur Benji demande à vous voir. Il attend dans le salon.

— Merci, Langley.

Le majordome inclina la tête et disparut.

Fermant les paupières, Peter se frotta les tempes. Il avait prévu de passer à Willow Park en partant mais, puisque Benji s'était déplacé, autant mettre fin à ses espoirs sans attendre…

Il trouva le jeune garçon debout devant l'une des portes-fenêtres du salon, les épaules rigides, le corps visiblement tendu.

Comment avouer la vérité à ce pauvre gamin sans se montrer trop brutal ?

— Bonjour, Benji.

Le garçon se retourna et enfonça les mains dans ses poches. Un mélange d'hésitation et d'anxiété se lisait dans son regard.

— M. McLean m'a dit que Jack Barlow était mort. C'est vrai ?

— Oui.

— Qu'est-ce qu'il a… ? Il a dit quelque chose ? Sur mes origines ?

— Je suis désolé, Benji, mais il ne savait rien. Il t'a raconté ça uniquement pour avoir prise sur toi. C'était un mensonge de plus.

Benji baissa les yeux.

— C'est ce que je craignais, mais je me disais que, peut-être…

Il décocha un coup de poing dans le dossier d'un fauteuil et se détourna.

— Je ne saurai jamais d'où je viens !

— N'en sois pas trop triste. Ce n'est pas forcément dramatique.

— Comment tu peux dire ça ? Mes parents étaient peut-être des criminels. Des bandits de grand chemin, des assassins. Imagine que ma mère ou mon père décide soudain de retrouver son fiston ?

— Après toutes ces années, c'est très improbable, Benji.

— Mais ce n'est pas impossible. Et si mes parents étaient des gens vraiment nuisibles, dans combien de temps tu crois que leurs tares apparaîtront chez moi ?

L'abattement du garçon fit de la peine à Peter.

— C'est absurde, voyons !

— Vraiment ? Tu es sûr ? Je ne supporterai pas de décevoir le comte et la comtesse, et de trahir leur confiance.

Peter saisit le bras de Benji pour l'obliger à lui faire face.

— Tu es un jeune homme exceptionnel, et je peux t'assurer que tu ne décevras jamais lord et lady Ellington. Tu es toi, Benji. Le passé et le présent sont deux choses différentes.

— J'aimerais pouvoir le croire.

— Tu peux. Mon Dieu, Benji, regarde-*moi*. Ma mère était une prostituée, mon père... je ne sais même pas qui était mon père. J'ai été pickpocket, j'ai volé et, pour survivre, j'ai fait des choses dont je ne veux même pas me souvenir, des choses que je regretterai toujours. Mais je me suis construit ma propre vie. Je me suis élevé au-dessus de ce passé sordide. Et, si tu réfléchis, tu verras que tu suis la même voie que moi.

L'expression du garçon se modifia. Une trace d'espoir éclaira son visage, et Peter comprit qu'il avait enfin réussi à l'atteindre.

— Tu le penses vraiment ?

— Je le *sais*. Mais si tu ne me crois pas, demande à lord et lady Ellington. Je peux t'assurer qu'ils seront du même avis. Un avenir merveilleux t'attend, Benji. Ne laisse pas le passé dicter tes choix d'aujourd'hui.

Benji inclina la tête, l'air songeur.

— M. McLean m'a dit que tu partais ce matin.

— C'est vrai, malheureusement.

— Pourquoi ?

Gêné, Peter haussa les épaules. Que répondre ?

— J'ai fini mon travail ici. Et on a sans doute besoin de moi à Bow Street.

— Tu ne peux pas prolonger un peu ton séjour ?

— Je ne pense pas que ce serait une bonne idée.

— Mais pourquoi ?

Parce qu'il laissait le passé dicter ses choix.

Cette pensée le frappa de plein fouet, si brutale qu'il en chancela presque. Mon Dieu, c'était vrai ! Il conseillait à Benji de ne pas s'appesantir sur le passé, mais, lui, que faisait-il d'autre ? Il se cramponnait au sien, et le dressait, tel un rempart, entre Emily et lui.

Il aimait Emily, et c'était réciproque. Les origines misérables de l'élu de son cœur la laissaient indifférente. La bonne société leur tournerait le dos et critiquerait Tristan de n'avoir su s'opposer à cette mésalliance, mais qu'importait ! Leur amour ne méritait-il pas quelques combats, quelques sacrifices ?

Si, bien sûr !

Emily avait tenté de le lui faire comprendre, mais il avait refusé de l'écouter. Il ne lui restait plus qu'à espérer qu'il n'était pas trop tard !

— Benji, il faut que tu m'excuses, j'ai quelque chose de très important à faire. Mais je vais demander à lord Ellington de te recevoir. Répète-lui ce que tu m'as dit. Il te rassurera. Entendu ?

Benji acquiesça d'un signe de tête.

Peter lui adressa un sourire encourageant et quitta la pièce.

Il tomba sur Tristan dans le couloir.

— Milord, Benji est au salon. Il aimerait beaucoup vous voir. Il voudrait vous parler de ce qui le trouble depuis quelque temps, et je pense que vous seriez à même de lui rendre la paix de l'esprit.

— Volontiers… Mais où te hâtes-tu ainsi ?

C'était là le premier obstacle à franchir pour Peter. Tristan le respectait beaucoup, il le savait, mais irait-il jusqu'à lui donner la main de sa sœur, à lui, le fils d'une prostituée qui avait fait ses classes en dépouillant les passants ?

— Je vais implorer à genoux le pardon d'Emily… et la demander en mariage, acheva-t-il.

Il y eut un long silence, très éprouvant, puis un radieux sourire illumina le visage de Tristan.

— Il était temps ! J'ai bien cru que tu ne te déciderais jamais. Vanessa sera enchantée d'apprendre la nouvelle… La dernière fois que j'ai vu Emily, elle était dans le jardin.

— Merci, milord. Je jure de la rendre heureuse.

— Je n'en doute pas une seconde.

Était-elle condamnée au chagrin perpétuel ?

Assise sur son banc préféré, près de la fontaine, Emily tentait de lire. Sans succès. Sa souffrance était telle qu'elle l'empêchait de se concentrer, et la page se brouillait constamment sous ses yeux.

À cause des larmes, probablement.

Elle n'aurait jamais dû rendre sa confiance à Peter, le laisser reprendre une telle place dans sa vie au point de se donner à lui ! Elle l'avait su dès le début. Mais elle avait préféré écouter son cœur plutôt que sa tête, et voilà où cela l'avait menée !

Lorsqu'elle s'était levée, ce matin, après une nuit passée à se retourner dans son lit sans trouver le sommeil, elle s'était hâtée de quitter la maison. Elle ne voulait pas être là quand Peter partirait. Feindre l'indifférence était au-dessus de ses forces. Elle ne désirait qu'une chose : être seule, et trouver le moyen de se résigner au fait que Peter ne voulait pas d'elle.

Plus facile à dire qu'à faire.

Avec un soupir, elle referma son livre. Une bouffée de fatigue l'accabla. Dans l'espoir de se remonter le moral, elle avait débuté la matinée par un petit tour à l'écurie, mais la présence de sa chère jument était restée sans effet. Quant au bonheur de Miles et Jenna, c'était un spectacle à la limite du supportable. Elle ne pouvait leur reprocher de s'aimer, mais les voir collés l'un à l'autre, chuchotant ou échangeant des baisers et des regards d'adoration ne faisait que raviver sa douleur.

Elle s'était donc retirée à l'écart dans le jardin, comptant sur la solitude et le silence pour apaiser ses tourments. Jusqu'à présent, hélas, c'était un échec total !

Eh bien, si Peter Quick était assez sot pour rejeter le bonheur, cela signifiait qu'il ne méritait pas son amour ! Qu'il rentre à Londres et reprenne le cours de sa vie là où il l'avait interrompu. Elle ne gaspillerait pas une seconde de plus de son temps précieux à pleurer un tel imbécile.

Avait-elle jamais fait plus gros mensonge ? Non, sans doute pas.

— Emily ? fit une voix douce.

Au début, elle crut à un effet de son imagination. Mais lorsque la voix répéta son prénom, avec un peu plus d'insistance, cette fois, elle leva les yeux et tressaillit. Peter se tenait à quelques mètres d'elle, et la fixait d'un regard insondable.

Elle retint un gémissement de détresse. Pourquoi venir troubler ainsi sa solitude pour lui faire des adieux qu'elle redoutait tant ?

S'armant de courage, elle soutint son regard sans ciller.

— Que voulez-vous ? demanda-t-elle en s'efforçant d'adopter un ton neutre. Je croyais que vous partiez.

Il fit un pas en avant sans la quitter des yeux.

— Je partais, en effet. Mais je me suis rendu compte que j'avais omis de vous dire quelque chose de très important.

La gorge nouée, Emily affecta un air méprisant.

— Je ne vois vraiment pas ce que vous pourriez dire qui ait quelque importance pour moi.

— Je vous aime.

Ses paroles la heurtèrent de plein fouet. Abasourdie, elle se pétrifia. Elle avait sûrement mal entendu.

— Je vous demande pardon ?

Peter s'approcha vivement, et plongea son regard dans le sien. Elle sentit son cœur s'emballer, et sa bouche s'assécha.

— J'ai dit que je vous aimais, et j'ai l'intention de faire tout ce qu'il faut, tout ce que vous désirez, pour vous le prouver.

Voyons, il ne parlait pas sérieusement ! La veille, il avait été parfaitement clair quant à ses sentiments.

— Que suis-je censée vous répondre, Peter ? dit-elle d'une voix qui, en dépit de ses efforts, chevrotait légèrement. Comment puis-je vous croire ? Nous avons fait l'amour, après quoi, vous avez déclaré que c'était une erreur. Après avoir abattu Adam, vous m'avez serrée dans vos bras comme si je comptais pour vous, et puis, hier soir, vous m'avez ouvertement tourné le dos. Chaque fois que j'ai osé vous faire confiance, chaque fois que je me suis autorisée à vous aimer, je n'en ai retiré que du chagrin. Je ne peux plus prendre un tel risque. Je ne le ferai pas.

Sa souffrance était si palpable que Peter en frémit. La prenant par les coudes, il la fit se lever de son banc.

— Je suis profondément désolé, mon ange. Je mérite votre colère. Et je m'en veux terriblement de vous avoir fait souffrir. Ma seule excuse, c'est que je pensais agir pour le mieux.

Il fit une pause avant de reprendre :

— Me permettrez-vous au moins de m'expliquer ?

Sa supplique était si éloquente qu'Emily n'eut pas le cœur de refuser, quand bien même il lui semblait que ce n'était qu'une erreur de plus. Elle hocha abruptement la tête, puis se dégagea, croisa les bras et attendit.

Il se mit à marcher de long en large en se frottant la figure, geste qui trahissait chez lui une grande anxiété.

— Je vous ai parlé de mes origines, de ma mère et de mon enfance. Cela ne se voit peut-être pas, mais cela m'a affecté. Et m'affecte toujours.

Il se tut une fraction de seconde, lui lança un coup d'œil.

— Peu importe ce que j'ai accompli dans ma vie, il y a toujours une partie de moi qui s'estime indigne. Indigne d'être élevé à Willow Park. Indigne du soutien que j'ai reçu de votre frère et de sa femme. Mais, surtout, indigne de vous.

Son visage exprimait une douleur à l'état brut, et malgré ses résolutions, Emily sentit son cœur s'émouvoir.

— Oh, Peter, vous *êtes* digne de tout cela, et de beaucoup plus ! Il faut que vous le sachiez.

— Vous ne comprenez pas, répliqua-t-il en secouant la tête. Au fond de moi, j'ai toujours été ce gosse des rues, ce voleur, le fils d'une catin qui ne sait même pas quel est son vrai nom.

— Rien de tout cela n'a d'importance ! protesta-t-elle en s'approchant de lui, cédant au besoin de le réconforter. Je ne cesse de vous le répéter. Regardez seulement quel homme vous êtes devenu. L'un des meilleurs que je connaisse.

Comme il se taisait et gardait les yeux fixés sur le sol, elle posa la main sur son bras.

— Réfléchissez, Peter. Lord Moreland possédait tous les avantages que la naissance et l'argent peuvent procurer, et regardez quel triste individu il est devenu. Tandis que vous... Ce que vous êtes aujourd'hui est la preuve de votre force de caractère. Je l'ai toujours su.

Peter lui prit la main et entrelaça ses doigts aux siens.

— Moi, je l'ignorais. J'ignorais que je vous méritais. Jusqu'à aujourd'hui.

Il porta la main d'Emily à sa bouche et y déposa un baiser qui lui arracha un frisson.

— J'expliquais à Benji qu'il ne devait pas avoir honte de ses origines inconnues, lorsque j'ai compris quelque chose à mon sujet. Je croyais vous repousser par crainte de ce que les gens penseraient de notre union. Mais ce n'était pas cela le véritable obstacle. Ce qui m'arrêtait, c'était ce que je pensais de moi. Cette honte que je n'arrivais pas à surmonter.

Il lui caressa la joue.

— Et puis, je me suis rappelé votre expression lorsque Moreland appuyait son pistolet contre votre tempe. J'ai lu l'amour sur votre visage, et la foi que vous aviez en moi. Vous étiez sûre que j'allais vous sauver. Pour de la confiance, c'en était.

Il sourit, et s'inclina pour déposer un baiser sur le nez de la jeune fille.

— Et si mon ange m'estime digne d'elle, qui suis-je pour discuter ?

Un flot d'espoir envahit Emily. Peter parlait-il sérieusement ?

Les paroles qui suivirent le lui confirmèrent :

— Emily, si vous voulez toujours de moi, si vous n'accordez aucune importance à l'opinion de la bonne société ou de n'importe qui d'autre, alors je suis à vous. Votre frère, que j'ai croisé dans le vestibule, m'a déjà donné sa bénédiction.

Il l'enlaça et la pressa contre lui. Son regard exprimait une telle tendresse qu'elle en eut le souffle coupé.

— Pardonnez-moi de m'être montré aussi entêté et stupide. Je vous aime plus que vous ne le saurez jamais, mon ange. Je veux vous épouser, avoir des enfants de vous et passer le reste de ma vie auprès de vous. Plus jamais, je ne ferai le difficile, je vous le promets.

Comment une femme pourrait-elle refuser une demande en mariage aussi émouvante ?

— Très bien, souffla-t-elle en se hissant sur la pointe des pieds pour prendre le visage de Peter entre ses mains. Mais d'abord, je veux que vous répétiez après moi chaque mot que je vais prononcer.

Elle frôla de la langue le contour de ses lèvres.

— Je, commença-t-elle.

Il gémit, et ses mains se resserrèrent autour de la taille d'Emily.

— Je, répéta-t-il d'une voix mal assurée.

— Suis, poursuivit Emily en accompagnant le verbe d'un baiser.

— Suis, murmura-t-il.

— Digne d'estime, acheva-t-elle d'une traite.

— Digne d'estime...

Sans vergogne, elle approfondit son baiser, avant de le laisser respirer. Il eut un rire tremblant, et ajouta :

— Et le type le plus chanceux que je connaisse.

Elle rit à son tour, appuya la tête contre la poitrine de Peter. Le battement régulier de son cœur sous son oreille était le plus doux, le plus apaisant qui soit, et elle souhaita l'entendre jusqu'à la fin de ses jours.

— Je vous aime aussi, Peter.

— Je sais, mon ange. Je l'ai enfin compris et je n'en douterai plus.

Ils gardèrent le silence un instant, puis il reprit :

— Croyez-vous pouvoir vivre une partie de l'année à Londres ? Je sais que vous aimez la campagne et nous reviendrons ici aussi souvent que possible, mais on aura besoin de moi à Bow Street.

— Bien sûr, répondit-elle. Je n'ai jamais imaginé que vous puissiez renoncer à votre carrière dans la police. Vous avez travaillé trop dur pour en arriver où vous êtes. Mais quand nous serons en ville, j'aimerais que nous habitions l'hôtel particulier des Ellington. C'est idiot de laisser cette grande bâtisse vide presque toute l'année.

— Hmm, fit-il en enfouissant le visage dans les cheveux d'Emily, cela me paraît une bonne idée. Mon appartement n'est pas assez grand pour loger une famille, et qui sait si nous n'avons pas déjà un bébé en route ?

Elle sursauta, et s'écarta afin de regarder son ventre avec un mélange de consternation et de joie. Visiblement, cette éventualité ne lui avait pas traversé l'esprit.

— Peter… Un bébé…

Il lui souleva le menton et sourit.

— J'aime assez l'idée d'avoir une jolie petite fille aux yeux violets, comme sa mère. Mais j'insiste : il n'y aura pas de leçon de crochetage de serrure ou de vol à la tire pour cette enfant-là.

— Voyons, chéri ! s'exclama Emily en riant. Vous voulez priver notre fille d'une éducation complète ?

— Oui, s'il s'agit pour elle de s'introduire en douce dans des demeures privées. Et je compte sur sa mère pour lui donner le bon exemple ! Cela dit, je ne protesterai pas si jamais l'envie vous prend de remettre cette culotte de cheval qui vous allait si bien. Dans l'intimité, bien sûr.

— Bien sûr. À propos d'intimité…

Elle l'entraîna dans le bosquet d'ormes où le feuillage touffu et les haies les protégeraient des regards, et ils se laissèrent aller à la passion brûlante qui ne demandait qu'à éclore depuis tant d'années.

Lorsque la tempête se fut éloignée, alors qu'ils reposaient dans les bras l'un de l'autre, apaisés et repus, Emily risqua d'une petite voix :

— Alors… tu n'es plus fâché contre moi ?

— Je mentirai en prétendant que je ne l'étais pas, répondit-il en fronçant les sourcils. Tu aurais dû demander de l'aide. Comme ton frère l'a dit, tu as procédé à l'envers. J'espère que tu en as tiré la leçon.

Son visage se dérida, et il s'empara de ses lèvres avec tendresse.

— Mais comment continuer à t'en vouloir alors que ton seul objectif était de protéger les personnes chères à ton cœur ? reprit-il d'une voix rauque. Comme tu le faisais autrefois, dans le repaire des Rag-Tag. C'est ce qui m'a plu chez toi dès le début.

Ce besoin de veiller sur ceux qui t'entourent. Tu étais notre ange gardien, Emily. Tu l'es toujours.

Elle accueillit ses paroles d'un grand sourire lumineux. L'avenir dont ils avaient rêvé jadis les attendait. Elle lui embrassa la tempe, puis lui murmura à l'oreille :

— Je serai toujours *ton* ange, Peter. Le tien uniquement.

Esclave de personne ☙ Karen Robards (n° 3327)
Ian ne peut y croire : lui, marquis, vendu aux enchères ? Pourtant, il vient d'être acheté par la prude Susannah, fille de pasteur, qui a renoncé aux hommes. Mais elle ne peut ignorer ces yeux gris qui la troublent tant...

Nouveau ! 2 rendez-vous mensuels aux alentours du 1er et du 15 de chaque mois.

Si vous aimez Aventures & Passions, laissez-vous tenter par :

Passion intense

Quand l'amour vous plonge dans un monde de sensualité

Le 17 novembre :
Dans la chaleur des tropiques ☙ Erin McCarthy (n° 8202)
Mandy a 28 ans. Il lui faut un travail, un vrai. Grâce à une amie, elle est engagée par Damien. Lors d'un voyage aux Caraïbes, la secrétaire et son patron vont expérimenter le plaisir des affaires... Ou les affaires du plaisir.

Nouveau ! 1 rendez-vous mensuel aux alentours du 15 de chaque mois.

Romance d'aujourd'hui

Le 17 novembre :

Ne dis pas un mot ☙ Barbara Freethy (n° 8185)
Lors d'une exposition, Sarah découvre une photo troublante : la petite fille russe lui ressemble trait pour trait et porte le même collier que celui qu'elle possédait. Sarah contacte Alex, le fils du photographe. Ensemble, ils se lancent à la recherche de la vérité… et tombent amoureux.

Parfaite pour toi ☙ Susan Elizabeth Phillips (n° 8186)
Annabelle reprend l'agence matrimoniale de sa grand-mère. Pour moderniser l'image de sa société, elle convainc Heath Champion, agent sportif très célèbre, de l'engager. L'âme sœur de Heath est sûrement plus près qu'elle ne croit…

Nouveau ! 2 titres tous les deux mois aux alentours du 15.

Retrouvez également nos autres collections :

SUSPENSE

Le 3 novembre :

Danse funèbre ☙ Holly Lisle (n° 8182)
Jess est flic et doit mener l'enquête sur le meurtre de plusieurs danseuses dans un club érotique. Elle doit faire équipe avec Hank, un medium, et cela ne la réjouit pas du tout. Mais très vite elle doit dépasser ses préjugés car le tueur se rapproche…

Un souffle dans la nuit ☙ Karen Robards (n° 8183)
Après douze ans d'absence, Carly revient à Benton ouvrir une auberge. Très vite, elle retrouve Matt, celui qui lui a brisé le cœur, devenu shérif. Entre eux, la tension monte… Mais un tueur surveille Carly et attend le moment propice pour « s'occuper d'elle ».

Nouveau ! 1 rendez-vous mensuel aux alentours du 1er de chaque mois.

MONDES MYSTÉRIEUX

Le 3 novembre :
Le cercle des immortels – 5, La descente d'Apollon
Sherrilyn Kenyon (n° 8154)
D'un côté : Cassandra, une Apollite qui doit procréer pour sauver sa race. De l'autre : Wulf, un vampire chargé de tuer, entre autres, les Apollites. Tout les oppose, pourtant ils tombent amoureux… Entre devoir et sentiments, le dilemme est cornélien.

Nouveau ! 1 rendez-vous mensuel aux alentours du 1er de chaque mois.

Et toujours la reine du roman sentimental :

Barbara Cartland

Le 3 novembre :
Evelyne et la panthère noire (n° 1415) *Collect'or*
Ils cherchaient l'amour… (n° 8178)

Le 17 novembre :
Les enfants qui fuient (n° 3743)

Nouveau ! 2 rendez-vous mensuels aux alentours du 1er et du 15 de chaque mois.

8188

Composition IGS
Achevé d'imprimer en France (La Flèche)
par Brodard et Taupin
le 17 octobre 2006. 37951
Dépôt légal octobre 2006. ISBN 2-290-35434-1

Éditions J'ai lu
87, quai Panhard-et-Levassor, 75013 Paris
Diffusion France et étranger : Flammarion